评书典藏版

【海昏侯三部曲】

隐形天子

霍光

一代名臣霍光的传奇人生
从忠臣、能臣、功臣到权臣

黎隆武◎著

武荣涛◎演播

北方文艺出版社

图书在版编目（CIP）数据

隐形天子霍光 / 黎隆武著；武荣涛演播 . — — 哈尔
滨 : 北方文艺出版社 , 2019.6
ISBN 978-7-5317-3952-4

Ⅰ . ①隐… Ⅱ . ①黎… ②武… Ⅲ . ①评话 – 中国 –
当代 Ⅳ . ① I239.8

中国版本图书馆 CIP 数据核字 (2019) 第 034047 号

隐形天子霍光
Yinxing Tianzi Huoguang

作　者 / 黎隆武　　　　　　　　　演　播 / 武荣涛

图书策划 / 安　璐　　　　　　　　责任编辑 / 安　璐　滕　蕾
装帧设计 / 安　璐　　　　　　　　营销执行 / 　华文阅享

出版发行 / 北方文艺出版社　　　　邮　编 / 150080
发行电话 / (0451) 85951921 85951915　　经　销 / 新华书店
地　址 / 哈尔滨市南岗区林兴街 3 号　　网　址 / www.bfwy.com

印　刷 / 三河市双峰印刷装订有限公司　　开　本 / 880mm×1230mm　1/32
字　数 / 194 千　　　　　　　　　　印　张 / 10.5
版　次 / 2019 年 6 月第 1 版　　　　印　次 / 2019 年 6 月第 1 次印刷

书　号 / ISBN 978-7-5317-3952-4　　定　价 / 59.00 元（精装）

自　序

关于《海昏侯三部曲》的那些事

看惯春去秋来，任凭花谢花开，这世界有太多无奈。
谁能问鼎天下？我欲威震四海，这境界有几人能明白！
多少英雄汉，身前豪气在。千古帝王侯，身后黄土埋。
得意休任性，有梦要澎湃，好叫天地留精彩！

——田信国《好叫天地留精彩》

上面的这首词，是江西南昌一位名叫田信国的先生所作，写的是两千多年前的一个千古帝王侯。那是田先生在2016年3月6日那天晚上，一口气看完了我的"海昏侯三部曲"的第一部《千古悲摧帝王侯——海昏侯刘贺的前世今生》一书后，情不能已，当晚创作出来的。

这个海昏侯是怎么回事呢？以至于有作家要为他写书，有歌者愿为他写词！

说起这个海昏侯啊，他是西汉时期的一个官爵名。海昏侯是多大的官呢？毛主席不是说过"粪土当年万户侯"吗？可见万户侯是个很大的官。海昏侯虽然够不上万户侯的规格，却也相差不是太大。据史料记载，西汉时期，海昏侯封国的范围在当年的豫章郡海昏县、也有是今天的江西省南昌市一带。当年的豫章郡下面设了18个县，海昏县就是这18个县之一，范围相当于今天江西省的五六个县那么大。根据地方志记载，海昏县包括了我的老家江西省武宁县，还有永修县、靖安县、奉新县、安义县、新建区等6个县区的大部分地方。根据史料记载，海昏侯国最初的食邑人口有四千户之多。所谓食邑，也就是指封地的人口了，四千多户虽然比不上万户侯那么气派，却也是当年长江以南最大的侯了。如果对比今天的行政区域设置，我们还会发现这个海昏侯国相当于是今天一个中等市区的规模。如果把海昏侯放到今天来对比，那么这个侯爷就相当于今天一个中等规模的城市市长了。由此可见，海昏侯的官爵并不小啊。海昏侯国的都城在今天的南昌市新建区一带，这个地方已经发掘出了第一代海昏侯的家族墓园和海昏侯国都城紫金城的遗址，成为中国考古史上的重大发现，引起了全世界的关注。

我所写的海昏侯这个人他是谁呢？他姓刘，单名一个贺字。说起这个海昏侯刘贺，可了不得！他竟然是中国上下几千年历史上唯一的一个集帝、王、侯于一身的传奇人物！因为2015年南昌汉代海昏侯墓的考古大发现，竟然将这个一生跌宕起伏的千古帝王给发掘出来了。海昏侯墓入选了2015年度"中国十大考古新发现"，海昏侯刘贺随后成了一个大"网红"，吸足了世人的眼球！

说起这个海昏侯刘贺，他的身世十分的奇特。刘贺是被誉为"千古一帝"的汉武大帝刘彻嫡亲的孙子，为武帝第五子昌邑哀王刘髆所生，而且是独生子。刘贺5岁那年，因为父亲早逝，按照规制，他承袭了父亲的昌邑王位，成为了第二代昌邑王。5岁就称王，小小年纪就是王二代啊，那滋润的日子不用细说我们也能想象得到！刘贺19岁那年，因为当朝皇帝刘弗陵驾崩无子，刘贺作为死去的皇帝刘弗陵的侄子，被当朝辅政的大司马大将军霍光以上官皇后的名义征召入朝典丧，之后接班当了皇帝。但是，谁都没有想到，刘贺当皇帝只当了27天，那个当初拥立他为帝的霍光又将他废黜为民，刘贺因此也成为了西汉一朝在位时间最短的皇帝。屁股都还没坐热呢，就被人赶下了台，可谓是悲摧得很哪！但是，刘贺虽然被废黜，却留得一条命在，被遣送回昌邑老家，幽禁在昌邑王府过着忍辱偷生的生活。经过了十年的煎熬，他被后来的皇帝汉宣帝刘询封了海昏侯，被迫离开生活了30年的老家山东，迁徙到当年还属偏僻之地的豫章海昏就国。刘贺任海昏侯仅4年，就在海昏侯的任上离开了人世，年仅34岁，英年早逝，令人唏嘘。

关于刘贺的从政、做事、为人，历史上多有争议，民间更是众说纷纭。有说刘贺当皇帝是因为昏庸无道而被废黜的，也有说刘贺是当年朝廷宫斗的牺牲品的，也有说刘贺历经了王、帝、民、侯的跌宕人生，逐渐从帝王时期的极端任性走向心智趋于成熟的。总而言之，关于刘贺有各种各样的说法，仁者见仁，智者见智，吵吵嚷嚷，不一而足。我于2016年3月出版了《千古悲摧帝王侯——海昏侯刘贺的前世今生》一书，依据史料的记载和对出土文物的研究，真实地还原了海昏侯刘贺的传奇人生，及时回应了世人的关切。这本书被业界称为"海昏侯原创第一书"，后来进入了中国畅销书排行榜。

田信国先生的这首《好叫天地留精彩》是因为我的《千古悲摧帝王侯——海昏侯刘贺的前世今生》这本书而起，也是因为海昏侯刘贺这个人而作。随后两年，我又将与刘贺关联最紧密的两个人霍光与刘询也写成了书，分别是《隐形天子——霍光的前世今生》《布衣天子——刘询的前世今生》，形成了"海昏侯三部曲"系列。随着"海昏侯三部曲"的陆续问世，我更感到，田信国先生的这首词，又不光是为海昏侯刘贺而作，更是为那个年代众多的历史人物而作。比如，我称之为"隐形天子"的大将军霍光、"布衣天子"的汉宣帝刘询，还有刘贺的祖辈和叔伯辈的那些人：汉武帝、李夫人、陈阿娇、钩弋夫人、戾太子刘据、燕王刘旦、广陵王刘胥、昌邑王刘髆等，以及西汉众多的名臣，如卫青、霍去病、李陵、李广、司马迁、苏武、张安世、邴吉、杨敞、张敞、上官皇太后等。写完"海昏侯三部曲"再回过头来吟唱这首《好叫天地留精彩》，更加感慨历史的沧桑与无奈。我在沧桑与无奈中感受历史就是历史，有无奈就有精彩。

"海昏侯三部曲"写的是西汉中期从汉武盛世到昭宣中兴这段近百年灿烂历史中的三个紧密关联的人物：汉废帝刘贺、汉宣帝刘询，以及决定了他们称帝命运的当朝大司马大将军霍光。刘贺因为只当了27天皇帝就被废黜为民,我把他称为"悲摧天子";刘询因为在襁褓中就被囚于狱中,4岁出狱后一直在民间长大,直到17岁接过刘贺的班称帝,最后成就了史称"孝宣中兴"的一段伟业,我把他称为"布衣天子";而霍光因为能够决定皇帝的立与废,在长达19年的辅政期间,上管天子,下管群臣,是大汉朝的实际当家人,我把他称为"隐形天子"。刘贺、霍光、刘询,这三个人串联起了两千多年前的一个大时代。

我之所以创作"海昏侯三部曲",完全是因为一次偶然。记得那是在2015年国庆节前后,我因为一个很偶然的机缘得以进入到正在发掘的海昏侯墓考古现场,瞬间就被出土的巨量文物所震撼,那十几吨重的铜钱堆积如山,整箱整箱的金器,极为罕见的麟趾金、马蹄金、金饼,还有竹简、木椟,等等,沉寂的文物仿佛在无声地告诉世界,墓主人的身份极不简单!那个时候,大家并不知道这座墓的主人就是后来震惊了世界的海昏侯、汉废帝刘贺,但是全世界都在根据出土的文物猜测大墓的主人极有可能就是第一代海昏侯刘贺,因为出土的好几件文物中都有"昌邑"字样,这与曾经当过昌邑王的第一代海昏侯刘贺关联紧密。因为海昏侯刘贺曾经当过14年的昌邑王和27天皇帝,是中国历史上唯一的一个集"帝、王、侯"于一身的传奇人物,同时,更因为大墓出土了巨量的珍贵文物,对于研究我国西汉的政治、经济、社会、文化,以及人们生活的各个方面,都具有十分重要的意义,因而引起了全球瞩目。

正是在这样的大背景下,我对大家猜测中的那个墓主人——

千古"帝王侯"刘贺产生了浓厚的兴趣，并开始收集所有与刘贺有关的资料，不管是正史的记载还是野史的八卦，通通收集过来。结果，越收集整理刘贺的资料，就越好奇。因为正史里对刘贺的记载非常少，而且对刘贺的评价基本上都是负面的，比如，他荒淫昏庸，不堪社稷重任，等等；野史里有关刘贺的说法更糟糕，直接说这个人仅仅当了27天的皇帝，却干了1127件坏事，平均下来每半个小时就要干一件坏事，竟然是个专门干坏事的皇帝；而从海昏侯墓出土的文物来分析墓主人刘贺，按照汉人"事死如事生"的丧葬习俗，出土的竹简竟是儒家典籍《论语》《礼记》《易经》《孝经》，还有最早的孔子屏风像、精美无比的编钟、青铜器、玉器等，从刘贺随葬的文物推测出的形象却似乎是一个崇儒重礼、兴趣高雅之士。这让我大为好奇！假如刘贺是史书上和野史中所记载的那个很不堪的人，为什么他能够当上皇帝？为什么他被废黜后竟然没有杀他而是留下了他，在被废黜庶民的十年似乎还过得不错？为什么他在被废黜十年后竟然又能够被封为侯？一个个疑问在我心中翻滚，让我抑制不住有了想写一写刘贺的冲动。我试图结合史料记载和出土文物来还原一个真实的刘贺。我当时就想，我心里的谜团一定也是当时很多人心中的谜团，如果我能够率先把刘贺的人生写出来，那一定是一件很有意义的事情。

后来，我偶然与二十一世纪出版社社长张秋林先生聊过一次刘贺，马上引起了这个职业出版家的浓烈兴趣。在他的筹划下，我在二十一世纪出版社有着"梦之队"美称的编辑团队帮助下，开始创作还原海昏侯刘贺一生跌宕命运的历史纪实文学作品《千古悲摧帝王侯——海昏侯刘贺的前世今生》一书，并得到了时任江西省委常委、省委秘书长、南昌汉代海昏侯国遗址文物保护领导小组组长的朱虹先生的鼓励和帮助。到2016年2月，这本书几经修改终于完成创作，由二十一世纪出版社出版，成为"海昏侯原创第一书"。2016年3月2日，国家文物局和江西省人民政府在北京首都博物馆联合举办"南昌汉代海昏侯国考古成果展"，向全世界宣布这座大墓的主人就是第一代海昏侯、汉废帝刘贺。同一天，我的《千古悲摧帝王侯——海昏侯刘贺的前世今生》一书也在首都博物馆同步首发，创造了中国出版史上同题材图书与重大事件的发生同步出版发行的一个纪录，迅速引起了广泛关注。借着海昏侯考古热席卷全球的东风，《千古悲摧帝王侯——海昏侯刘贺的前世今生》出版后，在短期内就创造了畅销近二十万册的佳绩，迅速进入中国畅销书排行榜，成为当年度历史传记类图书中现象级的出版物。不久，又在香港特区出版了这本书的繁体字版，在韩国出版了韩文版。

在写海昏侯刘贺的过程中，我对与刘贺命运关联最紧密的两个人产生了浓厚的兴趣。这两个人一个是决定了刘贺帝位立与废的当朝大司马大将军霍光，另一个是刘贺的继位者汉宣帝刘询。如果说霍光决定了刘贺皇位立废命运的话，刘询则决定了刘贺最终封侯的命运。将刘贺、霍光、刘询这三个人物关联起来看，便能更好地理解刘贺堪称千古悲摧的跌宕起伏的命运，也能更好地理解刘贺人生中迥然而异的上下两个半场：上半场的帝王生涯任性至极，下半场的庶民到侯的过程性格渐趋成熟。我在写刘贺的同时，又开始与二十一世纪出版社社长张秋林先生同步筹划写霍光与刘询这两个人，"海昏侯三部曲"系列的轮廓逐渐清晰起来。一年后的2017年，我创作了《千古悲摧帝王侯——海昏侯刘贺的前世今生》的姊妹篇《隐形天子——霍光的前世今生》。又一年后，"海昏侯三部曲"的第三部《布衣天子——刘询的前世今生》问世。至此，我完成了一个心愿，将海昏侯题材以"三部曲"的形式做全景式的展现。同时，通过这"三部曲"，以史为鉴，告诉当下的人们我对那段波澜壮阔历史的思考，也就是我在《千古悲摧帝王侯——海昏侯刘贺的前世今生》一书末尾所总结的"六个不可任性"，即"有权不可任性、年轻不可任性、有颜值不可任性、有功劳不可任性、有靠山不可任性、有冤屈不可任性"。

除此以外，我与二十一世纪出版社一道策划开启了"讲好海昏侯故事"系列文化讲座活动。我利用休息时间访媒体、进高校、走基层、入厂矿、奔军营、赴海外……在两年多的时间里不知不觉竟讲了两百余场。去了全国三分之一以上的省市，做客都市文化讲堂，到了五十多所高校与师生互动交流，以平均每周一场多的节奏，始终保持了"讲好海昏侯故事"的温度不减、热度不降。为此，我几乎投入了全部的休息日，乐此不疲。在一场又一场演讲中，我的"海昏侯文化讲座"内容不断升级，渐成系列。比如面对大学中文系的学生，我主要讲"海昏侯的文学之美"，将那个时代的"金屋藏娇""倾国倾城""勇冠三军""芒刺在背""姗姗来迟""千金求赋""伊霍之事"等文学典故娓娓道来，让学子们一下子就迷上这段历史；面对银行、保险等金融系统的人士，我主要讲"海昏侯的财富之谜",让文物和史料说话,揭开海昏侯巨量财富的秘密,满足公众的好奇心;面对大学历史系师生,我主要讲刘贺的"称帝之谜、不杀之谜、封侯之谜",拨开历史的迷雾,揭开尘封的面纱;面对旅游系统优秀导游员队伍,我主要分享"如何讲好海昏侯故事"的心得,从"讲好历史人物的故事、出土文物的故事、地方风物的故事"等方面,提出文化与旅游融合的建议;面对国家公务员队伍时,我主要讲"以史为鉴说刘贺",把历史和现实贯通起来,让历史成为最好的清醒剂……我在每一场讲座中都必讲的、也最能引起大家共鸣的,是我对那段历史的总结和思考——"六个不可任性"。朱虹先生在给我的"海昏侯三部曲"第三部《布衣天子——刘询的前世今生》一书作序时说,这"六个不可任性"是"海昏侯三部曲"的魂,也是"讲好海昏侯故事"的魄。诚哉斯言,朱虹先生的话说到了我的心坎里。

我大学毕业就加入了警察队伍,有过25年的警察生涯,曾经当过市和县一级的公安局局长。因为一次偶然机遇,我离开了警察队伍进入到宣传文化队伍行列,并因此有机会接触到了举世瞩目的南昌汉代海昏侯墓考古发掘工作。我走到文学创作的路上纯属偶然,能够完成"海昏侯三部曲"的创作出版,可以说是我的机缘,也是我的幸运。这是我第一次尝试写书,而一写就是三部,自感不足多多,唯勇气可嘉!多年的从警经历让我能够以一种破案的视角来还原刘贺等历史人物的人生,"海昏侯三部曲"在篇章结构上也有点现代章回体的味儿。《北京晚报》记者李峥嵘女士在2016年3月对我的海昏侯创作做专访报道，并在同年3月4日发表了专访文章《像破案一样写海昏侯》；著名评论家李朝全先生在2016年3月5日点评我的《千古悲摧帝王侯——海昏侯刘贺的前世今生》时，说我的创作体现了"写独特"和"独特写"，符合文学创作的定律。我深知，这些都是对我的鼓励。我感悟，如果没有25年的从警经历，我可能写不出这"三部曲"；而如果没有进入宣传文化队伍，我更不可能接触到海昏侯。有朋友开玩笑说，冥冥之中好像有股神秘的力量让我与海昏侯牵上了手，两千年等一回，从此，我就成了宣传海昏侯的志愿者，成了海昏侯的第一宣传员。这虽是笑谈，却道出了某种机缘。

在创作"海昏侯三部曲"的过程中，朱虹先生、张秋林先生和二十一世纪出版社给了我很大的帮助。朱虹先生给我的"海昏侯三部曲"的每一部都写了序，令我十分感动；张秋林先生的职业敏感和精心策划，让"海昏侯三部曲"有了不一样的出场和气场，令我十分钦佩；二十一世纪出版社的编辑团队始终围绕着我这个初入门者对接服务，付出了极大的辛劳和努力，令我心生敬意。

北方文艺出版社的安璐同志独具慧眼，她看了我的第一本书后就开始与我沟通，建议我将海昏侯作品改编成适合评书演播的版本，请评书名家来播讲以扩大影响。我的"海昏侯三部曲"全部面世后，安璐同志又建议我将"三部曲"一并改编成评书，做成一个评书系列，以增加历史厚重感。为此，在炎炎酷暑中，她不辞辛劳特地从哈尔滨赶到南昌同我见面，接洽改编评书及授权出版等事宜，让我好生感动。好在小时候听单田芳、袁阔成等老前辈说过很多评书，后来又读过《三国演义》《七侠五义》等评书版本的名著，对评书这种形式不算陌生。因此，我便试着将"海昏侯三部曲"改编成了评书版本，并且把原"三部曲"的书名改成了《悲摧天子刘贺》《隐形天子霍光》《布衣天子刘询》，冠之以"海昏侯三部曲"的总名称。这是我的又一次尝试，自感有诸多不足，希求证于方家。

　　　看惯春去秋来，任凭花谢花开，这世界有太多成败。
　　谁能问鼎天下，我欲纵横四海，那境界有几人能明白？
　　多少英雄汉，身前豪气在，千古帝王侯，身后黄土埋。
　　得意休任性，有梦要澎湃，应叫天地留精彩！

　　我将序言开篇中田信国先生《好叫天地留精彩》的歌词略改了几个字，竟感觉意蕴又有了些许的不同。
　　是为序。

目

隐形天子霍光

录

第 壹 回

冠军侯策马河东郡　平阳城去病初寻乡

安汉兴刘志恢宏，三朝辅佐看劲松。
敢比周公扶幼主，威震朝野诛佞虫。
躬身社稷五十载，殚精竭虑为苍穹。
身后遗篇多残录，后人拍案论过功。

各位朋友，从今天起给大家说一部现代历史评书，叫《隐形天子霍光》。本书由黎隆武先生著，北方文艺出版社取得授权并委托我以传统评书的形式，将一代名臣霍光的传奇人生，从忠臣、能臣到功臣，最后堪称"隐形天子"的权臣心路历程完全展现出来。

咱们今天讲的这部历史评书，是黎隆武先生"海昏侯三部曲"系列的第二部。第一部《悲摧天子刘贺》，此前已经改编成了评书，并由我演播完毕。这部《隐形天子霍光》是它的姊妹篇。黎先生"海昏侯三部曲"的第三部《布衣天子刘询》，将在播讲完这部书后紧接着推出，欢迎大家收听。

关于隐形天子霍光的故事从哪儿讲起呢？这事儿得从汉武帝元狩二年，也就是公元前121年的仲秋时节说起，距离今天已经有两千多年的时间了。这个时候尤其是在北方，已经是黄叶凋零，朔风瑟瑟。这时候的小风要是冷不丁吹到人身上，都让人激灵灵打个寒战。就在河东郡平阳城的郊外，十里接官长亭旁边围着一群人，看样子站得时间不短了，足足得有一千多人。别看天这么凉，这些人在这里窃窃私语，但是谁也不敢高声喧哗。一看，敢情这里什么人都有，既有官差，也有老百姓。这么多人怎么如此安静呢？闹了半天在人群的最前面站的是河东郡太守大人。今天这太守大人怎么都出来了？老百姓觉得奇怪。今天这位太守，特意换了一身崭新衣服，肋下悬剑，往那儿一站，毕恭毕敬地，满脸堆笑。太守的笑容太难见到了，这位自从往这儿一站，笑容压根就没下去过，总在脸上那么堆着。看样子，好像是一收起来再挤出来费劲，这功夫是怎么练的。太守都在这里站着，在他的周围站的都是河东郡大小官员，老百姓敢大声喧哗吗？

一些十四五岁的孩子，在拥挤的人群里穿来穿去地嬉戏打闹，可唯独有一个小孩，一身蓝布的裤褂，头顶挽了个牛心发髻，银簪别顶，面白似玉，眉清目秀。他往那儿一站，与众不同，双手背在身后，这沉稳劲儿可跟他的年龄大不相同。

这时候，人群中有人低低地喊了一声："快看，来了！来了！"

"啊！"顺着这人的喊声往远处一瞅，只见在官道的正前方，征尘滚滚，来了一哨人马，旌旗猎猎，威风凛凛，刀枪蔽日，霎时间就像一团旋风，已经刮到这些人的切近了。只见在这哨人马的前面，高挑一杆大纛旗，这面旗黑缎色，掐金边走金线，红飞火焰，当中斗大的白月光，上绣几个大字"骠骑将军冠军侯"，白月光里斗大的"霍"字。纛旗旗脚下一马蹬开，跑来一匹战马，马鞍桥上端坐着一员大将，这员大将太威风了！

　　但见此将尚在少年，虎头盔朱缨攒，锁子甲扣连环。素罗袍护体严，绣麒麟雄风展。狮蛮带腰中缠，绣八宝珍珠嵌。骑一匹银龙闪，追风赶月惊敌胆。亮银枪单钩悬，冲锋陷阵敌胆寒。但见他，素白面好威严，利剑眉插鬓边。二虎目似深渊，狮鼻阔口镇陲边，凛凛英风飞虎将，勇冠三军天下传！

好一员大将啊！

　　别人不知道，河东郡太守可知道。他打老远就看见这员大将了，心中不由得暗吃一惊，心想："果然名不虚传，都说真天子百灵相助，大将军八面威风。真天子百灵相助，谁也没见过；大将军八面威风，今天是真见到了。"

　　这人是谁啊？谁！敢情他就是汉武帝驾前大名鼎鼎的冠军侯霍去病——霍大将军！原来河东郡太守今天在这里和这帮人为的就是迎接这位霍大将军。因为他知道霍大将军的背景可了不得！是当今皇帝驾前的红臣，而且他还是当今卫皇后的亲外甥，外戚。

西汉年间，这外戚可了不得，朝廷里那是实力派！他舅舅大将军卫青，这还了得！所以说河东郡太守老早就巴巴地站在这里恭候这位大将军了。听说大将军要来，可把这河东太守紧张坏了，所以今天迎接得这么早。

看见人家霍大将军的人马已经到近前了，河东郡太守趋步向前。小跑着，颠儿颠儿地跑过来。见有地方官员迎上前来，霍去病一勒马的丝缰，马就站在那儿了。

太守赶紧一躬："哎呀，霍大将军驾到，在下不才河东郡太守，迎接来迟，见谅啊，见谅！"霍去病赶紧甩蹬离鞍，下了马，抱拳当胸："岂敢，使君大人亲身相迎，末将真是万分荣幸！"

"哪里哪里，大将军一路风尘，来来来，请您随我城中一叙。"两人寒暄几句，分别上马，带着人马，进城了。

太守把冠军侯霍去病迎进城了，老百姓呢，都散了，唯独一个人没走，刚才那个倒背手的小孩儿。他还在这儿背着手看着呢，一边看一边想："看着这个将军年龄也不大，但是怎么这么威风？看这气场，甭说两军阵前交战，往那儿一站，就能把敌人镇住！"这孩子心想："我要是有朝一日也能像这位大将军那样，那就太好了！也让太守之辈来迎接我，你看他那模样，多好笑啊！"

就河东太守的那个笑，这小孩可记住了。敢情这个笑，还分好多种，有奸笑、嘲笑、微笑、苦笑；有自然笑、甜蜜地笑、会意地笑、低头含笑、有哈哈大笑、皮笑肉不笑；有冷笑、狂笑、淫笑、狞笑。今天这太守大人的笑，上面的笑都不是，他这是谄笑。谄笑怎么回事？就是看着人家霍大将军那模样，太守双

004

肩一端、脖子一缩，不乐还想乐，满脸的巴结差事。这劲儿太难拿捏了！

这小孩不住地一个劲儿地想嘲笑这个太守，心想："哎呀，我要是有朝一日像那大将军似的，那可就了不得了。"想着想着，这孩子自己都乐了。左右一看，没人了，就剩自己了。他把双手一背，大摇大摆地回家了。

河东太守带着霍去病霍大将军进了平阳城，来到金亭馆驿。馆驿也就是接待过往官员的客栈，自打知道冠军侯霍去病要来，河东郡这边早就已经准备好了。到了馆驿，先让霍大将军洗洗脸、弹弹尘。不多时，酒宴就摆上了，接风嘛。酒席宴前，两人无非是说一些官场上的事情，还有河东郡的民风怎么样，等等。太守介绍了一下河东郡的情况，霍去病也介绍了一番西北边陲的匈奴战事如何。说着说着，只见霍去病把酒杯一推，看了看太守："使君大人，这次末将来，我是有事相求。"

"大将军有事您尽管吩咐，怎么说见外的话呢，能说相求吗？有吩咐您就说吧。"

"哦，使君大人，我来到您这儿，是想找一个非常重要的人。据说这个人就在你们河东郡平阳城内。"

河东太守一激灵，心想，什么人？是好人，还是坏人？好坏也得接着啊。他赶紧说："哦？大将军，那太容易了，哪怕是掘地三尺，我也要把这个人给您找出来！"

第 贰 回

首问祖父子喜相逢　纳匈奴战神出征忙

　　霍去病突然造访河东郡，可把河东太守忙坏了。酒席宴前，霍去病提出来了，要找一个人，就在河东郡。太守一听，全揽过来了。

　　霍去病一笑："哈哈，这个人好找。据说他就在咱们平阳县做县吏，姓霍，叫霍仲孺。"

　　"哦，好办！大将军！我现在就派人去县衙问问，看看有没有这个人，有这个人，我就让他来！您看怎么样？"

　　"好，有劳使君大人了。"

　　"哎呀，您太客气了。"

　　太守一挥手，吩咐人到县衙去问一问。这个人去得麻利，回来得快！回禀霍去病和河东郡太守，说平阳县还真有这么一个县吏叫霍仲孺。但是今天他没当班，据说这两天身体不好在家休息呢。

"哦，那就好办。"霍去病看了看河东郡太守说道："使君大人，您能不能把这位霍先生请到馆驿来跟我一见啊？"

"嗯？"河东郡太守一听这话茬儿，连忙说："请过来？看起来霍大将军对这人很重视啊！""好啊！大将军，既然如此，我亲自去请，您看怎么样？我亲自去请这位霍先生。"

"那就有劳使君大人了！"

"哎呀，您太客套了！"

河东太守出门上车，让人带着，直奔霍仲孺的家就来了。

霍仲孺在城外住，家境一般。有人带着很好找，很快就来到霍仲孺的门首。老百姓一看，怎么回事，太守大人跑到霍仲孺家来了。这时候，太守的手下人赶紧来到门首，一拍门。正好，霍仲孺真在家呢。这位霍先生确实身体不太好，身体有点病，正在家休养呢。打开门一看，怎么把太守都惊动了。霍仲孺赶紧出了门，躬身施礼："哎呀，卑职参见太守大人。"

太守也赶紧从车上下来了："霍先生，我是请你来了。"

"啊，大人，赶紧屋里请，屋里叙谈。"

"好吧好吧。"太守跟着霍仲孺就进了屋。来到屋里，霍仲孺赶紧给太守让了座。太守看着霍仲孺："霍先生，实不相瞒，我是奉了霍大将军之命，特来请您到馆驿相见。"

"啊？"霍仲孺一听，满头雾水连忙问道："大人，不知是哪个霍大将军？"

"就是冠军侯霍去病霍大将军。霍大将军今天来到咱们河东郡，是专门要见一见您哪！"

"啊？"一听太守说冠军侯霍去病来河东就是专门要见自己一面，这下可把霍仲孺吓坏了。身在公门多年，他知道自己跟霍大将军可没有什么往来，也非亲非故。"怎么冠军侯专门要找自己，是不是自己家里出什么事了？"

霍仲孺想不去，却又不敢，两只手反复搓磨着，嘴里"嗯啊"个不停，不知该如何是好。就在这时候，里屋门帘一挑，有人搭了话："老爹爹，不必担惊，孩儿见过这位霍大将军一面，我陪您一起去，您看如何？"

说话间从里屋出来一位少年，谁啊？就是前面太守迎接霍去病的时候，在人群中倒背着手的那个小孩，敢情他是霍仲孺的儿子。霍仲孺一看，暗自点点头，心想："也好，就带他一起去，如果我有个什么三长两短的，这孩子也好给家里送个信。好吧！"霍仲孺没办法，硬着头皮，跟着河东太守上了车，一起来到了金亭馆驿。

到了馆驿当中，进了大厅，霍仲孺头都不敢抬，"扑通"一声就跪倒在地上了。他知道正当中坐的就是冠军侯霍去病霍大将军，赶紧口称："大将军在上，卑职霍仲孺有礼了。"

这时候，只见霍去病瞪着两个眼睛看着霍仲孺。见霍仲孺"扑通"一声跪下了，自己赶紧站起身形，绕过桌案，双手相搀，扶起霍仲孺："老爹爹在上，您怎么能给孩儿施这么大的大礼呢？"

说话间，只见霍去病一撩衣襟，"扑通"一声，也给霍仲孺跪那儿了。霍仲孺一瞅，这都哪儿跟哪儿啊，自己哪儿来这么大的儿子啊？

霍去病跪拜平阳县吏霍仲孺，这下可把在场的众人都闹蒙了。尤其是霍仲孺吓得真不轻，见霍去病朝着自己跪拜，这腿一软，"扑通"一声，又跪下了。说是跪下那是好听，其实就是瘫那儿了。嘴里还赶忙说："大将军折煞老朽了，我可实在是不敢当啊！"只有站在霍仲孺身后的小孩儿，不动声色，就这么沉稳稳地看着眼前发生的一切。

河东太守一看这架势赶紧过来了，先扶起霍去病，再扶起霍仲孺，心里直纳闷："霍大将军这到底闹得是哪一出啊？冠军侯上来二话不说，跪下张口就叫爹，这也太突然了。"霍去病站起身时已是满面泪痕，先请霍仲孺坐下，这才把来龙去脉说了一遍，众人才恍然大悟。

原来，霍去病出身也很贫寒，他的母亲叫卫少儿。卫少儿一共是兄弟姐妹五人，她有个大姐叫卫君孺，嫁给了太仆公孙贺。有个妹妹叫卫子夫，就是后来汉武帝的卫皇后。有两个兄弟，一个叫卫长君被封为侍中；另一个是卫青，也就是后来的大司马大将军，官拜长平侯。

早年间，卫少儿是馆陶长公主府的女奴。馆陶长公主就是汉武帝的姐姐，这姐弟俩感情和关系不一般。当时，平阳县吏霍仲孺正好被借调到馆陶长公主府里帮忙，这样卫少儿和霍仲孺就遇到一块儿了，两人一见钟情，竟成就了好事。没多久，霍仲孺借调期满，办完公事返回了平阳县，也就和卫少儿失去了联系。霍仲孺离开了馆陶长公主府后，卫少儿生下一个男孩。这孩子就是霍仲孺留下的。孩子生下来了，总得取个名字吧？卫少儿一想，这是霍仲孺的骨血，得姓霍。这孩子命苦，生下来就不见了爹爹，可不能有个头疼脑热三长两短的，就讨个口彩，叫"去病"吧，就这样给孩子取了个名字叫霍去病。

卫少儿后来嫁给了西汉开国功臣陈平的后人詹事陈掌。詹事就是掌管皇后、太子家中之事的官员。卫少儿带着儿子霍去病嫁给了詹事陈掌，霍去病的名字却没有改随陈掌的姓。可见，在卫少儿的心里对霍仲孺是一直没有忘却。而霍仲孺呢，后来也成了家，又生下了个儿子，就是跟着来的这小孩儿。

光阴荏苒，造化弄人。后来，有一次汉武帝出长安举行郊祀大礼，返程途中路过姐姐馆陶长公主府，进去一叙姐弟之情，结果在一群莺歌燕舞的乐女中看上了姿色绝佳的卫子夫，并选入深宫，几年后还立其为皇后。卫氏一族自此飞黄腾达。卫皇后的兄弟卫青在征讨匈奴的战场上屡立战功，后被加封为大司马大将军，总领朝政和全国军马，更是红极一时。随着自己的姨母卫子夫成为皇后，霍去病也就跟着腾达了。并且，他从小就很受武帝的喜爱，经常出入皇宫，颇受武帝的影响。

元朔六年（前123年），卫青两次领十万骑兵出击匈奴，歼灭匈奴军马过万。这是卫青第五次与匈奴作战。这一次，他奉武帝的命令，带上了自己的外甥霍去病，那年霍去病才17岁。

霍去病初次参加对匈奴的作战即显示出了过人的军事才华。在卫青与匈奴大军对峙之时，初登战场的霍去病那是初生牛犊不怕虎，率领八百骑兵，翻越崎岖的山路，奔袭数千里，突然出现在匈奴军队的后方，将毫无准备的匈奴后方军队打得落花流水。

这一仗，霍去病率领他的飞虎队千里偷袭成功，斩杀匈奴兵将两千余人，俘获匈奴的相国、当户（匈奴官名）、单于的叔父，并杀死匈奴单于的祖父。霍去病一战成名，勇冠三军，虽然已成为让匈奴人谈虎色变的战神，但却有一件事始终难以割舍。

第 叁 回

霍去病屡败匈奴军　难别离霍光生梦想

霍去病跟随舅舅卫青第一次出征，就大获全胜一战成名。

胜利的消息传来，武帝高兴不已。霍去病此次是奉武帝的命令随舅舅卫青出征的。武帝见霍去病初次出征匈奴就战功赫赫，感到这不仅是皇后卫子夫一脉的荣耀，更说明自己有识人之明。喜出望外的武帝马上加封霍去病为冠军侯。从此，"勇冠三军"就成了霍去病响亮的名号。

第一次与匈奴交战就锋芒初露，这只是霍去病战神生涯的开始。一战成名后，霍去病与舅舅卫青成为护卫大汉帝国的双雄，也成为武帝倚仗的左膀右臂。

元狩二年（前121年）春，武帝任命19岁的霍去病为骠骑将军，率领1万骑兵从陇西出塞，再次主动向匈奴出击。这一次，霍去病又运用了他的闪电战法，在6天时间里转战于匈奴的5个王国，如同虎入羊群一般，所向披靡。霍去病所部活捉了匈奴浑邪王的王子，消灭匈奴军队近九千人，还缴获了休屠王部匈奴人祭天用的金人，相当于夺去了匈奴人用于寄托精神信仰的祭天神物。经此一役，匈奴人闻听霍去病名号就害怕得不得了。

这一年的夏天，霍去病又奉命出塞。他再一次实施战术性大迂回，深入草原两千多里，绕了个大圈偷袭匈奴王庭，最后一直打到了祁连山下。在这次战役中，霍去病率领的汉军再次取得了决定性的胜利，歼敌三万余人，活捉了匈奴单桓王、酋涂王以下首领七十多人，受降两千五百余人。

在不到半年的时间内，霍去病接连在与匈奴的大战中大获全胜，他也因此声名远扬，越来越受武帝喜爱。这个时期的霍去病集万千荣耀于一身，成为匈奴人的克星，也成为大汉帝国最闪耀的将星。

而这时，霍去病的那块心病，更重了，什么心病呢？自出生起就没有见过父亲，霍去病一直想知道自己生父是谁，这次终于向他的母亲卫少儿询问到了自己的生父是平阳县的县吏霍仲孺。于是，霍去病在路过河东郡时专程来到平阳县。

霍去病这次路过河东郡，是奉了武帝的命令，去河西接受匈奴浑邪王、休屠王的投降。匈奴的浑邪王和休屠王屡次和汉朝军队交战，都被卫青和霍去病打败，损失了好几万人，浑邪王的爱子也被霍去病俘虏。匈奴单于迁怒于浑邪王和休屠王两人作战不力，打算要诛杀他们。

浑邪王的爱子被俘，本来就悲痛欲绝，又听说单于要诛杀自己，万般无奈之下就和休屠王合计，为了部族的安全，不如干脆投降汉朝，这样兴许还能保住自己的项上人头。于是，浑邪王派了使者去向汉朝请降。

武帝知道匈奴浑邪王请降之后，自然是非常高兴。可是，当他得知投降的并非是几百几千人，而是好几万人时，不由得又心生疑虑："这么大规模的受降，若是万一出现什么岔子或者是诈降，那可如何是好？"武帝决定派匈奴人最为忌惮的霍去病领兵去接受浑邪王和休屠王归降。武帝觉得，只有派霍去病去，才能起到震慑作用，防止出现无法收拾的意外情况。

霍去病说明了来龙去脉，大伙儿这才明白，霍仲孺是又羞又愧："羞的是自己年轻时一时轻狂，始乱终弃，撇下了霍去病与卫少儿这一对孤儿寡母，不用问也知道，他们该是吃了多少苦受了多少罪；愧的是儿子霍去病这么大了，自己一点儿父亲的义务都没尽到啊！现在儿子长大成人，年纪轻轻就功成名就，成了皇帝陛下的爱将，今次主动来找寻父亲，自己这是前世哪门子修来的福报啊？"霍仲孺拉住了儿子霍去病的手喜极而泣，真是老泪纵横百感交集啊！

父子二人叹罢多时，这时候霍去病注意到了父亲身后的少年，只见这少年看着他们父子俩流泪，他也在不住地抹眼泪呢。霍去病就问："爹爹，您身后是何人啊？"

霍仲孺把这孩子叫过来，让他给大哥行礼。告诉霍去病，这是你的亲兄弟，叫霍光，字子孟。霍光过来大礼参拜。霍去病拉起了兄弟，上下打量了半天，见小兄弟一表人才，称赞不已。

太守赶紧张罗着重摆酒宴，祝贺大将军一家团聚。酒席宴前，霍去病把霍仲孺让到上座，霍光挨着自己，太守也陪着。霍去病就把这次受降匈奴的事情简单地也说了一下。霍仲孺一听，可就为刚认下的儿子霍去病担起心来了。久在公门，他可知道，这次的任务可是非常凶险，弄不好就得把命搭上。所以，霍仲孺一再地嘱咐霍去病一定要多加防范，处处小心。霍去病不住地点头称是。霍去病告诉父亲，自己这次公务在身，不能久留，明日就得起程，让老父亲多保重身体，自己凯旋以后再来尽孝。霍仲孺又流了几滴眼泪。说话间已经是日落西山了。霍仲孺和霍光父子起身，跟霍去病告辞，说明天再来送大军出征。

第二天，霍去病整顿军马，城外列队。在河东太守以及众文武的陪同下，霍仲孺带着霍光也一起来为霍去病送行。其他人都是说些场面上的话，只有霍仲孺跟霍光拉着霍去病的手依依不舍。

此时，霍去病带来的人马已经列开队伍就要出发了，霍去病勒住丝缰，冲着众人一拱手："列位请回吧，后会有期！"然后他一拨马，眼看着抖丝缰催马，这就要走了。谁也没想到，就在这个时候，小霍光一个箭步就蹿了过来，"嘭"地一把拉住缰绳，仰面看着霍去病："大哥，您带我一块儿去吧，小弟我也要跟您一样，上阵杀敌，建功沙场！"

霍去病低头看着霍光，霍光虽然满脸的稚气，但是目光里却透着果敢和坚毅，信心十足，看样子是非去不可。霍去病笑了一下，拍拍霍光的头："贤弟啊，你有这样的志向真是太好了，是我霍去病的兄弟，但是这次是不能带你了，因为此行实在是太过凶险。贤弟就在家好好侍奉父亲，习练本领，等我胜利归来，我一定把你带往长安，并且推荐给当今陛下，皇帝陛下可好了，那才是真正的英明神武呢！你看怎么样？到那时候，我们兄弟俩携手效忠陛下，报效国家，那是何等荣耀啊！"霍仲孺也过来劝说了半天，霍光一看也只能如此了，这才跟哥哥洒泪分别。

送走了霍去病，河东郡的各级官员，各回各衙理事，霍仲孺也带着霍光回了家。霍光一心惦记着哥哥霍去病临走时说的话，期盼着要追随哥哥去长安干一番大事，所以干什么都心不在焉的。霍仲孺则惦记着儿子霍去病的安危，终日魂不守舍，提心吊胆。

霍光虽然生长于普通人家，但从小便与众不同。他自小不太爱劳动，常常喜欢站在高处遥看远方发呆、痴想。并且霍光自小就善解人意，心思缜密，做什么事都很有条理。他的老师多次向霍仲孺说："霍光这孩子天分极佳，有过目成诵的本事，但就是读书不怎么用心，对老师的劝导也不理睬，长此以往，他的将来很令人担忧啊！"

霍仲孺听了霍光老师的这番话，觉得有必要跟儿子说说道理了，还真得跟儿子谈谈。怎么才能让他好好学呢，这可难坏了霍仲孺。

第 肆 回

憨老父劝学霍子孟　纳降故军侯虎胆壮

　　为了教育好霍光，霍仲孺可是煞费苦心。他找机会和霍光做了一次交谈。还别说，霍仲孺的教育方式还挺超前，讲究说服教育。爷儿俩往那儿一坐，霍仲孺语重心长地对霍光说："光儿，你看父亲我做事可还勤勉？"霍光点点头："爹爹为了我们这个家，日夜操劳。您勤勉做事这一点可是没得说，这是大家有目共睹的。只是不知道爹爹今天因何向孩儿说起这个呢？"

　　见霍光似在认真听自己说话，霍仲孺又接着说道："可是，我虽然如此地努力，但是我们家的生活为什么还这么清苦呢？"

　　"唉，爹爹今儿个是怎么啦？他说这个话是要提醒自己什么呢？"小霍光沉默了一会儿，思忖再三才说道："爹爹啊，可能不是因为你不努力，而是因为你的官做得不够大吧？"

　　霍仲孺听霍光这么一说，心里挺高兴："看来这孩子是个明白人哪！"

"光儿你说得很对。不过这话又得说回来，我之所以官做得不够大，那还不是因为我书读得不够多的缘故吗？而且我现在的状况也远比那些没读过书的农夫好多了。这说明，读书对我们而言是多么的重要啊！光儿刚才说爹爹的官做得还不够大，我儿真是好志气啊！光儿若想将来当大官，现在就得用功多读书。唉！光儿如果将来当了大官，那老父我也就有依靠了。"

说完这番话，霍仲孺不禁为自己今天对霍光的这番劝导颇为自得，连连慨叹着，希望霍光能从中领悟到自己的一片苦心。哪知道霍光听了霍仲孺的话后却冒出这么一句话来："孔圣人读的书可是比父亲要多得多了！但是，爹爹你看，孔圣人不是经常四处颠簸，有时甚至连饭都吃不上吗？可见，读书读得再多，不会用也是枉然啊！"霍光这话一出口，霍仲孺只觉胸口一闷，好悬没闭过气去，被呛得话都接不上来。

霍光平常不喜欢死读书，而是喜欢思考问题。见父亲今天讲着讲着又讲到劝导自己学习的事情上来了，忍不住就抢白了几句。尤其是今日，霍光正在想着兄长霍去病的时候，见父亲在面前唠唠叨叨地说读书说个没完，便以孔圣人为例，针锋相对地把霍仲孺的劝导给怼了回去。

霍仲孺心里憋屈啊！"唉，看来老师所说的并非虚言，这孩子果然是不听人劝！也许他是天生就不爱读书也未可知。等去病奏凯回朝，还是让光儿随他哥哥建功立业去吧。说不定能混个一官半职呢？"这样想着，霍仲孺便不再说话，摇着头自个儿走了，把霍光一个人晾在那儿继续发呆。

霍光怼完老父亲，见霍仲孺摇着头走了，又陷入沉思中。他在想什么呢？霍光这时就在想："突然冒出了这么个兄长，而且是一个威震天下的英雄，统率千军万马的冠军侯。而这个兄长竟然又如此有孝心，在出征匈奴的途中专程绕道过来，竟然就是为了认父。兄长真是有情有义，了不起！"霍去病专门绕道平阳城只为了认父的这个举动，让霍光对这个哥哥增添了几分亲切，霍去病顿时成了他心中的偶像。所以，他是每天都盼着哥哥回来。

霍去病是为了招纳投降的匈奴王而来到了平阳县。那么，为什么匈奴跟大汉王朝一直战事不断，匈奴到底是个什么情况呢？

其实匈奴是秦末汉初称雄于中原以北草原上的强大游牧民族，公元前215年被秦朝大将蒙恬逐出黄河河套地区以及河西走廊地区。到了西汉前期，强大起来的匈奴开始屡屡进犯汉朝的边境，经常南下入侵中原。不仅如此，匈奴还控制了西域诸国，经常联手对汉朝的边境发难，对西汉政权构成了巨大的威胁。汉高祖刘邦统一中原后，曾经亲自率领三十多万大军征讨匈奴，想将这个心腹大患一劳永逸地铲除，结果却被匈奴围困了七个昼夜，最后还是靠着贿赂冒顿单于（当时匈奴的首领）的老婆，全军才得以突出重围。此后，刘邦见很难征服匈奴，于是转而实行和亲政策，送汉朝皇族的公主去给匈奴单于当妻妾，每年还奉送给匈奴一定数量的物资，相互结为兄弟。在这样的情况下，匈奴冒顿单于才稍微停止侵扰汉朝边境的活动，而汉军也没有主动攻入匈奴人盘踞的草原。

汉文帝和汉景帝时期延续了高祖刘邦的做法，也对匈奴采取了怀柔和亲的政策，尽可能地保持边界的和平。但即使如此，匈奴依然时常骚扰汉朝边境，经常发生的冲突和侵扰让大汉的历代皇帝大为头疼。到了汉武帝时期，事情开始发生了变化。汉武帝让大将军卫青和霍去病统率汉军，多次出兵跟匈奴交战，逐渐扭转了败多胜少的战局，尤其是霍去病带领他的飞虎队连续打了几场大胜仗，成了匈奴军队的克星。

霍去病此次出征，虽是受降，却也凶险万分。武帝正是因为担心受降过程中出问题，因此才派匈奴人畏惧无比的霍去病亲自率军前去纳降，以防发生意外。

果然不出武帝所料，受降过程中还真是发生了意外。霍去病带领人马渡过黄河，在黄河北岸扎下了营寨。这时候，匈奴浑邪王和休屠王也把人马带过来了，扎下了大营。匈奴来了多少人？两个部落加起来有十几万人，连绵的帐篷扎下五里多地。霍去病派人知会浑邪王，说自己率领受降的大军已经到了，让他们准备好投降事宜。

其实浑邪王早就得到禀报了，听说是勇冠三军的霍去病亲自来受降，可真是吓得不轻，赶紧请来休屠王商议，怎么去迎接霍去病。休屠王到了之后，却是呵呵一阵冷笑："王兄啊，我一直没和您说，其实我休屠王今日投降是假的，欲趁机除掉霍去病是真。霍去病杀我匈奴人甚多，这笔账我是早就想和他算上一算了。他不是亲自带着汉军到了吗？来得正好，真是天堂有路尔不走，地狱无门自来投。今天我们就让他有来无回。"

休屠王这话一出口可把浑邪王吓了一大跳。浑邪王大瞪着双眼，看着休屠王，忍不住反问了一句："就凭咱们俩，想杀霍去病就一定杀得了吗？再说了，人家霍去病难道就没准备吗？不可能啊，汉军肯定早就会有所防范了。"

"咱们直接动手肯定杀不了他，得用计啊，您附耳上来。"休屠王在浑邪王耳边如此这般、这般如此地说了一遍。浑邪王听了轻轻点了点头："既然你这样有把握，那就按计而行吧。"浑邪王虽然嘴上这么说着，心里却对休屠王的计谋一点底儿没有，心想：我啊，还是见机行事吧。

浑邪王和休屠王商议停当，两人这就开始安排人准备迎接霍去病的到来。两人约定，到时候一切听从浑邪王的号令。休屠王本不想听从浑邪王的号令，无奈浑邪王是他的王兄，不听不行。又为了争取浑邪王的支持，便只好约定一切听从浑邪王的号令行事。他们把霍去病派的信使打发回去，回信霍大将军，明日午时举行投降仪式，届时，我们在营门外迎接霍大将军，咱们不见不散。

第二天一大早，匈奴大营就忙开了，营里营外收拾得干净利索，辕门外五百士卒列队两旁，一个个精神百倍，但是谁也没拿兵器。中军人帐的里边早已暗暗埋伏下二百短刀手，单等浑邪王一声号令，就把前来受降的霍去病砍杀在当场。

这才是挖下深坑擒虎豹，撒下香饵钓金鳌。

第 伍 回

休屠王假降暗算计　霍去病虎帐除奸王

　　黄河岸霍去病受降匈奴二王。浑邪王和休屠王也早就准备好了，两个人都换上了匈奴平民的衣服，带领着族里大大小小的头领，在大营辕门口外等候霍去病的到来。眼看就到午时了，汉军那边还是没有动静。

　　"嗯？这是怎么回事，难道霍去病发现什么不对了？还是他另有准备。"浑邪王对休屠王设计除掉霍去病本就心虚，他提心吊胆地看了一眼休屠王，意思是问"怎么办？"休屠王轻轻摇摇头，示意浑邪王先别急。两人这儿正打哑谜，却见有人来报："霍去病带领人马已经来到了！"

　　匈奴二王赶紧举目远看，就见不远处，汉军的一千虎贲军，已经列开了旗门，一个个精神抖擞，都是左手虎头盾牌右手持截头砍刀。这砍刀都没尖，这哪是刀呀，跟扎刀片差不多，刀把上都拴着五色绸子条，随风飘摆。队伍前面高挑着黑缎色大纛旗，上书骠骑将军，正当中白月光里有个斗大的"霍"字。只见霍去病满身披挂，跃马横枪立于旗脚下，威风八面，霸气袭人！

浑邪王这么一看，浑身冒冷汗："我的妈呀！这霍去病哪是人啊？这简直就是一尊天神！休屠王这边还想着要暗算霍去病，瞧汉军这阵势，那不是飞蛾扑火吗？"浑邪王暗暗地瞧了休屠王一眼，发现休屠王的眼里也已经满是惊恐。

匈奴俩王带着众人赶紧抢步上前，撩衣襟"扑通"齐齐跪倒在地施礼，口称："败军之将，迎接大将军来迟，望乞赎罪。"双手举着佩刀，顶在头上，头都不敢抬。

这场面太尴尬了，敢情投降的滋味是这么不好受啊！要是搁在前几年，匈奴人对阵汉军，从来是不吃亏的，哪一次和约不是耀武扬威、人前显贵？何曾想到过有朝一日要主动请降？可现在，这双膝一跪就意味着已经成为阶下囚，滋味能好受吗？

见匈奴王领着众人跪倒一片，霍去病赶紧滚鞍下马，双手扶起浑邪王和休屠王："二位王驾，识达时务，弃暗投明，实为当今之壮举！汉胡之楷模！"霍去病让他们把佩刀各自佩带起来，对他们丝毫也不加防备。休屠王见状心中暗喜："霍去病没有收走降将的佩刀，也真是太托大了，真乃天助我也！"

然后，浑邪王一摆手，把霍去病让进中军大帐。霍去病带去的一千虎贲军按照事先部署，"哗啦"一下，就把中军帐先给围了，只让浑邪王和休屠王随霍去病进入大帐中，却把族中其他头领都给挡在了帐外。

休屠王一看："看来这霍去病和汉军已经是有所防备了，得赶紧动手，要不然夜长梦多。"他悄悄地看了一眼浑邪王，意思是："王兄，赶紧下令吧。"可是浑邪王压根没理他这茬儿。休屠王心想："怎么回事？这王兄莫不是临到阵前却要反悔？事到如今也由不得你反悔了，你不动手？那只好我先动手了。"想到这儿，休屠王一伸手，把佩刀就抽出来了，对着霍去病就是一刀。

　　霍去病早就防备着休屠王呢。他往旁边一闪，躲过这一刀，正要还手，只见浑邪王也把刀亮出来了。休屠王一看，心里暗道："你早就该亮家伙了。"休屠王满以为浑邪王这是要帮自己砍霍去病呢，哪料想，浑邪王的刀却直奔自己来了。就见浑邪王手起刀落，"咔嚓"一声，把休屠王的头给砍下来了。

　　杀了休屠王以后，浑邪王把带血的佩刀二次举过头顶，跪倒在地向霍去病请罪。中军大帐中的这一变故来得太快，那两百短刀手见浑邪王杀了休屠王后跪倒请罪，赶紧也把手中的短刀丢弃在地，齐齐俯身投降。

　　其实霍去病此次来匈奴大帐纳降之前，已经把所有可能出现的情况都细细梳理了一遍，对于匈奴王可能会出现的临阵反悔早就有所防范。霍去病把大营扎在黄河岸边后，跟匈奴人大营一对，就发现匈奴大营里隐隐有杀气，恐怕有诈，所以早就兵分两路，大队军马绕到了匈奴的后营，自己则在正面亲身涉险，看看匈奴人到底有什么安排。如果有诈，到时就前后营一起动手，把匈奴部落一鼓作气地全歼在这儿。到了大帐之后，休屠王果然先动了手。让霍去病没料到的是，浑邪王会亲手杀了休屠王。看起来浑邪王是真心投降。见浑邪王二次跪倒在地请罪，他赶紧扶起了浑邪王。

两个人刚落了座，就听到匈奴的后营杀声四起。浑邪王大惊失色，霍去病一摆手，示意少安毋躁，就听得汉军大喊："降者免死"。

过了一顿饭的工夫，汉军陆续来报，匈奴休屠王不降的人马都已被降服。浑邪王明白，汉军说是降服，其实多半就是给杀了。

霍去病点了点头，看着浑邪王："王驾，现在你们的百姓和人马才是真正地归顺我大汉呢。我看这样吧，我安排专门的使臣保护着您和您的家小先行一步，去往长安，面见我家陛下。您的部落人马和百姓由我亲自护送进京，不知您意下如何？"

浑邪王一听，心想："说得好听，这哪是单独护送，分明是单独押解我们全家进京啊。"

浑邪王相当明白，这分明是把自己跟族人分开，便于霍去病押解，也防止自己跟族人暗中联络再生反意。

浑邪王心想："霍去病有这种防备也是情理之中，本来自己也是真心投降，自己先行进朝面圣也未尝不可，既能让霍去病安心带领人马回朝，也能向当今大汉天子表明自己真心归降的心意；并且霍去病这么安排，没准就是大汉皇帝早就安排好的呢。"想到此处，浑邪王就爽快地答应了霍去病的安排，自己带着家小在汉军使者的单独护送下先行进朝。其实，浑邪王此时已经沦为汉军的阶下之囚，哪里还有什么讨价的资本。

霍去病的大军护送投降的匈奴部落十万余人，渡过了黄河，往长安进发。霍去病受降了浑邪王，这阵子霍光干什么呢？

霍光天天在家盼着兄长霍去病归来呢，真可谓是望眼欲穿！这一天他正盼着呢，忽然听见一阵马蹄声如奔雷一般渐近。不久，就听见有重重的脚步声踏入了家门。

霍光心里一动，赶紧冲出大门，只见自己朝思暮想的兄长就站在眼前。可把他高兴坏了！霍去病一把抓住霍光激动不已的手，朗声说道："贤弟，愚兄应约而来。明日你就随我去往长安，为国效力吧！"

此时，少年霍光做梦也不会想到，自己会有朝一日踏上这个庞大帝国的权势巅峰，将一个巨大的帝国牢牢掌控在自己的手中。霍去病又哪里知道，自己这次远征和归来，将弟弟带进朝堂，竟然改变了大汉帝国的未来。在随后的数十年岁月里，霍氏昆仲这一文一武，在一定程度上竟决定了西汉中期整个军事、外交与社会的发展。

霍去病自从上次离开父亲的时候，就出钱给霍仲孺置办了房产土地。现在的霍仲孺已经是衣食无忧了。这次霍去病军务在身，不便在家过多耽搁时间，只住了一夜，就带着霍光匆匆踏上了新的"征程"。

第 陆 回

救阏氏坦途逢挚友　小子孟初识少年郎

　　霍去病赴约平阳县，兄弟携手进长安。那是公元前121年晚秋时节，在霍去病麾下上万骑兵的"护送"下，十万归降的匈奴人，浩浩荡荡地行进在前往长安的路上。成千上万的骑兵列队而行，成千上万辆马车隆隆前进。队伍中除了铠甲铮亮的大汉兵将，更有大量的匈奴族人。一眼望去，行进的队伍竟然望不到尽头。马蹄、车轮所过之处，撩起漫天尘土，仿佛在炫耀着大汉帝国在与匈奴战争中辉煌的功绩。

　　霍光刚进军营，看哪儿都新鲜，不停地向霍去病问这问那。这哥儿俩同坐一辆车，霍去病为了能多和兄弟接触，也从战马上下来，改乘马车。

　　这一天，霍去病与霍光兄弟二人在马车中相对而坐。霍光一路上见到众多本应该在战场上兵戎相见的匈奴人也坐在马车上，心中不免有些疑惑。终于，他忍不住问道："大哥，我听说匈奴人经常和我们打仗，杀了很多汉人。为何我们不杀了他们呢？"

霍去病哈哈一笑："以武屈人其实是下策。要是能让这些投降的匈奴人为我们所用，那才是最好不过的事情。我的手下就有众多投降的匈奴人，在北征的时候，他们一样能为我们所用，比如可以为我们引路啊。"

霍去病顿了顿，又说道："此次投降的匈奴部族是匈奴的主力。我朝过去与之交战过几次，都占不了上风，直到这一次把他们彻底打败。这次他们整个部族能够归降，对我朝而言可谓是巨大的胜利。这样一来，我们就可以顺势占据祁连山和河西，北部边疆就安稳了。"

霍光似懂非懂，一下参悟不透："兄长说的这些东西我还不能完全明白，我要是能像兄长一样博学就好了。"

霍去病拍了拍霍光的肩膀："我本来也不甚清楚，只知道上阵杀敌。我和你说的这些，都是当今皇上亲自教导我的，否则，我又哪里能知道这些啊！当今天子，那才是雄才伟略呢！等你见了他就知道了。"

霍光听到兄长霍去病如此称赞当今陛下，心中那份为国效力的念想愈加强烈起来。他不禁好奇起来，这位让兄长时时挂在嘴边的皇上，究竟是什么样子呢？

霍光正想着，有人过来禀告霍去病："将军，投降的匈奴人中有人传话说，休屠王的阏氏（妻子）身体本就虚弱，连续几日奔波劳累，状况很不好，匈奴人请求对她给予特殊的照护。"

霍去病听了，很不以为然："休屠王言而无信，他既然背信弃义，那么让他的妻子受点儿罪也没有什么不可以的。"

霍光虽然不明了前因后果，但听了兄长的话却有些迷惑，有些不解地问道："兄长之前说，这些投降的匈奴人可以为我们所用，为什么对生了病的匈奴妇人却如此冷酷呢？"霍去病听了弟弟的疑问，就把休屠王投降出尔反尔的事情说了一遍。

霍光听了，觉得兄长霍去病这么对待匈奴归降的妇孺，不利于稳定已经投降的匈奴部族的人心，似乎不太妥当。

霍光思索了片刻，劝说霍去病道："我觉得兄长要是照看一下她的话，那应该会更为妥当。毕竟归降人中有一部分是休屠王部族的人，兄长不计前嫌，照顾好休屠王的妻子，更有利于收服匈奴人心啊！"

霍去病听了霍光的话，看着霍光，心中大喜，感觉到霍光小小年纪，心地仁厚，非常难得，并且建议也很正确！霍去病不禁大笑起来："哈哈哈，弟弟说得对啊，这样吧，你我一同去看看这位休屠王阏氏。"

霍去病径直入了休屠王阏氏的营帐。只见一位中原女子模样的人，半躺在临时搭起的床榻上，一脸的病容，正在昏睡中。这位女子虽说是中原人的模样，但却是匈奴人打扮。女子的身边还有两位匈奴装束的少年，英俊潇洒，与众不同，他们陪坐在一旁。

霍去病见了，心中生出了些许疑问，问左右将官道："这位就是休屠王的阏氏？"这时，昏睡中的阏氏好像听见了霍去病的问话，竟然惊醒过来。见到英气逼人的霍去病，女子开口说道：

"阁下，阁下莫非就是骠骑将军？我本是汉宫的宫女，当年随公主去匈奴和亲，后来又嫁给了休屠王。"

霍去病见匈奴休屠王的妻子竟然是随大汉公主和亲的宫女，不禁大感意外。霍去病心想，阏氏身份特殊，看来在匈奴人中的影响和地位都很不一般。况且她本为汉人，看在同胞之亲上，也应当优待。于是，立即吩咐左右说："阏氏虽然是休屠王的妻子，但是生了病就应当给予照顾。你们可以在食物和乘坐车驾方面，给予她特殊的安排。"说完，霍去病又面向阏氏，指着霍光对她说道："这是我的弟弟霍光，是他怜悯你们，坚持要我过来看看，不然你这番去长安的路上要受的苦楚恐怕就要更多了。"

休屠王的阏氏本就来自大汉，又在宫内服侍过公主，颇懂礼节。阏氏听见霍去病如此说，挣扎着要坐起来，并对坐在两边的少年说道："贺赖、尸逐，还不快谢谢过两位将军。"

霍光赶紧上前让阏氏不要起身。却只见坐在她两边的少年马上站了起来，对霍去病行了礼。尤其是年长的那位名叫贺赖的少年对霍去病行了礼后，又对霍光行了礼。霍光赶紧双手相搀，仔细打量这个少年，不由大吃一惊！

就见贺赖长得仪表不俗。这小贺赖身高九尺，面庞黑中透润，浓眉大眼，高颧骨，通关鼻梁，鼻头微微有点儿钩，那叫鹰鼻子，既有汉人的柔美也有草原人的雄奇，十分英俊，即使在大名鼎鼎的战神霍去病和众多披甲武士面前，也毫无胆怯的神色。这时阏氏又气喘起来，贺赖赶忙回身安抚母亲，显然极为孝顺。

谁也不会想到，这位少年日后将成为汉朝历史上一位大大有名的人物，咱们后文书再交代了。

返回营帐后，霍光对阏氏仍然很是挂念，便问兄长道："休屠王的阏氏到长安后，会受到怎样的对待呢？"

霍去病说道："从前，凡是被俘虏的匈奴人，若是女人和孩子，多半会被充作奴婢。阏氏和她的孩子，还有其他投降过来的匈奴人，到长安后，生活应当无忧。你就放心吧，朝廷会安排好的。"霍光听了，心中稍感宽慰。

大军又走了几天，终于到了长安。骠骑将军霍去病得胜回朝，武帝心中的一块大石头终于落了地。

十万匈奴集体归降的消息很快传入了长安，胜利的捷报和欢呼声响彻全城。武帝龙颜大悦，浑邪王等匈奴归降贵族得到了武帝重重地封赏。浑邪王被封为漯阴侯，食邑万户。而浑邪王的其他手下，也均被封赏。

从此，汉朝实际控制了河西地区和祁连山，不仅使武帝开辟的丝绸之路更加通畅，还大大增强了汉朝对西域诸国的控制力。而匈奴部落则损失惨重，浑邪王的投降使得匈奴单于丧失了大部分主力，再也无力发动大规模的战争，这些草原上昔日的王者，走向越行越远的草原深处，不得不迁往漠北。

霍去病班师回朝的第一件事就是去觐见武帝。他吩咐手下将霍光安顿好后，便立刻前往未央宫。霍去病向武帝详细报告了此次出征的情况，见武帝心中欢喜，便顺势说道："臣此次远征，还在路上寻见了臣的生身父亲。"

武帝一听，颇感好奇："哦！说来让寡人听听。不想爱卿此次出征竟另有收获！"于是，霍去病把寻父的过程一一向武帝禀报，也把买大宅照顾父亲的事情详细禀告了。武帝边听边频频点头，以示嘉许。武帝对霍去病说道："朕一向认为万事当以孝为先。你这次去寻见自己的父亲，为父亲所做的这些事都做得很对！"见武帝赞赏自己做得对，霍去病又接着说道："臣还见到了弟弟霍光，觉得他做事稳重而踏实，就带他来了长安。臣希望以臣的军功，举荐他为郎官，侍奉陛下左右。不知陛下龙意如何？"

第柒回

长安城飞骑传喜报　小霍光面君入未央

霍去病顺利受降浑邪王，班师回京。对于霍去病来讲，这一趟出征最有价值的就终于找到自己的生身之父霍仲孺，并且还遇到了兄弟霍光。霍去病高兴得好几天没睡好觉。回京之后他把这事一五一十地都禀报给了武帝，武帝大加赞赏，最后霍去病跟武帝讲，想用自己的军功给霍光换个郎官，让他来伺候皇上。

西汉时期做官就这么容易？有人一推荐就行了嘛，这不是随意走后门了吗？其实这跟汉代的官吏挑选制度有直接的关系。

汉代的官吏挑选制度主要有如下几种：

征辟制度：这是汉武帝时期推行的一种自上而下选拔官吏制度。就是征召名望显赫的人士出来做官，皇帝征召称"征"，官府征召称"辟"。在汉代的选官制度中，征辟作为一种自上而下选任官吏的制度，地位仅次于察举制度。

察举制度：察举就是考察推举的意思，察举制度始于汉高祖刘邦，至汉武帝时成为一种制度，即由公卿、列侯和地方郡守等高级官吏通过考察，把品德高尚、才干出众的人才推荐给朝廷，经过考核，然后授予官职。察举的科目主要有孝廉（孝敬廉洁者）、秀才（才能优秀者）、明经（通晓经义者）、贤良方正（能直言极谏者）等。对于被察举的人，朝廷会提出一些治国和经义方面的问题进行考核，叫作"策问"。应举者回答朝廷提出的问题，叫作"射策"或"对策"。董仲舒就是在汉元光元年（前134年）以贤良方正连对三策而被录用的。察举制是在中国古代产生的第一个系统的选官制度。到隋唐时期，察举演变成了影响中国一千多年的科举制。

除了征辟、察举，汉代还有另外的一个选官制度叫举孝廉。所谓孝廉，就是道德极好的人。一个人被举为孝廉，他在这个地方肯定是被公认的道德品质最高尚的人。举孝廉是平民百姓步入仕途的一个重要途径。但是，总的来说，在汉代做官是属于少数人的特权。

正是由于当时的官吏挑选制度，才有了霍去病在武帝面前荐举自己的弟弟霍光霍子孟。兴致正高的武帝听到爱将霍去病举荐自己的亲弟弟入宫，立刻一口允诺，吩咐霍去病带霍光入宫觐见。

次日，霍光便随着兄长进了未央宫。霍光是第一次入宫。只见重重宫殿鳞次栉比，仿如迷宫；亭台楼阁错落有致，华丽辉煌。一路上，霍去病反复叮嘱着霍光觐见武帝需要注意的事项。霍光一字不落地用心一一记下，他知道这是要见皇帝陛下，不得有丝毫造次。皇宫乃三尺禁地，稍有一点儿疏忽就有可能把脑袋混没了。另外霍光还有一种好奇的心理，一想到自己马上就要见到那个神话般的皇帝了，他的心中既忐忑不安，又满怀期待。他紧跟着兄长的脚步，亦步亦趋。对宫内沿路的美景顾不上多瞧几眼，寸步不离地跟在霍去病身旁。

也不知走了多久，终于到了一座大殿前。霍光不知道，敢情这就是大汉帝国的首脑之地，大名鼎鼎的未央宫啊！跟随兄长顺着台阶就上来了，到了大殿门前。只见殿门口站立着两个威武的甲士，手拿着大戟，一动不动，跟金甲天神一样。迈步进了大殿，偷偷四下一看，这屋里摆设相当考究，隐隐的香气扑鼻。正当中一张大大的床榻，感觉着上面端坐着一人。那么大的殿堂，鸦雀无声，静得能听见人的心跳声。

只见霍去病往前快速趋行了几步，随后伏身下拜："臣去病拜见陛下。"霍光按照先前兄长对自己的嘱咐，也模仿着行了叩拜大礼。两人行完礼之后，武帝便命他们平身，上下打量了一番霍光，微微点了点头。

武帝初见霍光，一时竟有些诧异。这位少年和霍去病年少时的模样竟然如此相像，只是相比于当年的霍去病，霍光看起来要更加拘谨一些。

武帝问了一句："你就是霍光吗？"霍光赶紧躬身施礼："正是小民。"

"不必拘礼，抬起头来。"

"是。"霍光轻轻一抬头，不敢直视，偷偷瞄了一眼皇上，就赶紧低下了头。就这一瞄，皇帝的形象就深深地镌刻在了他的脑海中：上面坐着的大汉天子，头戴通天冠，身穿玄色龙袍，上绣十二章纹，有日、月、星辰、龙、凤、水草、火、黻、斧钺、宗彝、山川、粉米。直生的方面大耳，浓眉阔目，虽然面含微笑，可是一身的凛然之气，不怒自威！看年纪正值壮年，直观感觉比父亲霍仲孺还要小。见皇帝轻抚长髯，似乎也正在注视着自己，霍光又赶紧低下头，心中万分紧张，不知不觉手心都冒出汗来了。霍光心想："这就是让我家兄长景仰万分的当今皇帝呀，果然是仪表非凡！可是这位至高无上的大汉天子，接下来对我，又会如何呢？"

霍光心里忐忑不安，不知道皇上到底对自己是什么看法。过了好一会儿，只见武帝露出笑容，连声说道："好，好，很好啊。"霍光仍然有些不知所措，可是见到兄长霍去病面露喜色，便也慢慢安下心来。

武帝说完几声"好"后，便转头对霍去病说道："去病，你们兄弟二人如此相像，日后他定然也会成为国之栋梁啊。"说罢，武帝便吩咐左右赏赐钱财给霍去病与霍光。

对于冠军侯霍去病此次得胜回朝，武帝是大加封赏。他加封霍去病一千七百户食邑。武帝将浑邪王和休屠王从前的领地改为武威和酒泉两个郡。又把投降过来的十万匈奴人分为了五个部分，分别安置在大汉帝国西北的五个郡。从此，陇西等边境更加安定了。而浑邪王的投降，使匈奴单于的战斗力大打折扣，加上卫青与霍去病不断地打压，匈奴单于已经不得不迁往漠北以避锋芒，拱手让出了河西的大片土地。被浑邪王所杀的那位休屠王，他的阏氏随浑邪王投降后，被充为官奴，儿子则被分到宫中养马。

休屠王阏氏带着两个儿子，一家三口人在宫中生活，也还算安稳。匈奴的休屠部族一直以来都擅长养马。而休屠王的儿子贺赖自幼便受部族养马风俗的熏陶，对马的生活习性十分熟悉，养马也很是用心。他养的马匹总比别人养的要更加膘肥体壮，因而也被上司赏识。

在霍去病的举荐下，霍光顺利当上了郎官。这个郎官，其实就是议郎、中郎、侍郎、郎中等官员的统称，武帝时属光禄勋管辖。郎官干什么工作呢？他主要承担着"掌守门户，出充车骑"的职责，换句话说，就是专门侍奉皇帝的侍臣。郎官也担负了"宿卫宫禁、执兵扈从"的任务，也就是具体负责皇宫的禁卫安全。武帝时期，郎官这样的侍臣多达数千人，大多是因为父亲兄长的功绩而经举荐得到官位，或是因为家里有钱而得到任职资格。所以，大多数郎官非富即贵，也有一些是因为举孝廉而成为郎官的，不过比例很小。因为郎官常有到地方任职或者升迁的机会，所以，郎官既是出仕的重要途径，也是朝廷重要的人才储备库。

霍光这一当上郎官，他才要大展宏图。

第 捌 回

封郎官霍光始伴君　战匈奴武帝遣双将

　　霍光靠着兄长霍去病的功绩，成了几千名郎官群体中的一员。因为霍去病是武帝的爱将这层关系，霍光这个郎官的升迁之路是一帆风顺，不断地升迁，很快就加官至诸曹、侍中，后来还当上了御史和尚书令，进入武帝身边的近臣行列，成了长安城的新贵。作为天子近臣的霍光，就像是武帝的影子，整天随行在天子的左右，渐渐地，他竟成了汉武帝的心腹之人。

　　霍光升迁得这么快，除了倚仗霍去病的荐举和功绩外，主要的还是他自己辛苦伺候，忠心为主，在皇帝身边时时小心，处处留意，不敢有丝毫的大意和懈怠。可谓是如履薄冰，如临深渊。并且霍光很善于察言观色，往往是武帝一个眼神过来，他就能很快猜透皇帝的内心想法，所以才深得武帝的信赖。霍光做事非常谨慎，只忠诚听命于武帝一人。他年纪轻轻，却城府极深，也正因为如此，才奠定了他一生的成就。

时间飞快，转眼霍光来到长安一年多了，大汉朝的内政及边陲环境也发生了很大变化。公元前120年的秋天，经过一年多的休整，稍微缓过劲儿来的匈奴单于又开始进犯汉朝疆域。数万匈奴骑兵分两路袭击了右北平和定襄两地，杀掠汉民一千多人，作为对之前浑邪王投降汉朝的报复。大汉边境的气氛顿时又紧张了起来。有朝臣进言，请求武帝再次出兵反击匈奴。

可是，这一次武帝却没有马上命令汉军出击，而是陷入犹豫中。怎么回事呢？原来，近十年武帝频繁地对外用兵，南征北讨，消耗巨大，加上连年水灾旱灾，朝廷花费越来越多，国库早已入不敷出，实在是拿不出更多的钱粮来支撑对匈奴的长期战争了。

武帝心里清楚，打仗打的是钱粮，不是光有能征善战的将军就能成的。眼下大汉虽然不缺将，但是缺钱，怎么和匈奴开战？而且总是小打小闹，也终归成不了什么气候。武帝心中想要的，是和匈奴再来一次决胜之战，永远征服匈奴。但眼下的财力物力不允许他这么做，必须得先忍一忍，养精蓄锐，备足粮草，蓄势待发，决战决胜，才能一举征服匈奴。

到了公元前119年的春天。经过了两年的休养生息，大汉的财力逐渐充盈。这一次，武帝把目光投向了匈奴的老巢漠北。武帝心想，匈奴单于以为把他们的王庭搬到漠北，大汉天子就鞭长莫及，就没有办法深入匈奴的腹地大举进攻了。现在，我就是要在他们没做好充分准备的时候，突然发起总攻，一直打到匈奴的漠北老巢去，彻底解决匈奴边患问题。武帝的决心一下，大汉朝的满朝文武一个个摩拳擦掌，未央宫大殿中群臣个个跃跃欲试，都想上阵杀敌，大汉君臣充满了与匈奴决战决胜的豪迈，干劲十足。

而此时的漠北草原上，风吹草低见牛羊，远避漠北的匈奴单于依然沉浸在为报复浑邪王部族叛逃而侵扰汉朝边境的小胜中。匈奴单于全然没有想到，一场空前的战争即将在漠北深处的草原打响。

在武帝的远征布局中，首要的是安排统率大军的人选。曾经在与匈奴的战争中立下赫赫战功的卫青与霍去病，自然成了统帅的不二人选。武帝让两人各带五万骑兵出征，此外，还安排了几十万步兵跟随，以保障后勤供给。

此时，汉朝的铁器锻造工艺已经成熟。为了这次出征，武帝把汉军的兵器全部换成了铁制品，这种铁质的兵刃、箭镞，穿透力和杀伤力都比铜质的更强，与此前汉军使用的青铜武器不可同日而语。总而言之，这次汉武帝是下了血本了！此次出征，武帝倾尽全国之力要与匈奴一决胜负，并且是志在必得。

武帝派出了两路大军，其中一路大军由大将军卫青统领，他精挑细选会聚了众多的能征惯战之将。就在卫青大军准备出征的时候，有一个本来不在征战将佐之列的大将，却屡次请求参战，他就是被匈奴人称作"飞将军"的老将军郎中令李广。

这个李广，可是不简单。唐代的大诗人王昌龄专门为他写过一首诗，就是著名的五言绝句《出塞》："秦时明月汉时关，万里长征人未还。但使龙城飞将在，不教胡马度阴山。"飞将军李广在诗人王昌龄的眼里，那可就是一位响当当的大英雄。

李广15岁参军，大半辈子都在与匈奴作战中度过，"飞将军"的名号在匈奴人中声名远播。可是，到卫青此次统军再次出征匈奴时，李广已年过花甲了，所以卫青点的将中就没有将老将军纳入麾下。在长期与匈奴人的对战中，无数次血溅沙场，无数次死里逃生，李广都熬了过来。只是不知道是运气差还是其他什么原因，李广虽然骁勇善战、体恤士兵，可是他却在与匈奴的正面交锋中，从未得到过一次大的胜利，甚至屡有败绩。他的许多部下都因为军功得以封侯，而李广却始终未能得偿所愿。此次与匈奴的决战，有可能是李广一生中凭战功封侯的最后一次机会了，他又怎么会甘心在后方待着呢？

武帝本来已经以李广年老为由，拒绝了李广出征匈奴的请求。可是李广依然数次请求，最终，武帝拗不过他，就令他为前将军，与左将军公孙敖、右将军赵食其、后将军曹襄一起，听从大将军卫青的统一指挥。

武帝派出的另一路大军由冠军侯霍去病率领。霍去病手下的士兵都是经过悉心挑选的猛士，而且还配有许多匈奴的降将、降卒当向导。霍去病知道舅舅卫青对李广不太放心，就将李广的儿子李敢以校尉身份召入麾下，随他出征。

安排好了李广、李敢父子两个，大军准备停当，择吉日就要出征，霍去病这一路人马却又出问题了。有一个人直接冲进霍去病的中军大营，他找到霍去病，非要请令杀敌！

谁啊？霍光霍子孟，他要让哥哥在当今皇帝面前美言几句，带着自己一同上阵杀敌。

霍去病一见霍光主动请缨杀敌，心头暗暗赞许："贤弟从前就和我说过想为国效力，此次出征匈奴，正是一次好机会。不仅可以报效国家，更有机会凭战功封侯。那我这就启奏陛下带你随行。"

一听霍去病答应了，霍光面露喜色，片刻后却又黯然道："可是我不熟弓马，跟着你不会拖你的后腿吧？！"

霍去病说："贤弟不必担心，你只要跟在我的身边就行了。我麾下数万精兵，都是能征善战之辈。这一战，定然能够一举击溃匈奴，完成陛下的心愿。"

到皇宫这么久，终于能出征匈奴，而且是跟随在哥哥霍去病身边，霍光心潮澎湃，但是脸上并没怎么带出来。霍去病当即请旨，奏明天子要带霍光一同出征。武帝一看也很高兴，欣然应允。大汉人马几十万，由卫青、霍去病分别率领，兵分东西两路，分别祭旗起兵，浩浩荡荡直奔西北匈奴杀来！

匈奴那边也听到了风声。得知汉朝派出几十万大军北征，摆出了决战的态势，匈奴的伊稚斜单于这一惊是非同小可，赶紧聚集众文武商议对策。就在大家束手无策的时候，只见一将上前高声叫道："我主无忧！末将有一计在此，包管叫那汉军有来无回！"

伊稚斜单于闻言大喜："爱卿有何妙计？速速说来。寡人愿闻高论！"

第 玖 回

争先锋将帅显不和 再迷途李广愤难忘

卫青、霍去病两路分兵，兵伐匈奴。伊稚斜单于赶紧聚集文武商议对策，这时有一员大将出班献策。单于一看说话之人名叫赵信，本是大汉朝投降匈奴的一员降将，他对汉军的情况可谓是了如指掌。赵信给匈奴单于出了个主意："汉军此番远道而来，长途跋涉，劳师远袭，定然已经疲惫不堪。我军宜暂避其锋芒，只需利用地利之便与汉军在沙漠中兜圈子，蓄势以待。待汉军人困马乏之时，集中主力发起突然攻击，出其不意攻其不备，定能一举击溃汉军。"伊稚斜单于听完不住点头，"就依将军"。决定把主力撤至大漠以北地区，以逸待劳，寻机将汉军一举歼灭。

伊稚斜单于觉得匈奴有大漠作为天险，汉军无法在大漠深处与熟悉大漠的匈奴军队作战并取胜。因而，采取了以逸待劳的对策，在大漠深处严阵以待。这伊稚斜单于也是精通兵法，这以逸待劳本是一条好计，只可惜，这一次他遇到的对手太过强大了，让他无计可施。

卫青带领西路军，兵出定襄直往匈奴的龙城进发。出关不久，就抓到了匈奴俘虏，经过审问得知匈奴单于所在的位置。于是，卫青决定自带精兵突入沙漠深处追击单于。他命令李广与右将军赵食其合兵一处，从东路出击，迂回攻击匈奴军侧后方。

为什么卫青没有让前将军李广去打先锋呢？前将军，顾名思义就是当前锋的。卫青自带精兵进击匈奴，等于是代行了先锋官一职。卫青为什么要做出这样的安排？原来卫青入朝辞行的时候，武帝曾私下嘱咐卫青，说李广年老体衰，这次出征在与匈奴的对阵中，要多加照顾不要让李广打前锋。卫青知道，其实这次出征武帝最担心的是李广，怕他年纪大了，也担心他延续过去多半不佳的运气，导致出兵不利，从而拖累全军，破坏了他这次精心谋划的决战。卫青心中所想的其实也和武帝一样。在他这个统率兵马的大将军看来，李广虽然号称"飞将军"，但是性格冲动，容易冒进。从前在与匈奴作战中处于守势，小打小闹的时候，表现尚可，可是在与匈奴大规模作战的时候，李广的表现从来就不佳，甚至曾经因为迷路而误了战机，使战局陷入被动，更有过全军覆没的败绩。卫青也担心让李广打前锋容易吃败仗，一旦首战失利就会挫了全军的锐气。卫青见武帝的看法和自己的一样，便拿定了主意不让李广作为先锋。

其实，这就是做主帅也好，还是做某个单位的主要负责人也罢，一定要知人善任，清楚地了解手下人有多大能力，能干多大事儿，不然肯定干不好工作。

李广听到卫青的命令后，却没有领会到主帅的意图，继续请求道："我的职务是前将军，本应该作为先锋开路，大将军却命令我由东路迂回。我长期与匈奴作战，好不容易有了这次与匈奴决战的机会，万万不能再次错过。此次出征，我只愿意作为先锋，与单于死战，请大将军成全。"

卫青见李广十分顽固，丝毫不能领悟武帝和自己的考量，心中也是万分懊恼。李广没有想到武帝和卫青已经达成一致，不用自己任前锋。见卫青面有不快，他心中猜疑的是卫青担心自己抢了公孙敖的功劳而有意为之。李广知道卫青跟公孙敖相交甚密，两个人的关系非同一般，而且公孙敖曾经救过卫青的性命。李广认定卫青这样安排，是借机徇私，目的是给公孙敖创造立功的机会，所以他心中气愤不已。

武将的性子大都耿直，李广见卫青没有改变安排的打算，便大声说道："我知道大将军不让我做前锋，是因为已经安排了公孙敖为前锋。大将军要是坚持如此安排，我李广坚决不从。"

卫青一看，心里暗想："李广这是要倚老卖老，抗令不遵呢？""唰"地把脸就沉下来了。他二目圆睁，盯着李广，语气中没有了一丝的犹疑："老将军，我意已决，不能更改，领命去吧！"说完把手一摆，散帐了。

李广心中虽然愤怒不已，却也只得遵令。怨愤的李广都没有向主帅告辞就离开了卫青，带领自己的军队与右将军赵食其合兵往东路去了。将帅不和，这能打好仗吗？

卫青也没时间理会李广的不敬。此时他要考虑的是与单于主力决战的问题。卫青率领大军出塞一千余里，跋涉过了大沙漠，终于找到了伊稚斜单于的主力之所在。而这时，负责侧翼包抄的李广和赵食其的部队却没有按照预定的时间赶到指定位置，还不见踪影呢。

卫青见匈奴军已经列好阵势，知道他们这是早有准备了，便下令用武钢车环绕为营，提防匈奴骑兵的弓箭，扎住阵脚。这武钢车其实就是类似于现在的装甲车，里面有人，外面包着厚鞍，能防弓箭。卫青料定匈奴单于虽然已经有了准备，但是对于汉军这么快就到达眼前，应该准备不足。兵贵神速，卫青决定不等包抄部队到达，先用五千骑兵向匈奴军阵发起冲击，其余的兵马随时准备包抄合围。

还真让卫青给猜着了，伊稚斜单于果然准备不足，而且对卫青率领的这支汉军的战斗力估计不足。他以为汉军劳师远征，人困马乏的，怎么着也得先休整一番，养精蓄锐，等歇过乏来了，再跟自己决战。伊稚斜单于本打算待汉军休整稍微松懈时，再发起突然袭击，那样汉军将不堪一击。他万没想到卫青竟然会在立足未稳的情况下，就迅速投入战斗，主动发起袭击。

卫青出其不意的一击，倒把伊稚斜单于杀了个措手不及。见汉军刚一照面就迅猛出击，伊稚斜单于仓促之间赶忙命令万骑出动应战。虽然匈奴单于占了熟悉草原之地利，但卫青的汉军均为久征沙场之辈，训练有素，能征惯战，一上阵就拼命厮杀。两方面人马一上来就打了交手仗，这通厮杀！真可谓惊天动地泣鬼神，只杀得人头滚滚血流成河。大将军卫青总督大军，汉军士卒人人奋勇个个争先，如同猛虎下山一般。这才是：

茫茫大漠起狼烟，汉匈两军战正酣。
蔽日惊天失魂胆，至今游历仍惊险。

匈奴单于以万余兵马迎战卫青的五千精兵，竟丝毫占不到上风。这场大战一直激战到日落时分。突然，刮起一阵大风。飞沙走石，黄尘弥天，对面都看不见人了。

卫青在阵外指挥，一看刹那间就风沙弥漫，匈奴军和汉军混在一起，已经辨不准东西南北。卫青心想："真是太好了，天赐良机！"他把令旗一摆，后续大军立即按照预先部署，从左右两翼穿插包抄，将混战中的两军团团围住。不一会儿，风沙就过去了，匈奴军就发现自身已被汉军里外夹攻，陷入重重包围，顿时乱作一团，都无心再战了，各自四散奔逃。

伊稚斜单于看着自己逃散的人马，知道此时大势已去。伊稚斜抬手拔出了佩刀，仰天长叹一声："天哪！难道天灭我匈奴不成！"

第 拾 回

误战机天绝飞将军　悼李广三军齐悲凉

　　汉匈两军漠北决战，卫青指挥得法。加上老天相助突起风沙，趁匈奴军陷入混乱之际，卫青指挥汉军将匈奴军包了饺子，大战一天，杀得匈奴单于人马大败。

　　伊稚斜单于一看这次败得太惨了，长叹一声，拔出佩刀来。伊稚斜这是急眼了，要亲自冲锋。有人说，伊稚斜在这个节骨眼儿上拔出刀来，这不是要自杀吗？伊稚斜一开始真有这想法，仗打成这样了，还怎么回去见自己的百姓？但是，在众人苦劝之下，伊稚斜振奋起精神，带领部属人马突围。

　　伊稚斜单于率领数百精兵，从西北方向突围逃走。这几百人，拼死命保护着单于杀开一条血路，跑了！剩下的匈奴军士们发现单于逃了，马上失去了继续作战的勇气，很快就全军溃散，投降者不计其数。

在清扫战场时，卫青找不到匈奴单于，抓到几个单于的亲信一审问，才知道伊稚斜单于跑了。卫青于是立刻派轻骑兵连夜前去追赶，追到天明，追击已数百里路，却依然不见伊稚斜单于的踪影。

经此一战，卫青这一路消灭了匈奴单于的主力部队士卒一万九千余人，烧毁了匈奴军队的许多粮草、辎重，算是打了场大胜仗。卫青又派出军马找了几天伊稚斜单于溃逃的匈奴人马，却仍然不见踪迹。

卫青这才率领得胜之师凯旋而回。大队人马由漠北回朝的路上，一直到了漠南才遇到走错了路的李广和赵食其的部队。这下可把卫青给气坏了，要是两人率军按期到达指定地点，配合卫青大军完成大合围，匈奴伊稚斜单于就是插翅也难逃。卫青认为李广这次又贻误了战机，必须得给皇帝一个说法。

卫青强压怒气，派长史到李广的大帐，询问李广他们这次贻误战机到底是怎么回事，回去好向武帝汇报情况。李广本来就不想走东路，没想到这一次偏偏又重蹈覆辙，在沙漠中迷了路，耽误了时间，又一次失了约。

老将军李广见卫青派长史前来责问，心中认定这次不让自己打前锋的安排是卫青有意刁难，自己迷路失约从根本上讲都是卫青一手造成的，因而心中的不满更甚。这是不是李广在强词夺理啊？其实，李广的固执，才是他真正造成贻误战机的根本原因。在当初决定分兵的时候，李广就对不能当先锋官而心怀不满，怎能打好仗？

面对卫青派来责问的长史，李广愤然道："迷路失约这事和其他人无关，老夫一人承担。"说完，跟随长史来到卫青的中军宝帐。

到了卫青的中军大帐里，李广还没等卫青开口责问自己，便转身对手下将官说道："我李广从少年参军，至今与匈奴作战七十余次，如今有幸随大将军出征，同单于军队交战。大将军不让我任前锋，却让我走东路迂回进军，而我又偏偏迷了路，以至于今日要领受大将军的责罚，这难道不是天意吗？我李广如今已六十有余了，此番回朝，岂能再对那些刀笔吏乞怜求生！"说完，李广伸手把佩刀拔出来了，还没等大伙明白过来怎么回事呢，他刀压脖项，手往里一推，"噗——"的一声，顿时血溅大帐，倒地而亡。这才是：

可叹老将军，戎马大半生。渴饮刀头血，醉卧鞍鞯中，
戍边几十载，杀出飞将名。难抛名与禄，横刀军帐中。

卫青也没想到老将军李广如此刚烈激愤，竟采取自刎这种极端的方式来抗争。由于老将军早就抱着一死的决心，自刎的动作太快，卫青根本抢救不及。班师途中痛失老将，卫青心里也是悲痛无比。想起武帝临行时，单独跟自己讲，要保护好老将军，不能有失，谁知现在是这种结果。卫青只好将李广的尸首装棺随军而返。出征的将士们知晓李广自刎之后，都很压抑，不少将士痛哭了一场，毕竟老将军平常很体恤部下，对将士们都很不错。

卫青这一路虽然打了个大胜仗，却出了李广自刎这件大事，他心里十分不快，胜利的喜悦被冲刷得干干净净。

霍去病这一路怎么样呢？霍去病带领十万人马，兵出代郡白登山，算是东路。

霍光随着霍去病的大军，一路穿越大漠，来到漠北。这是霍光初次随军出征。他虽然会骑马，却并不娴熟，对军营中的号令也不了解。一路上，霍光见大军行进的队列井然有序，进退有法，不时有探马前来向主帅霍去病报告周围动向。到了休息时，号令一下，大军安营下寨。各营各哨各司其职，甫看忙碌，但丝毫不乱。立辕门挑壕沟，设鹿角丫杈，埋旗杆设吊斗，防备敌军远袭近扰。霍光可长见识了。

一路上，靠着匈奴降兵做向导，霍去病的军队经过的都是水草较为丰美的地方，兵精粮足，精神饱满。此时已经行军近一个月了，却依然没遇见什么匈奴军队。霍光心中有些疑虑，就问霍去病道："兄长，我军已经如此深入，却始终未见到匈奴军队，难道这次出征，要无功而返了吗？"

霍去病却信心满满："贤弟不要多虑。我料定匈奴单于以为我们远道而来，于是陈兵于漠北，想待我们人困马乏的时候，以逸待劳，击垮我们。匈奴大军必然就在前方沙漠深处等着我们。"说到这儿，霍去病嘴角露出冷笑，袭人的杀气油然而生："这一回，我定要让匈奴人知道我霍家军的厉害！"

霍光一看兄长霍去病万夫莫当的劲头，精神头"腾"地一下也上来了，觉得自己浑身上下仿佛有股子用不完的劲儿，恨不得立马就上阵杀敌。

没过两天，探马来报，说前方不远处发现了匈奴的大营。霍去病闻报大喜，果然不出所料，匈奴人就在沙漠深处等候自己。霍去病早就做好打算了，作战方案早已成竹在胸。他决定趁匈奴军还没有完全准备好的时候，出其不意攻其不备，与匈奴军打一场遭遇战。

霍去病所带的汉军都是久经战阵之辈，一遇敌情，马上按照预定部署迅速展开。霍去病没有丝毫犹疑，果断下达了突击号令："我军此战分三个梯次进行突击，重骑兵突击在前，轻骑兵两翼包抄，步兵跟随保障。此次与匈奴大军作战，正所谓两军相逢勇者胜，全军有进无退，不将匈奴人逐出大漠，绝不收兵！"主帅军令一出，汉军顿时忙碌起来。

霍去病的这路大军深入大漠上千里始终未见一支敌军，将士们早就憋坏了。霍去病军令一下，只见步军人人摩拳擦掌，骑兵个个跃马横刀。大伙儿都知道，跟着霍大将军出征，肯定有大仗打。所以，大家铆足了劲儿，备马的备马，磨刀枪的磨刀枪。沉静的草原笼罩上了大战在即的紧张气氛。各营各寨战马攒动，重骑兵身披铁铠，或手握长戟，或身背大刀；轻骑兵则穿着皮甲，手持强弓硬弩。大军如上弦之箭，只待主帅战旗一挥，即刻闪电射出。

草原是匈奴人天然的战场，在草原上交战，匈奴军占据了地利之便，汉军一般占不到便宜。而且匈奴人擅骑射，若是远远与之对射，汉军多半不是对手。但是，这一次霍去病已经找到了对付匈奴人的办法，他早已经做好了谋划，只要一发现匈奴军队，自己就出奇兵，一战定乾坤。

第 拾壹 回

破匈奴汉军如卷席　披铠甲战神不可挡

　　莽莽草原，汉匈两军遭遇，霍去病早准备好了，他要先用重骑兵发起突击，以快制慢，不动则已，动则以雷霆万钧之势，务求首次突击中，一举将之击溃。这也是霍去病多年以来总结出的专门针对匈奴军的"闪电"战法。

　　霍去病望着整装待发的兵将，自己也披上了铠甲，跃上战马准备冲锋厮杀。那么霍光这个当口在干什么呢？他也按照大哥的吩咐，身披重甲，手提利刃，紧随在大哥的身后。霍去病告诉他："此次出征，是为消灭匈奴而来，是一场恶战，主帅若不身先士卒，手下将士怎会个个争先？这种冲锋陷阵的机会，对于每一个将士而言都是从军的荣光。要是不能亲上战场，岂不是遗憾无穷！贤弟只要紧跟愚兄，就万无一失。"

　　看到兄长豪情万丈，霍光也是热血沸腾。霍光使劲地点了点头，朗声说道："大将军请放宽心，小弟一定要奋力杀敌，不辱霍氏门风，绝不给您丢脸！"

霍去病看着霍光，哈哈大笑："好！好男儿就该在战场上建功立业。"随后，霍去病让手下把武帝赐予自己的软甲为霍光披上，然后把长枪一挥。汉军五千重骑兵如同弩箭离弦，杀奔敌营而去。

霍去病身先士卒，带领五千重骑兵像一股狂风一样，直冲敌阵。霍光头一次跟着打仗，可算是开眼了！他牢记哥哥霍去病的嘱托，紧跟其后，不敢有丝毫怠慢。只见霍去病一马当先，摇枪就杀过去了。

汉军冲过来了，这个时候匈奴人马在干什么呢？其实人家匈奴人也早就准备好了。匈奴人早已列开了阵势，就等着汉军冲到近前，然后就射出如蝗的箭雨，尽情地屠杀汉军的骑兵。匈奴人也是兵强将勇，尤其是他们擅用弓弩，骑射最厉害。他们知道汉军劳师远袭，到了沙漠深处肯定早已疲惫不堪。尽管汉军擅长两军对垒打阵地战，但匈奴人只要以逸待劳，就可打败汉军，所以他们早就严阵以待。谁知道这次霍去病改变战术了，不用什么两军对垒，主将各自通报名姓再打仗。人家汉军上来就直接来了个急冲锋，像狂风一样眨眼工夫已经冲到近前了，阵前的匈奴士兵都可以看得清楚汉军将士的脸了，那冲在最前面的汉军将领身后紧跟着一面大旗，斗大的"霍"字迎风招展。

匈奴人傻眼了："怎么是霍去病来了？汉军这是什么战法啊！主将霍去病冲锋在最前面！这可真是夺命阎王到了啊！"匈奴人

见霍去病带领大军一马当先冲了过来，身未战心先怯，严阵以待的队伍突然起了一阵骚动。这时候，压阵的匈奴主将大喊了一声："放箭！射死霍去病！"

"对啊！"看傻了眼的匈奴军兵这才醒过神来："我们手上的弓箭可不是吃素的，快放！"

箭如飞蝗一样，漫天羽箭呼啸而出。匈奴兵马不愧骑射技艺高超，这箭射得就像暴雨一样，密匝匝地就直奔汉军过来了，尤其是霍去病军旗方向更是首当其冲，箭雨密如蝗虫。但是这些穿有铁铠甲的汉军重骑兵，全然不顾扑面而来的箭雨，继续如铜墙铁壁一样往前推进，只管埋头前冲。虽然不时有人被箭矢射中，鲜血喷涌而出，但汉军的进攻阵型却始终保持不乱，推进的速度不见丝毫的滞缓。

就在匈奴军的第二波弓箭手替换下第一波人马，箭雨还没来得及发射的当口，霍去病把手中长枪一举，大吼一声："冲！"

霍去病真不愧是战神！他举着长枪，左挑右刺，冲开一条人胡同，一马当先冲进了匈奴军阵，直奔匈奴主将而去。俗话说，擒贼先擒王，霍去病的目标可是精准得很呢！匈奴主将正指挥着放箭呢，抬头一看，霍去病奔自己来了。他还真认出来了，那战旗上斗大的"霍"字写着呢！匈奴主将不由自主地喊了一声："不好，霍去病来了！"

然后，他拨马就想跑。一旁冲过三员副将来，他们想抵挡一阵，保护主将好撤。霍去病一看，想跑？没那么容易："尔等往哪里逃？快快纳命来！"手中长枪一抖，大吼一声，一下子将匈奴主将挑于马下。霍去病的座下宝马和主人心有灵犀，一声长鸣，扬起蹄子，一下把匈奴主将踏在了蹄下。匈奴主将惨叫一声："哎哟，妈呀！"当时气绝。霍去病挺枪奔着冲过来的匈奴三员副将就过去了，胯下的战马又是一声嘶鸣，仿佛在为主人擂鼓助威。霍去病手上大枪一拧，分心就刺，一枪刺透了最前面的匈奴大将的前胸。后面紧跟着又上来一个，倒是看着点儿啊，他以为怎么也得打个三五回合，举着刀就冲过来了。正好枪刚扎透了，人枪往一块儿一凑，又一个！一枪挑二将。霍去病把大枪阴阳把一合，把两人给挑起来了，本想空中耍个半圆，然后一甩，就把人给摔下去，哪曾想第三员敌将也冲过来，这个都看傻了，心想：这还是人吗，怎么这么大力气啊！霍去病一看敌将来，把手中枪一甩，两具死尸就甩出去了。太寸了！前面的死尸的头正对着冲过来的这个人脑袋，碰了个正着，"啪"的一声，把这个给碰死了。眨眼的工夫，霍去病力杀三员将。匈奴人一看："我的天哪！这霍去病还是人吗？"吓得抹头就跑，四散奔逃。

汉匈两军这一通杀。只杀得黄尘弥空，血遮红日；只杀得旌旗铺地，尸填路渠；只杀得乌鸦旋空，低首哀鸣；只杀得汉军勇士，血染征袍；只杀得匈奴败寇，四野奔命。霍去病的漠北首战，可谓是惨烈空前！

此时，汉军的两翼轻骑也已经完成包抄，从侧面掩杀过来。汉军的轻骑兵多使用手张弩，威力比匈奴所用的弓箭更强，射程也更远。匈奴骑射手还未能发矢，就已经纷纷被射倒。匈奴军的前锋瞬间溃不成军。许多匈奴士兵见状不妙，干脆下马投降吧。

前军一乱，后面的匈奴人马便开始后撤。霍去病见敌军撤退颇有章法，知道这支匈奴军队并非乌合之众，考虑到己方方才的突击消耗颇大，人马需要休整，便立刻号令后队改前队，继续冲杀，前队就地休整。

在刚才的冲锋中，霍去病将五万骑兵分为了两部分。在自己带领着这一部分冲锋时，另一部分已经做好了冲锋准备，随时可以进发了。霍去病跃身下马，见弟弟霍光一直跟在自己身边，心中十分欣慰，问了一声："贤弟，安好否？"

霍光是第一次上战场，按照霍去病的叮嘱，冲锋时一直跟在兄长后面。他见兄长冲锋陷阵如入无人之境，心中是既惊又喜。他从心里往外佩服哥哥，双挑大拇指："兄长神勇！这些匈奴人在您面前，真是不堪一击啊！"

哥儿俩正说笑着，突然在霍去病身旁飞来了一骑战马。

第 拾贰 回

狼居胥封天高奏凯　莽李敢醉酒拳相向

霍光初临战阵，是大开眼界。霍去病见霍光跟随自己经历此番冲杀，不仅没有丝毫怯意，居然还能够说出感慨的话来，由衷欣喜，不禁称赞："贤弟比我第一次上战场可强多了。我当时跟随在舅舅身边，可是吓得连话都说不出来。"说完哈哈大笑。

两人正说笑着，霍去病身旁飞来一骑战马。霍去病一看，原来是飞将军老将李广的儿子，小将李敢。霍去病神情凝重地对李敢说道："我知道你父李广老将军素来英勇善战，此次我特招你来我麾下，便是希望你能承继父业，立下大功，但愿你不要让我失望。"

李敢听后十分感动，说道："敢必不辜负大将军厚望。"说完，引着身边的数十名骑兵，率领大军朝着匈奴军溃败的方向呼啸而去。

这时，有军校押着一员匈奴降卒过来，说："这匈奴人交代，此次与我们接战的为匈奴左贤王部。伊稚斜单于并不在此处。"霍去病此时并不知道舅舅卫青已与匈奴伊稚斜单于本部交手了，叹息一声，说道："可惜并非单于所部。"说完，霍去病带领整顿完的兵马，将受伤及阵亡士卒留给接应的后续步兵，将缴获的补给物资捎上，继续紧追左贤王部。

这一路追击，霍去病如同魑魅一般，紧跟在匈奴军后面，将左贤王部紧紧咬住。左贤王不敢和霍去病正面交锋，只有率队奔逃，极力甩脱汉军的追击。无奈霍去病将骑兵分为两队，分批轮番突击，左贤王部被追得人困马乏，直往大漠深处逃去。霍去病的大军沿路使用就地缴获的匈奴营地的给养，昼夜兼程紧追左贤王部，这一追竟然追到了沙漠的尽头。

这一日，汉军的眼前出现座座高山。霍去病打眼一望，心中暗想："这是追到了哪里，莫不是已经到了沙漠的尽头？"他勒住胯下宝马，四下观瞧，却见四处是好景色，群山环抱，绿树苍松，潺潺流水，声声鸟鸣，相比茫茫大漠，片片黄沙，真是两重天地！

霍去病吩咐探马："速速打探此处是什么所在？"不多会儿，探马禀报："禀报霍大将军，此处已到狼居胥。大军这一路已经追到漠北，再追下去就出沙漠了。"

"哦！待我登高看来！"说着话，霍去病便催马登山。

霍去病高兴异常，以为到了沙漠尽头了呢。催马登高一望，真让人心旷神怡！看这一带山环叠翠，绿树葱茏。绕山是潺潺溪水，仿佛仙境一般。这哪是沙漠深处，分明是到了大汉的江南！

这狼居胥到底在哪儿啊？对于狼居胥的具体地址，现在的人们说法不一。有人说就是现在的蒙古国境内的肯特山一带，也有的认为是在今内蒙古境内河套地区黄河北岸的狼山一带，还有人说是在中蒙边界附近。总而言之，霍去病是兵临狼居胥山下。

看罢多时，他吩咐大军就此安营，修整人马。汉军这一路连续追击匈奴左贤王部，现在也已是人困马乏，这个地方正好有水，可以补充给养。安营已毕，霍去病又命令，就在狼居胥山峰之上，开拓出一块平坦土地，然后让人拢土筑坛。他这是要干什么呢？敢情霍去病是要在狼居胥筑坛祭天！好家伙，这个举动太大了，霍去病也太大胆了。为什么呢？因为封建社会有很严格的等级规矩，祭天禅地的事只有一国之主才有资格做呢。霍去病不是天子，却要干天子才能干的事，祭天这事儿要是传到汉武帝的耳朵里，那还不得灭九族啊！那可是掉头之罪啊！可是霍去病为什么要这样做呢？因为霍去病跟当今皇帝关系确实不一般，他是武帝的心腹之臣；再有就是在这封天可以显示大汉帝国已经兵进此地，宣誓这里是大汉国土了；霍去病对汉武帝也确实是忠心耿耿，毫无二意，问心无愧，所以他才敢在这儿举行封天典礼。

等把祭坛筑好以后，霍去病亲自修表，挑选良辰吉日，自己沐浴更衣，带领着霍光和众将登临山顶。到山顶一看，这儿还挺宽阔，正当中就是封坛。封坛是圆形，象征天圆，台高九尺，方圆三丈，有东西两个台阶。正当中是祭桌，桌上供奉着三牲祭品。霍去病整衣冠，亲自登坛，来到中心，面朝南方，望天大拜了八拜，然后宣读祭文。祭文大致的意思是说：为保我大汉帝国江山永固，黎民安乐，驱逐犯境外寇匈奴，我骠骑将军霍去病受大汉天子之命，率领汉军人马已经兵扎狼居胥。特此祝告上天，保佑大汉一鼓作气击溃匈奴，佑助我大汉帝国永保安宁，百姓乐业。

宣读罢祭文，霍去病望天焚表。封祭完毕，带领众将下山。霍去病到营中又休整一天，这才带领人马继续追击匈奴左贤王部。过了狼居胥不远，就是姑衍山，霍去病又在这里举行了祭地禅礼。其实这两个仪式，也就是表明了霍去病驱逐匈奴的一种决心。霍去病作为臣子，却能够效仿天子举行封天禅地的祭典，这在我国上下五千年的历史当中也是绝无仅有的。霍去病的"封狼居胥"的佳话，从此也成了中国历代兵家人生的最高追求，终生奋斗的梦想。后来，霍去病英年早逝后，汉武帝特地将他的墓修建成霍去病带兵鏖战的祁连山模样，并在神道两侧安置了马踏匈奴等大型石刻，以纪其功。当然，这都是后话了，咱们暂且不提。

霍去病继续率大军追击匈奴左贤王部，一直打到了瀚海，也就是今天的俄罗斯贝加尔湖附近，这才回兵。左贤王部在霍去病的持续打击下，此时早已经溃不成军，他的帅旗也被李敢夺下，手下屯头王、韩王等三王被俘，将军、相国、当户八十多人也一起被俘，折损兵将七万多人。霍去病这次与匈奴主力左贤王部的决战，再一次大获全胜。经此一役，"匈奴远遁，漠南无王庭"。大汉帝国终于将匈奴势力逐出了漠北，汉匈之间持续多年的战争终以汉军的胜利而告一段落。

霍去病整顿军马凯旋回朝，全军将士个个兴高采烈。那真是鞭敲金镫响，齐唱凯歌还。霍去病被武帝加封五千八百户。李敢也被封为关内侯，食邑两百户，其余众人各有封赏。卫青虽然也获大胜，但由于出了飞将军李广自刎身亡这件事，功罪相抵，既不降罪也不封功。好在大将军卫青一贯低调，倒也不计较这些事。

但是，封了侯的李敢，心里却愤愤不平。李敢心想，我父为国征战几十年，却落得在中军大帐自刎的下场！一定是卫青这个老匹夫冤枉了我父亲，导致他如此偏激行事。不行，我一定要替父亲讨个公道。

这天，李敢喝得酩酊大醉，借酒壮胆，来到了卫青的大将军府。门前卫士见是新封侯的李敢，喝得醉醺醺的，不敢阻拦，就让他进去了。卫青一看是李敢来了，很客气地让他坐下，毕竟是在自己的家里，卫青很随便，对李敢毫无防备之心，还让下人端上酒菜伺候。

自从老将军李广死后，卫青心里一直很不安。虽说李广之死与自己没有直接关系，但毕竟是死在了自己的军营大帐里。卫青总觉得自己作为主帅，还是难辞其咎的。回到朝中后，卫青就一直想找个机会对李敢解释一番。今天，见李敢上门来了，卫青心里一动，心想今天正好可以解开这个心结。日后，毕竟还得同朝为官呢。

卫青万没想到，李敢今天是来者不善，他要拔剑斩仇人。

第 拾叁 回

仗军功李敢泄私愤　偷设伏卫伉隐行藏

　　李敢酒醉寻仇，胆也够大的。两眼通红，双目发直，直接找卫青家来了。卫青设宴款待，李敢满不客气，端起酒杯来，仰头一饮而尽。是真不客气吗？哪儿呀，李敢倒进口里的酒，他压根就没咽下去，就含在嘴里。然后他一抖手，"啪"的一声，把酒杯就摔了。卫青一愣，大瞪着两只眼睛看着李敢，深感意外。正欲开口问话，可是还没等他问呢，李敢对着卫青的脸，"噗"的一声，把满口的酒全喷在卫青的脸上了。

　　然后，李敢就破口大骂开了："呸！老匹夫，你这酒里有毒！"

　　卫青大将军府里的家将们"哗"的一下都围过来了，一个个虎视眈眈，就等着大将军卫青一声令下，就把李敢拿下了。卫青见李敢是来找碴儿的，猜测李敢此番举动定是为父亲李广自刎一事而来。卫青心里正对李广有歉意呢，便对李敢的冒犯之举不以

063

为意。他让身边的随从退下，亲自给李敢斟满酒，自己也斟满一爵，一口喝干，边喝边真诚地对李敢说："令尊之死，老夫非常难过。"

卫青刚说完这句话，突然就感到脸上一阵剧痛，原来李敢没有喝酒，而是把斟满酒的铜爵狠命地砸到了他的脸上。鲜血立即就涌了出来，卫青猝不及防，倒在了地上。

此时，李敢就跟疯了一样，他抬脚对准卫青的胸口就踹过去了。可就在这一脚要踹上还没踹上卫青胸口的时候，突然在李敢的胸前横过来一条臂膀，直接挡住了李敢。只听这个人怒吼一声："大胆李敢，你这个小儿简直欺人太甚！"说着话，只见这个人就用这只胳膊，"啪"往外一挡李敢。就这一下，李敢的乐子就大了。只见他倒退几步，一个站立不稳，"扑通"一声就跌坐在地。

"啊？！"李敢刚想怒喝，举目定睛一看，酒吓醒了一大半。来人是谁？骠骑将军霍去病！只见霍去病满脸怒容，正瞪着他呢。瞧霍去病那怒目横眉的劲儿，简直是要扒了他的皮啊！

原来，卫青的家人有一个挺机灵，见李敢醉醺醺、满脸杀气地找上门来，知道准没好事，便火速去找霍去病。因为他知道，只有霍去病能降得住李敢。霍去病一听李敢去找舅舅卫青的麻烦了，急匆匆地赶来，正好看到李敢抬腿要猛踹卫青这一幕，不禁大怒。他这才一下将李敢摔倒在地。

霍去病也是热血上涌，一下子拔出长剑，就要刺向李敢。霍去病这一剑只要刺下去，李敢就完了。

就在霍去病举剑要杀李敢的千钧一发之际，卫青及时地制止住了霍去病。他的声音微弱但坚定：“去病不得妄动！今天这事就算了。他年轻，不明事理，现在又喝醉了酒，让他走吧。”

霍去病听舅舅卫青这么一说，这才收住了剑。赶紧转身扶起舅舅，要去叫御医来包扎伤口，卫青赶紧又制止了他。卫青让霍去病打开他的行军箱，从中取出刀伤药，帮他敷在了伤口上，并用备好的长布条，把脸上的伤口包扎好。卫青久经战阵，这点小伤对于他来讲算不得什么，刀伤药都是随身携带的，也就一会儿的工夫，脸上的伤口就处理完毕了。

卫青不让霍去病去叫御医，主要是不想把这件事张扬出去，搞得沸沸扬扬的，知道的人多了反而不妙，一旦传到皇帝那里，到时候大家都不好收场。这也就是大将军卫青宅心仁厚，有意放李敢一马，以消解李敢心中的怨恨。

见舅舅并无大碍，霍去病的情绪也平静了一些。而且眼下卫青又已经发了话，不让大家张扬此事，霍去病对李敢的此番撒野便也没有再深究不放。但是他还是把李敢叫到跟前狠狠地训斥了一番，警告他以后再也不要干这种蠢事，否则，定不轻饶。李敢此时酒已吓醒，知道自己此番醉打大将军铸下大错，听了霍去病的训斥，自然不敢有丝毫的分辩，悻悻而去。

李敢走后，卫青又交代霍去病以及阖府上下，对李敢上门寻衅滋事这件事务必要严守秘密。照卫青那意思，这件事就到此为止了，大家不要去找李敢的麻烦，更不得对外张扬。霍去病点头答应，家将们尽管心有不服，却也不得不服从。

其实，飞将军李广在中军大帐中自刎这件事儿，还真跟大将军卫青没有太大的关系，因为毕竟李广抗令在先，要真按军令严格处罚，就应该是掉头之罪。两军阵前那是打仗，不是闹着玩啊。可是世上往往就是这样，很多人爱同情弱者，毕竟人家李广是死在了你卫青的中军大帐里。李广人都死了，他的儿子李敢心中有气找上门来撒野，也是情有可原。因此，大将军卫青也没去追究李敢的不敬之罪，反而跟霍去病商量，要求他不要责罚李敢，对事情严格保密不要声张，事情到此就结束了。霍去病倒是点头答应了，但这世上没有不透风的墙。有些事不是你想保密就能够保密得了的，何况是大将军卫青被小将李敢找上门胖揍这样的大事。结果，就有一个人得知了此事，他不干了。

这人是谁啊？卫青的大儿子卫伉。这一天，卫伉看见父亲卫青的脸上打着绑带，负伤了。他不知道是怎么回事，心想："怎么回事啊，在家坐着怎么还出了伤？"经再三询问，卫青只说是不小心摔了一跤，把脸撞破了。卫伉不信，心想："你当我是三岁小孩啊？哄谁呢？就你大将军那功夫，在家里会摔成这样？"卫伉又悄悄地去问卫青身边的家将，大家也都是支支吾吾的。卫伉这下更怀疑了，就可着劲儿地问个不休，终于被他打听到了李敢酗酒上门打伤父亲这件事。

卫伉可不像父亲卫青那么低调行事，等到他打听到了实情，可把卫伉给气坏了。卫伉可是卫家的长子，他不仅是大将军卫青的长子，还是当朝皇后卫子夫的侄子，当朝太子刘据的表哥，武帝爱将霍去病的表兄弟。仗着他背后这些人物显赫的光环，因为父亲卫青的军功，卫伉少年时就封了宜春侯，在长安城的王侯将相和富家子弟中，那也是一号人物，从来都没有被人这么欺负过。卫伉知道了李敢上门醉打卫青这件事，心说话："这还了得！我卫家堂堂的大将军府竟让一个不入流的小将尾巴找上门来寻事，（将尾巴，可不是吗，兵头将尾。让小将尾巴给揍了一顿，还不敢声张）这个面子要是不找回来，今后卫家在长安城还怎么立足？"这卫伉也是个不怕事的主，见父亲卫青不想张扬此事，他明面上没有什么表示，可是在心里头却对李敢恨得牙根发痒。卫伉暗下决心："大丈夫不报此仇，誓不为人。"他暗地里摩拳擦掌，天天在寻找机会要给父亲卫青报仇。卫伉的心里有了这等想法，这可是卫青和霍去病所没有想到的。

没过多久，武帝传旨，要带领众文武到甘泉宫狩猎。卫伉一看，行了，这可是个我大报父仇的绝佳机会。

第 拾肆 回

中暗箭李敢把命丧　欲谈心霍光把兄访

　　小将李敢醉打卫青，这事没过多久，武帝传旨，要带领众文武到甘泉宫狩猎。卫青脸上的伤还没有痊愈，恐皇帝见了询问，便托词身体不舒服向皇帝请了假。武帝于是带了霍去病、李敢等将领随行围猎。狩猎一开始，众军士从四周开始驱赶鹿群，吆喝声此起彼伏，受惊的鹿群开始四散奔逃。霍去病见一头雄鹿从眼前飞奔而过，催马就追过去了，李敢也紧随其后。两人一阵急追，不知不觉就脱离了大队。霍去病见雄鹿已在自己弓箭的射程范围内，赶紧抽弓搭箭，前把推泰山，后把似抱婴孩，双膀一用力，弓开如满月，对准雄鹿，这就要射……就在这时，却猛然间听到不远处有人惨叫一声："啊……"

　　霍去病一愣，急忙收住弓箭，催马就过去了。到切近一看，只见关内侯李敢倒在了地上，后心中了一箭。这一箭太狠了，直接穿透了李敢的后心，箭尖从前胸都穿出来了。看得出来这肯定是有人在背后下了狠手，暗箭伤人。霍去病赶紧翻身下马，拔出箭来，取刀伤药给李敢敷上。无奈这一箭伤得太深，救急的刀枪药根本就不管事。被一箭穿心的李敢，满身是血，此时已经气若游丝，根本说不出话来。

霍去病打眼四周一望，心想："是什么人跟李敢有这么大的仇恨，竟用这种小人一般的手段来射杀李敢？"霍去病这样寻思着，就感到前面树后的草微微一动，其他寻常人等根本就感觉不到异样，但是霍去病却马上判断出了树后面有情况。霍去病是久经战阵的大将，眼观六路耳听八方。霍去病全身肌肉绷紧，几乎是瞬间就进入了临战状态。他张弓搭箭，断喝一声："什么人？再不出来，休怪我箭下无情！"作势就要放箭。随着霍去病的这一声断喝，不远处的草丛"哗啦"一响，传出了一个熟悉的声音："大哥，不要放箭，是我。"紧接着，从树后转出一人。

霍去病一见此人，不由得呆若木鸡。树后转出之人不是别人，正是自己的表弟，大将军卫青的儿子卫伉。敢情这卫伉为了报仇，竟然提前埋伏进上林苑了，在射猎麋鹿的必经之路上候着李敢呢，霍去病一见是卫伉，脑袋"嗡"的一声就大了："谁能想到这卫伉竟然预先埋伏在这里，干出了射杀李敢这种事，这可真是太胆大包天了。李敢毕竟是关内侯，平白无故被人一箭穿心给射杀了，这像话吗？若是让皇帝知道了，那还不得灭族啊？"就在霍去病这么一愣神的瞬间，卫伉一闪身，迅速地消失在了树丛之中。

见卫伉跑了，霍去病也不去追。他俯下身去，紧紧地抱起李敢，忍不住失声痛哭起来。两个人毕竟是一起出生入死，并肩做过战，那是生死兄弟情！能不悲痛吗？回想起前不久追击匈奴左贤王的战斗中，两个人还一同驰骋疆场。没想到，李敢没在战场上牺牲，却倒在了自己人的暗箭之下。虽然李敢前一段曾经对大将军卫青有过不敬之罪，但那也罪不至于死呀。更何况，这事不是早就完结了吗？

　　霍去病怀抱着李敢，心中是五味杂陈，不知道该如何是好。而李敢这个时候已经不行了，嘴里吐着血沫子，奄奄一息。

　　就在霍去病无所适从、心神大乱的时候，一阵马蹄声由远而近。霍去病的耳边响起了一个雄浑沉稳的声音："去病，你怎么把李敢给射杀了？"

　　霍去病一抬头，见是武帝来到了身边。武帝面沉似水，目光如炬正瞪着自己呢。霍去病大吃一惊，"激灵灵"打了个寒战，出了一身的冷汗。这一惊非同小可，当真是魂飞魄散。霍去病的大脑在飞速地旋转："眼下该怎么办？卫伉射杀李敢这事，目前只有自己一个人知道，如果将实情告诉皇帝，皇帝必然会十分震怒，卫伉必死无疑，舅舅一家也恐将不保。而如果自己将此事揽下来，舅舅一家当可暂时无忧，但是自己却将因此犯下欺君之罪。从皇帝适才的问话来看，陛下必定也以为是自己射杀雄鹿时误杀了李敢。看来这件事也只有自己一力承担了。眼下火烧眉毛也顾不得那么多了，先过了眼前这一关再说。"

　　霍去病心里打定了主意，面对武帝的询问，稳了稳心神，用无神的双眼惶恐地看着武帝，无力地点了点头，算是承认了李敢是他误杀。

这时候，武帝的卫队也都赶过来了，簇拥在了武帝的身旁。武帝见霍去病怀抱李敢呆若木鸡的样子，判断是霍去病在射杀雄鹿时误杀了李敢。武帝不想惩罚霍去病这位爱将，于是就在马上回身对大家说："李敢追捕雄鹿，从马上摔倒在鹿角上，不幸身亡。他是为我效忠而死。"又转过头对霍去病说道："去病，你要好好地厚葬他。"说完，调转马头，留下一身是血、怀抱着李敢在发呆的霍去病，打马扬鞭而去。

霍去病奉旨厚葬李敢，处理后事，这事就这么给压下了。真完事了吗？哪能啊？这事儿咱们后面慢慢说。

净说霍去病他们了，霍光这一段时间干什么呢？霍光自从随着兄长霍去病征战匈奴，经过了一番沙场的洗礼，回朝后就一直在武帝的身边历练。经过几年宫中生活的磨炼，霍光变得更加成熟了。这一天，霍光办完宫中差事，计划和兄长霍去病小聚一番，便来到骠骑将军霍去病的府上。

霍光到的时候，骠骑将军府的家人禀报说大将军正在军营蹴鞠比赛呢。霍光知道兄长爱好蹴鞠，常常与手下将校共同嬉戏，不分贵贱。这种官兵一起玩的游戏在军营很受欢迎。不光是在军营，在当时的长安城以及全国各地，蹴鞠游戏也十分流行。无论是长安城内的权贵，还是穷乡僻壤的贫民，到处都有玩蹴鞠的人。蹴鞠这个游戏在西汉那个年代，那可是风靡一时，普及得非常广泛，比今天的足球运动是有过之而无不及。

这蹴鞠其实就是古代的足球运动。据史料记载，蹴鞠很早就在我国流传了，秦汉以前的战国时期，称蹴鞠这个游戏为蹋鞠。史记中记载战国时期的齐国都城临淄，蹋鞠已发展成一种在民间广为盛行的娱乐方式，开始是以踢石球或是镂空的陶球。尤其是在军队里相当盛行这种运动，一是可以娱乐，丰富官兵的军营生活，不至于太单调；另外还可以训练士卒的协作精神。霍去病就很喜欢蹴鞠，经常带着官兵们玩蹴鞠游戏，官兵一致，玩得很嗨。霍去病也因此很得军心。

霍光曾经问过霍去病："为什么军营中爱玩蹴鞠游戏？"霍去病告诉他："蹴鞠这种游戏方式，可以用来操练士兵，不仅可以锻炼他们的身体，更可以培养他们的默契。"但是，霍光却一直对蹴鞠不怎么感兴趣。

霍光在屋内等候了好一会儿，是心急如焚。此时就听到府门外人喊马嘶之声，紧接着"腾腾"脚步声音响处，门帘一起，大将军霍去病回来了。

第 拾伍 回

霍去病献策未央宫　汉武帝三子各封王

霍去病挑帘栊，进了屋。一眼看见了霍光，非常高兴，拉着霍光的手："贤弟，要知道你今天过来，我早就回来了。"两兄弟寒暄了几句，霍去病便引弟弟霍光落座，排摆酒宴，哥儿俩边喝边聊。

酒过三巡，霍光沉思了片刻，问道："大哥，我最近几日外出，听到长安城中有一首歌谣在传唱，不知道您听到了没有？说是什么'生男无喜，生女无忧，独不见卫子夫霸天下'。我担心，这是有人在故意散播这种话，其用心则有可能是败坏哥哥和卫大将军的名声，还是得多加注意提防为好。"

霍去病听了却不以为意："我听说这歌谣也有段时间了，有人编排说卫家独霸天下，这不过是有人在嫉妒舅舅和我的战功，故意编造这些谣言出来，恶意中伤我与舅舅罢了。舅舅和我的品行你是知道的，一心只忠于汉室江山和当今陛下，别无任何私心。

我们不必对这些歌谣传言太过在意。以皇上的圣明，怎么会被几个摆弄言辞的小人蒙蔽呢？"

霍光听了哥哥霍去病的话，心中的不安并未消去，接着说道："有几个这样的小人自然无足轻重，但要是这样的人多了，并围绕在陛下身边，说一些似是而非的话，时间久了，说不准陛下就会信以为真啊。不是有那么句话，叫'三人成虎'吗？虽然目前这样的人势力不大，但是其用心却十分恶毒，不得不防啊！"

霍去病听了，愣了一下，看着霍光："嗯！贤弟言之有理！那你是怎么看待这件事的呢？"

霍光夹了口菜，又敬了霍去病一杯酒，才斟酌着说道："依我看来，现在之所以有人中伤卫皇后和大将军你们一家，就是因为如今太子为卫皇后所生，而皇后又与大将军是姐弟关系。哥哥您和大将军主持军政事务，颇得人心，就算有奸恶之人想算计，也惧怕哥哥和大将军的威名，不敢妄为。但是，陛下除了太子这一脉，尚有其他几个儿子，目前他们也都在长安。陛下的其他几个儿子虽然都还年幼，却也难保没有人会有非分之想。朝廷中也有一些奸恶之徒在观望，盼着哪一天兄长和大将军失势，那皇后的地位难免就不稳定了，太子的位置也会因此变得不牢固。一旦出现了这种形势，要是有大臣暗地里支持陛下的其他几个儿子竞争太子之位，而且赌赢了，那将来他们岂不是也能像哥哥和大将军一样，在朝堂中出人头地吗？"

听了霍光的分析，霍去病不住地点头，心中思绪翻涌。他暗自吃惊，佩服霍光，小小年纪，见识就已如此深远。霍去病自从将卫伉射杀李敢这件事给瞒下来后,一直就担心有朝一日舅舅卫青家会因此惹出天大的麻烦,现在听霍光这么一分析,心里头就更担忧了。

霍去病心事重重地放下酒杯,沉吟了半晌,又问霍光:"贤弟所言极是,那么而今之事,我等又当如何应对呢?"

霍光微微一笑:"呵呵,哥哥,您想想,若是陛下将其他的几个儿子都封了王呢?封了王那必然要'就国',便不能留在长安。如果将封国的名分定下来,那么想推翻太子另立他人的那些人,自然也就断了念想了。这样不仅可以确保太子的地位更加稳固,也可以让社稷更加安定啊!"

霍去病沉思了半天,觉得霍光说得很有道理,心里头也就有了主意:"对,就这么办!"

就在这年的3月,霍去病给武帝上了一道表。表中说道:"大司马臣霍去病冒死跪拜,表奏皇帝陛下:承蒙陛下错爱,使臣能在军中供职。本应专心思考边防事务,即使战死荒野,也无法报答陛下,又怎敢考虑其他的事来打扰陛下。但是,臣今日却这样去做了,实在是因为看到陛下整天为天下事忧劳,因哀怜百姓忘了自己,减少了食膳音乐,裁减了郎官。皇子们赖天保佑,均长大成人,已能行趋拜之礼,但至今未封号,未设师傅官。陛下谦恭礼让,不怜悯骨肉之情,群臣私下都希望早日给皇子们予以封号,但都不敢越职进奏。我不胜犬马之心,冒死谏言,希望陛下命有司,趁盛夏吉日早定皇子之位。望陛下鉴察。霍去病冒死再拜,进表皇帝陛下。"霍去病的奏表由此时身为御史兼尚书令的霍光交到了未央宫武帝的手里。

武帝见了表章，心中大概明白了霍去病的用意。他本来就认定嫡长子刘据是自己的接班人，霍去病的表章倒也正合武帝的心意。于是，武帝就将霍去病的表给朝中其他大臣阅览。最后，武帝立二皇子刘闳为齐王，三皇子刘旦为燕王，四皇子刘胥为广陵王。

武帝心里明白，霍去病之所以上这封奏章，表面上看是为几位皇子请求封地，实质上却是在维护太子这一系。这道奏疏的后面站着大将军卫青、卫皇后和太子呢。让皇子们离开长安就国，就减少了他们对太子位的觊觎之心，有利于巩固太子地位，无论是依礼制还是稳定国家的需要，也都应该这样做。

武帝又考虑，自古被封为诸侯王的皇子，"奉承天子""尊宗庙重社稷"的少，而扰乱朝纲、谋反危国的多。于是，武帝为即将就国的皇子们分别作策文，用以告诫、激励他们。

武帝告诫封在齐鲁之地的齐王刘闳，说人要爱好善德，才能昭显光明。若不图道义，则会使人懈怠。竭尽你的心力，真心实意地执持中正之道，就能永保天禄。如有邪曲不善之念，就会伤害你的国家，伤害你的自身。

武帝告诫封在燕赵之地的燕王刘旦，说燕国的土地贫瘠，北近匈奴，这一带的人勇敢但缺少谋略，因此要竭尽你的心力，不与人结怨，不要做败德之事，不要废弃武备。不习礼义之士，不得召之身边使用。

武帝告诫被封在吴越之地的广陵王刘胥，说那里的人"精明而轻浮"，务必要做到"不童蒙无知，不贪图安逸，不接近坏人，一切按照法则行事。不好逸乐驰骋游猎，不过度安乐而接近小人"，绝不能背弃礼义。

武帝的三位皇子被册封后，都到封地上任就国去了。

齐王刘闳上任不久，即年少夭折。刘闳死后，封国被取消。武帝赐刘闳谥号"怀王"，怜惜之意尽在一个"怀"字。刘旦和刘胥是亲兄弟。他们就国后，不仅没有如武帝所期望的那样尊崇礼法，反而因没有分封到更为富庶之地而愤愤不平。刘旦、刘胥的众多门客也随他们离开京城，来到穷僻之地，不免也是一肚子牢骚，忍不住要搬弄是非。在门客们的鼓噪下，刘旦和刘胥也认为让他们离开繁华的京城来到偏僻之地的原因都在霍去病和卫青的身上，这个账必须得记上，有朝一日得找他们好好算算账。

一年以后，也就是元狩六年，这些人终于等到了一个机会。李蔡当上丞相了。李蔡就是在卫青大帐中自刎身亡的飞将军李广的亲弟弟。当上丞相的李蔡这时候大权在握，他对哥哥李广、侄子李敢的死一直耿耿于怀。特别是李敢，勇夺敌军帅旗，立下赫赫战功，却死得不明不白。什么撞在鹿角上身亡，有这种可能吗？他在前线杀敌千百，毫发未损，打猎却会撞到鹿角上？绝不可能！

刘旦和刘胥这帮对霍去病、卫青心怀不满的皇子和门客们，串通李蔡，对李敢之死进行秘密调查。这一查，还真给他们查出了道道。原来射杀李敢的有可能并不是霍去病，而很可能是卫青的宝贝儿子卫伉。

这个结果一出，这些人真是欣喜若狂，他们才要施毒计蒙圣聪，陷害忠良。

第 拾陆 回

李敢案端倪初显露　失爱将武帝亲吊丧

　　李蔡丞相彻查李敢死因，还真查出来了。彻查结果远远超出了他们的期望。因为，当时卫家可以说是权倾朝野，最重要的是卫子夫的儿子刘据，已经被立为东宫太子了了，那就是未来的皇上。如果能坐实是卫伉射杀了李敢，那霍去病就犯有欺君之罪，将全族被夷。如果再延伸追查幕后主使，进而将卫青和卫皇后扳倒，武帝一怒之下，把太子刘据给废了也是有可能的。二皇子刘闳已逝，到那时候，刘旦或刘胥接太子位不就有希望了吗？

　　刘旦和刘胥在暗地里调查卫伉的消息很快就传到了霍光的耳朵里了。霍光自小在民间长大，对民间的议论和传闻很是在意。而且，他因为待在皇帝身边的缘故，也专门培养了自己的亲信耳目，查访民间说法，以此与自己在朝中的听闻、奏章相对照。在皇帝身边当差，必须得做到耳聪目明，否则怎么能对得起皇帝的信任？

霍光得知燕王、广陵王的人在暗中调查卫伉之事，大吃一惊，深感此事事关重大，立即找到兄长霍去病，把这个消息告诉了他。霍去病一听，也是震惊无比。他没想到，自己当初的一番苦心，却有可能会引出这么一个欺君之罪的结果。他心想："皇帝陛下如果知道自己是有意袒护卫伉，定会震怒异常。武帝肯定会把自己找去问话，到了那个时候，可如何是好？如果照实说，舅舅一家必定不保。如果不照实说，又怎能搪塞得过去？欺君之罪可是要灭族的啊！到时，不仅自己不保，恐也将牵连到舅舅全家，就是弟弟霍光也恐会有忧。"

霍去病深知龙眼无恩的道理，自古以来伴君如伴虎！他低头沉思半晌，然后慢慢抬起头来，对霍光说："贤弟，今后不管发生什么事情，你都要对陛下忠心耿耿。皇帝和舅舅都像我的再生父亲一样，是他们的悉心栽培，我霍去病才有今天。"说完，霍去病沉默起来，好像在盘算一件大事，不再言语。

霍光感觉，今天哥哥的情绪有点异常，总觉得有哪里不对劲，但一时也想不出什么好办法来劝导。兄弟俩静坐了好一会儿，霍去病却似乎是想通了什么，轻松地对霍光说："贤弟啊，我这辈子做得最开心的一件事，就是把你带进了长安，为陛下效力。"说完，"哈哈哈"地干笑了几声，眼角竟泛出了泪光。

这几声笑，让霍光感到了一丝苦味，一丝寒冷。霍光又坐了一会儿，见兄长没什么事要和自己说了，这才起身告辞。

第二天天刚亮，霍光还没起床，就听见外面有人禀报，说大司马骠骑将军霍去病心腹家将火速前来，来人披麻戴孝，说有要事求见！

一大清早就有大司马霍去病的家将披麻戴孝求见，霍光心里一紧："昨天才和哥哥霍去病见面详谈，哥哥若有什么急事应该昨天就会说。这么一大早的就有人过来求见，莫不是出了急事？怎么还披麻戴孝呢？"霍光的心头掠过一丝不好的预感，赶紧吩咐让来人进府面谈。

一见来人的装束，霍光霎时呆立在地，突然大叫了一声："哎呀不好，我大哥已去矣！"原来来人正是霍去病的心腹爱将。只见此人身穿重孝，进得门来纳头便拜，呜咽着哀鸣，却一句话也说不出来。那是一种只有丧主了才会有的哀恸。

霍光想起昨天谈话间哥哥异于往常的表现，猛然间意识到，这是霍府的家人给自己报丧来了。霍光强忍着悲伤，忙问来人到底怎么回事？家将这才哽咽着说："昨天霍大人走的时候，大司马都还没事呢，自己在书房休息。可是今天早起仆人伺候他起居洗漱到屋内一看，竟发现大司马已然气绝而亡了。不知道是什么时候过去的。"

霍光仔细回想起昨天哥哥霍去病异于寻常的神态和对自己所说的话，这才恍然大悟："看来，燕王和广陵王暗中调查的事情不虚啊，哥哥霍去病果然是替卫伉顶了包。眼看危机将至，哥哥竟然已经下了赴死的决心！没想到啊，哥哥会选择以这种方式来为他舅舅卫青一家赎罪。他这是在以命消灾啊！只要哥哥死了，李敢之死就无人可以对证，皇帝陛下也不会再追查下去。哥哥的心里想的全部是他人，有当今皇帝，还有舅舅卫青，唯独没有他自己啊！"想到这里，霍光又想起霍去病将自己从平阳城带进长安未央宫的月月年年，不禁悲从心来，忍不住放声痛哭。

武帝很快也得知了霍去病的死讯。他感到犹如断了只臂膀一样，内心很是悲恸。第二天清晨，东方破晓时，武帝唤来侍臣，让他们准备车马，要亲自去爱将霍去病的府上吊唁。

中午时分，武帝的车辇来到了霍去病家中。此时，霍去病的大司马骠骑将军府中已经搭起了灵堂，素白的灵幔高悬，灵堂中已经设了殓床，并铺了草席，放上了被褥，正准备为霍去病入殓。

武帝下了车，竟觉得自己的步履有点蹒跚。霍去病的突然离世，让他深感震惊和不安。这会儿他的心里空荡荡的。在文武群臣中，武帝最欣赏的将领就是霍去病了。他坚定地认为，霍去病是自己最值得信赖的人。这一阵子，他已经听到有人在说李敢之死，有可能是霍去病在代人受过。这样，霍去病便有欺君之嫌。武帝仔细地回想那天狩猎时的场景，心里对霍去病误杀李敢一事也心存疑虑。不过，那天他是亲眼见到霍去病面对自己的问话点头承认了的，而霍去病是不可能会欺骗他的。这几天武帝正想把霍去病找去问话，没想到霍去病在这个节骨眼儿上竟然暴毙而亡。

霍去病这一死，倒让武帝隐隐觉得霍去病的死与李敢之死有所关联了。他敏锐地感觉到霍去病一定是在逃避什么。"逃避什么呢？"武帝对霍去病这员爱将是太了解了："霍去病对自己的忠诚是毫无疑问的。但是，如果真的像传言那样，霍去病是代人受过，那么他便有了欺君之罪，那便不可饶恕了。或许是霍去病明知道自己已然犯下了不可饶恕之罪，才想到以这种方式解脱自己和大家，也未可知啊！而且如果循着传言去追查，必定会追究到大将军卫青和皇后卫子夫的身上，那岂不是要翻起滔天巨浪？"

武帝的心里如明镜一般："这股传言来得有些蹊跷，自己刚封完几个皇子为诸侯王，就有霍去病代人受过的传言出现。表面上看，矛头指向的是大司马大将军卫青和皇后卫子夫，可实际上呢，目标指向应该是太子刘据。这么争过来斗过去的，还不都是盯着将来的皇位吗？明明自己这个皇帝还在位，而大家都知道太子是自己选的接班之人，皇储之事是早已明确了的，怎么这些人就不能消停一下呢？如果没有传言这件事所给的巨大压力，霍去病就不会以这种方式死去。他一定是不敢面对朕的问询，所以才赶在面君之前自行了断的。人都死了，还查个什么劲儿？人死不能复生，有些事情还是不要搞得那么清楚明白为好，李敢之死这件事就让它随霍去病而去吧。"

武帝定了定神，心里打定了主意，不能搞出惊天动地的事情出来。他缓步走到霍去病的母亲卫少儿等人面前，一一问候。看着躺在棺椁里一动不动的霍去病，他心中悲切之感越来越沉重，汉武帝手扶棺椁，是老泪纵横。

第 拾柒 回

武陵园长眠显荣耀　哀奉车霍子亦悲亡

　　霍去病英年早逝，噩耗传出，满朝皆惊。一代雄主大汉武帝亲自过府吊唁，手扶棺椁，思故人悲从中来。这些年霍去病伴随自己的一幕幕不停地在脑中闪现，武帝深深地为霍去病的英年早逝而悲戚。到了吊唁结束该返回宫中的时候，武帝还沉浸在悲恸之中，恍恍惚惚的，仿佛瞬间苍老了许多。这些年武帝可是看着霍去病一天天长大，从懵懂少年到成为大汉不败的战神，给大汉带来了一场又一场巨大的胜利，创造了一个又一个战争神话。武帝跟霍去病名为君臣，却情同父子。霍去病的突然暴毙，对于武帝来讲，就是白发人反送黑发人，心情能不压抑吗？

　　武帝下令，将霍去病下葬于为自己修建的皇陵——茂陵附近，他要把这名爱将永远留在身边，将来在自己百年之后，也让霍去病一直陪伴着自己。霍去病出殡的日子，武帝特地调来了边境五郡的几万士兵，均穿玄黑色的铁甲以示庄重。数万士兵排列成阵，从长安城一路延伸到茂陵，护送霍去病的灵柩去往墓地。为纪念霍去病的功勋，武帝还命人将霍去病墓的巨大封土修成河西祁连山的模样，以巨石雕成石人、石马、石兽，雄立在霍去病墓前，以彰其马踏匈奴的赫赫战功。武帝又封霍去病为景桓侯，取意勇武与开疆拓土，以表彰他克敌服远、英勇作战、扩充疆土的不世功勋。

霍去病的一生可谓是轰轰烈烈，霍去病生于公元前140年，卒于公元前117年，24岁就英年早逝，可谓是天妒英才。霍去病是河东郡平阳县（今山西临汾西南）人，堪称是中国西汉武帝时期杰出的军事家，任职大司马骠骑将军，和他的舅舅卫青共同掌管天下兵马。霍去病好骑射，善于长途奔袭。多次率军与匈奴交战，在他的带领下，匈奴被汉军杀得节节败退，霍去病也最终留下了"封狼居胥"的传奇佳话。

霍去病18岁那一年首次随舅舅大将军卫青出征匈奴，从此屡战屡胜。特别是在河西走廊祁连山一带，他率领汉军的突击军团，纵横驰骋，决战千里，将匈奴主力横扫沙漠，从而彻底开通了通往西域的丝绸之路，为汉武王朝巩固、开拓西北边疆立下了辉煌战功。本书作者黎隆武先生曾经特地去西安城外的五陵原上凭吊霍去病，见到霍去病的大墓就在汉武帝茂陵不远处，大墓从上到下，周围百米，已是苍松翠柏，郁郁葱葱，墓地前建成园林式博物馆，仿汉建筑错落有致，曲径回廊花木为伴，慕名而来的游客熙熙攘攘，在马踏匈奴石雕前流连忘返。霍去病墓已然成为汉武帝茂陵旅游景区的核心了。

伴随着一代战神霍去病的突然死亡，加上此前大汉在与匈奴的漠北之战中消耗巨大，人民需要休养生息，武帝暂时也没了继续远征匈奴的打算，大汉的边境也因此平静了好几年。直到多年之后，武帝才又出兵平定南越，开拓西南，征服朝鲜，将大汉的势力延伸到了西域。

霍去病死后，武帝让霍去病的儿子霍嬗继承了霍去病的冠军侯爵位，霍嬗还被武帝封为侍中，后又被封为奉车都尉，天天带在自己身边。霍嬗特像霍去病小时候的样子，因此颇受武帝疼爱。武帝希望霍嬗长大以后也成为像霍去病一样战无不胜的将军，继续霍去病的功业，因而对霍嬗很是看重，甚至比对自己的皇子皇孙们还要亲近。

公元前110年,6岁的霍嬗随武帝登泰山封禅。没想到，小霍嬗却因此受了风寒。因身体弱小，加上旅途劳累，这场风寒竟然让霍嬗一病不起，不久便离开了人世。因为当时的霍嬗年龄尚幼，没有子嗣，于是霍嬗死后，冠军侯国也就此被废除。霍去病这一脉竟然因此绝了后，武帝每每想起霍去病和霍嬗，便哀伤不已。

霍嬗死后，武帝特地作了《思奉车子侯歌》，以示哀悼。子侯就是霍嬗的字，奉车是霍嬗的职。武帝为年幼的霍嬗专门写歌以纪念，由此可见这个皇帝对爱将霍去病和霍去病的儿子霍嬗的感情的确非同一般。

霍去病父子俩先后离世，让武帝的思念更加深重。有一天，睡梦中的武帝朦胧间仿佛又看见了霍去病英武的面庞，那个战神一般的爱将正挺枪跃马率领着大军追杀匈奴。武帝在睡梦中手舞足蹈，呼唤着霍去病的名字，仿佛在为这位战神鼓劲加油。转眼间霍去病却不见了，武帝仿佛又看见了小霍嬗在自己身边绕膝而乐，不禁又在梦中喃喃自语，呼唤着子侯的名字，满是欢快和欣喜。

武帝在梦中正高兴呢，突然间霍去病和霍嬗却又都不见了，急得武帝"哎呀"一声，从梦中惊醒了过来。他抬眼一看，发现在自己的床前正站定一人，这个人此时泪流满面，正泣不成声。

此人正是霍光霍子孟。

霍光作为武帝身边的近侍，这夜轮到他在武帝身边轮值。霍光侍立在武帝床帐旁，见皇上在梦中呼唤兄长霍去病和侄儿霍嬗的名字，心里一阵感动，禁不住泪流满面。睡梦中醒来的武帝，眼里还泛着泪光。他见霍光正泣不成声地侍立在自己的床前，对自己一脸的关切，心里禁不住一声长叹："虽说霍去病已逝，幸好霍家还有霍光在啊！"看见了霍光，武帝竟然感觉，好像霍去病并没有离去一样。

从此，武帝就把霍光当成了霍去病的替身，越发信任有加，让他担任了奉车都尉与光禄大夫的要职。霍光每日如影随形般地侍奉在武帝左右，俨然成了武帝身边最为信赖的近臣。

霍光每时每刻不敢忘却兄长霍去病的教诲，以百分之百的忠诚和敬业回报着武帝，从未有过任何的过失。据说有心人曾经观察过霍光每日的举动，发现他每日进宫走过的路，脚步几乎从未错乱过，每一步几乎都踏在相同的地方。这份谨慎小心，也就难怪霍光会成为皇帝最信任的近臣了。

这一天，风和日丽，武帝携着一群后宫嫔妃在宫中摆宴游乐。酷爱宝马的武帝忽然来了兴致，吩咐人牵来宫中饲养的马匹让后宫嫔妃们观赏。于是，数十名马夫按照吩咐，牵着马匹，从酒席宴前走过，以观马助酒兴。武帝身边的丽人们可多了去了，一个个衣着华美，光鲜动人。这些马夫的眼神都忍不住往武帝身边那些美人身上瞟。武帝见状，心中不快，便欲发作。

就在这时候，却见到一位身材魁梧、面孔严峻的青年牵着饲养的宝马目不斜视地注视着前方，视武帝身边的那些美人如无物。看长相，那个青年不像纯正的中原人模样，不但人长得俊美挺拔，而且牵着的马也格外膘肥体壮，根根须毛闪闪发亮，一看就比其他人牵着的马精神得多。人与马相得益彰，往那儿一站，格外醒目扎眼。显然，这个青年的养马水平比其他人要高出一大截。

武帝一愣，看起来这个马夫很不一般呢！这位马夫是谁呢？

第 拾捌 回

大将军卫青辞世事　金日磾养马入朝堂

　　武帝后宫赏宝马，发现有一个马夫与众不同，他问左右这个马夫谁认识。霍光此时正在武帝身旁侍奉着。他观望那位马夫，觉得容貌有些熟悉。突然，他想起了自己被兄长霍去病带进长安的时候，遇见过随浑邪王投降的休屠王子。当时休屠王子年方14岁，到长安后随母亲住在宫中，便一直安置在宫中养马。霍光认出此人正是休屠王子贺赖。没想到，转眼之间，小贺赖竟长成英俊青年了。

　　霍光小步走到武帝身边说道："这位马夫是从前骠骑将军受降匈奴时带回来的俘虏，他是休屠王的大王子贺赖。他的母亲阏氏是我朝宫女，曾经随先王公主一起到匈奴和亲，后来成了休屠王的妻子。"

　　武帝听了霍光的奏报，说道："将那贺赖召来，朕有事要问他。"霍光赶忙过去，把贺赖领了过来。

只见贺赖步伐稳健、镇定自若地走上前来对武帝行了拜揖之礼，然后立在武帝的近处，气定神闲。武帝在近处仔细一看，感觉这个贺赖比在远处看起来更加赏心悦目、英俊魁梧、气度不凡，于是更添好感。武帝向贺赖问了几个养马的问题，贺赖回答得条理清晰，简单明了，没有丝毫慌乱，很合武帝的意。

武帝没想到宫中竟有如此擅长养马之人，得知是休屠王的王子之后，又见他举止有序，谈吐有度，不禁十分欣赏，便问道："你养马的知识，从何而来？为何你能养出这么好的马？"

贺赖回："我自小便在部落中养马。进宫后，母亲教导我无论做任何事都要认真细心。在宫中养马，我始终牢记母亲大人的教导，丝毫不敢懈怠。"

听了休屠王子这一番话，武帝想到霍光刚才说休屠王的阏氏为汉朝宫女一事，心中一动，霎时起了爱才之心，当即下诏，任命贺赖为马监。武帝又想起了霍去病出征匈奴曾经缴获了休屠王的祭天金人，便又赐贺赖姓金，名曰磾。从此，贺赖就叫金日磾。这可是武帝御赐的名字，可了不得，从此金日磾便进了武帝的法眼。

金日磾本是作为战俘被发配到宫中养马的一名官奴，因为马养得好而被武帝发现，深得武帝欣赏，被提拔为马监，成了宫中养马的统领，地位与过去相比大不一样了。虽然有了官位，但金日磾却依然很守礼节，在马监的职位上，依然兢兢业业，养马做事一丝不苟。因为金日磾对养马的懂行和尽职尽责，宫中的马群养得比过去更精神了，武帝自然是欣喜异常。霍光也对金日磾肃然起敬，两人逐渐成了无话不谈的好友，同时受到了武帝的信赖。

然而，在大汉朝堂的多数大臣们看来，一个匈奴的俘虏，而且还是出尔反尔的休屠王的后代，突然间被武帝封了官，而且赐予名姓，恩宠异于常人，这大大超出了他们的想象。于是，宫廷内外开始有人在私下里议论："陛下得到了一个匈奴的奴隶，反倒给他加官晋爵，如此看重他。相比较之下，我们这些大汉的臣子就逊色多了。陛下可真是偏心呢！"这话传着传着便传到了武帝的耳中。

武帝听说了这些传言后，却丝毫不以为意。他通过一段时间的观察，了解到金日磾果真做事认真仔细，对自己忠心不二，反倒对金日磾更加厚待了。很快，金日磾就从马监升为了侍中、驸马都尉、光禄大夫，几乎和奉车都尉霍光都快要平起平坐了。金日磾的驸马都尉掌管皇帝出行时候的副车，而霍光的奉车都尉则是掌管皇帝出行所乘的舆车。两人成了一对负责皇帝出行安全的搭档，共同侍奉在武帝左右，仿如武帝的左膀右臂。霍光对金日磾很是恭敬，时日一久，大家见武帝对金日磾的宠爱日甚一日，那些有关金日磾的流言蜚语也就不了了之了。

武帝为加强自己的皇权，决定削弱相权。因为西汉创建初期，丞相的权力很大。于是，他有意让自己身边的近臣参与到重大政事的讨论当中，久而久之，便形成了与丞相所代表的外廷相对应的内廷。霍光与金日磾作为武帝身边的近臣，因此也常常参与到内廷对政事的讨论中，并经常作为皇帝的使者去处理一些事务。

霍光和金日磾作为武帝身边的两个最亲近的大臣，在朝廷中的地位日益显赫，两人的关系也一直处得很融洽。

霍去病逝去后，当朝大司马大将军卫青的雄心壮志也仿佛凋零了。在霍去病死后的11年中，武帝虽然出兵扫荡了汉朝的东南和西南，向东北攻伐了朝鲜，但是作为大将军的卫青却再也没有出征过，也没有再立下新的功绩。

公元前106年，在霍去病逝去11年后，一代名将卫青也因病逝去。

卫青的离世，再次让武帝深感悲恸。这一次，武帝也调集了军队护送卫青的灵柩下葬。作为武帝最宠信的大臣之一，卫青的墓被放在了茂陵的东北方，与霍去病的墓一样，永远地陪护在了武帝将来的陵墓旁。霍去病和卫青，作为武帝一朝最耀眼的两颗将星，被武帝安排永远地拱卫在了自己陵墓的左右。

大将军卫青出殡的时候，像当年霍去病出殡一样，沿途安排了数万武士列阵相送，随灵柩车后护送的则是上千名身着玄黑色盔甲的骑兵。从未央宫远远望去，送葬的军民仿如一条黑龙，在蜿蜒山路上跳跃前行。这一天，天空中黑云低垂，不时洒下星星点点的细雨，仿佛是对这位叱咤风云、驰骋疆场的大将军表示不舍，也仿佛在昭示一代风云人物就此逝去。

已经在武帝身边侍奉了十几年的霍光，望着渐行渐远的送葬队伍，见武帝将目光投向远方，沉默不语，好像在回忆那些随卫青逝去的风烟滚滚的岁月，霍光也一言不发，将目光投向了远处的苍穹，小心地陪护着武帝。一种时光蹉跎、岁月沧桑的感觉紧紧拽住了霍光的心绪："随着卫青的逝去，标志着代表了一个时代的将星谢幕了！李广自杀了，曾经封狼居胥、开疆拓土的霍去病走了，而现在因为战功而加封为大将军的卫青也走了。"正是因为有了这些闪烁古今的将星，霍光感到自己入宫这十几年来跟随武帝的生活过得格外精彩。现在，将星纷纷走了，大汉帝国会因此而掀起新的波澜吗？

思索了好半天，霍光收回目光，转头望向武帝。武帝看上去仿佛又苍老了许多。只见武帝面色肃穆，不知道在思考着什么，只是将目光投向远方，一动不动，若有所思。霍光顺着武帝的目光再往远处看去，见那些送葬的队列即将消失在山林后，山林那边的远处便是武帝为自己修筑的茂陵。霍光的心里忽然生出了无限的感慨："随着骠骑将军霍去病和大将军卫青的先后逝去，难道由这大汉双壁开创的无比壮丽的时代，就要行将结束了吗？"这样想着，霍光心里竟然觉得空落落的。

卫青与霍去病的相继去世，可把武帝刘彻给心疼坏了。连失两员大将，那可是捍卫大汉江山社稷安全的两大柱石！这两人的先后离世，就如同断去了武帝双臂一样，他能不伤痛吗？

可是，偌大个大汉帝国，又由谁来统率三军呢？大汉武帝运筹帷幄，他这才开始下一盘大棋。

第 拾玖 回

大宛国无理杀汉使　汉天子点将李家郎

卫青、霍去病两员主帅相继去世，军队不能长时间没有主帅。汉武帝开始通盘筹划，就在公元前105年，也就是在卫青去世后的第二年，大汉朝堂之上又有一位全新的贵戚登上了将军之位，成为大汉朝的军事、政治新星。这个全新的权贵就是贰师将军李广利。

李广利是武帝最宠爱的李夫人的亲哥哥。而这位李夫人，那可是在历史上鼎鼎有名的美女。据说此人有倾国倾城之色，当年在尚不为人所知的时候，因为她有个哥哥叫李延年，是当时汉武帝的宫廷乐师。李延年专门给自己的妹妹作了一首曲子，歌曲名字叫《北方有佳人》。在这首《北方有佳人》中，李延年把自己的妹妹描绘成了人世间独一无二的尤物，也就是倾国倾城的美女，终于引起了大汉天子武帝刘彻的瞩目，后来，这个女子竟然成了汉武大帝一生之中最爱的女人！

　　"北方有佳人，绝世而独立。

　　一顾倾人城，再顾倾人国。

　　宁不知倾城与倾国？佳人难再得。"

　　这首歌把那个倾国倾城的女子描绘成了天底下最美貌的女子，哪怕你明知道为了得到这个女子会让国家和城池陷于覆亡之地，也在所不惜。因为如果你今生错过了，那下辈子也休想再见。

　　这首《北方有佳人》经过李延年的传播，一传十，十传百，很快就传到汉武帝刘彻的耳朵里去了。武帝于是就想开了："我这后宫有三千佳丽，谁才是那个倾国倾城之人呢？不行，我得想办法知道。"

　　有一次，武帝在他的未央宫中摆下了盛大的宫廷宴会。宴会之上，武帝召来了李延年，让李延年当众唱了这首曲子。武帝听罢，赞叹不已，认为世上根本就不会有这么美貌的女子，于是就问："天下果有此人乎？"武帝边上的人一看："哎呀，皇帝陛下这是有想法了。"当即就有人告诉武帝："这个倾国倾城之人就是李延年的亲妹妹啊！"武帝一听，当即将李延年的妹妹召进宫一看，果然是倾国倾城。更兼李延年的妹妹乐舞俱佳，比之宫中其他佳丽无论是形象还是才艺，那都是胜强百倍，武帝心里这个高兴，马上选入宫中，册封为夫人，从此备受宠幸。只可惜，红颜薄命，李夫人在生下武帝的第五个儿子刘髆后，因为身体虚弱，患上了重病，最终香消玉殒。

李夫人在卧病不起时，将三个哥哥李广利、李延年以及李季，还有自己幼小的孩子刘髆一并托付给了武帝，请求皇帝看在平日恩爱的情分上，给予特别的善待。武帝当然是铭记在心！武帝因为宠爱和思念李夫人，在李夫人死后，不仅以皇后之礼葬之，而且还交代将来要把李夫人墓迁葬至茂陵，作为自己的陪葬墓。李夫人因此竟成了武帝茂陵陪葬的唯一一位女人，享受了不是皇后胜似皇后的待遇，极尽哀荣。

李夫人去世后，武帝不负对李夫人的誓约，将李夫人的儿子刘髆封在了孔孟之乡的齐鲁富庶之地为昌邑王，把李夫人的哥哥李延年封为协律都尉，掌管天下乐舞，对李夫人的另外两个哥哥也各有封赏。其中，对精通弓马的李广利则尤为看重。

有一次，武帝对身边的人说："我观李广利这人，弓马娴熟，说不定有朝一日他可以成为朕的左膀右臂。"武帝这是有意在给李广利营造舆论影响，以便为使用李广利创造条件和氛围。

霍光可是知道李广利这个人只是擅长夸夸其谈，而能力却十分平庸。但是，霍光听了武帝赞赏李广利的话后却黯然不语。霍光知道武帝说这番话时，其实心中主意已定，那就是已经打算要起用李广利了。就算别人再说什么反对的意见，也只不过是会触怒皇帝，并不会让武帝改变主意。

霍光在武帝身边十多年，皇帝眨眨眼，他就会眉毛动，他可是深知武帝的心思："皇帝起用李广利，既是为了对得起李夫人去世前之嘱托，也是为了培养自己的人，以弥补霍去病和卫青去世后的空缺，这真是一举多得。"霍光虽然看出了武帝的想法，也知道李广利这个人不堪大用，但是见武帝并没有询问自己意见，他便闭口不言，毕竟多一事不如少一事，明知道会惹得皇帝不高兴的话，还去说，那多不明智！

霍光心里清楚，作为当今皇帝，武帝对李广利能当多大的用场，他的心里如同明镜一般。武帝肯定知道李广利并不具备像卫青、霍去病那样的雄才大略，但他仍然决定起用李广利，当然不光是为了李夫人的一句嘱托，而是皇帝需要有这么一个人来平衡朝中各方势力。现在边患不多，对外用兵的压力并不大，只要给李广利一个合适的机会，即使李广利不能建立起与卫青、霍去病同等的功绩，也不至于辜负自己的瞩望。

找个什么理由才能让李广利走到前台呢？现在又没有战争。汉武帝就想起了西域大宛国的汗血宝马，武帝对汗血宝马早就动了念头，这次他要给李广利一个机会，让李广利在沙场建功，为自己抢得大宛国的汗血宝马而回。

汉武帝为什么会打大宛国汗血宝马的主意呢？还得从霍去病率军与匈奴决战的漠北之战说起。自从上次霍去病漠北之战后，大汉朝国内的马匹数量锐减，而且存下来的有限的马匹，品种素来也不是很好。随着匈奴势力的北撤，大汉的实力进一步深入西域。西域的大宛国，有一种汗血宝马，这种马品质优良，速度飞快且耐力超群，流淌出来的汗都是红色的，堪称天马。传说能日行千里，实在是马中绝品。

汉武帝有一大嗜好，就是最喜欢宝马，当他听说西域大宛国有汗血宝马时，一下激起了得而御之的强烈兴趣。于是，武帝派使者带着黄金二十万两以及一匹黄金铸成的金马去大宛国，要求换取汗血宝马。

使者们从玉门关出关，一路上风餐露宿，日晒雨淋，艰辛跋涉，好不容易才到达大宛，见着了大宛国国王毋寡。大宛国王毋寡过去一直是对身边强大的匈奴臣服，而对远在几千里之外的大汉朝没有打过什么交道。见汉朝使臣要求用黄金交换汗血宝马，毋寡心里很不乐意，对汉使说："你那些金子与金马有什么了不起，我国多得是。汗血宝马是我大宛国的国宝，岂能用于交换，你们休要妄想。"

大汉的使者看到自己遭受这种无礼的对待，非常气愤，也对国王出言不逊，并砸破金马，以示轻蔑，愤而离去返朝复命。大宛国王见汉使无礼，又认为汉朝远在东方，不会派大军远袭大宛，便命东部属邑的郁成王拦住汉朝使团，杀死了使节，夺走了金银财宝。这才激怒汉武帝兵伐大宛国。

第 贰拾 回

龙颜怒只为汗血马　征大宛广利再整装

出使大宛，不但没得到宝马，使臣还在大宛被杀、财物被抢。这消息传回长安，武帝勃然大怒："我堂堂大汉，什么时候受过这种窝囊气！不要说是一个小小的大宛，就是强大的匈奴现在也对我大汉避而远之。犯我强汉者，虽远必诛！"

武帝这就起了惩罚之心："小小的大宛国自不量力，竟敢羞辱抗拒大汉，必须予以惩罚。"武帝心想，正好可以借征伐大宛国的机会，起用李广利，如果李广利能够借此立功，就正好可以重用了。于是，武帝命李广利为将军，率兵远征大宛。此次远征，目标主要是夺取大宛国贰师城的汗血宝马。武帝诏令李广利为贰师将军，象征意味十分强烈，表示志在必得，必须攻下贰师城，牵回宝马。

公元前104年，也就是汉武帝太初元年，李广利统率骑兵六千，步卒数万，威风凛凛、气势汹汹远征大宛。武帝认为，在大汉天威面前，小小的大宛国压根就不堪一击，只要汉军一到，大宛必定会缴械投降。武帝一心想凭着大汉的天威取胜，因而派出的军队并不多。而李广利也是第一次带兵打仗，对远征大宛可能遇到的困难更是估计不足。他也以为只要大军一到，沿途必定所向披靡。李广利一心只想着速战速胜，因而所带的粮草补给等军用物资也很不充足。

汉军出了玉门关，大队人马浩浩荡荡直入西域地区。没想到沿路所经过的一些小国都是大宛国的盟友，见汉军远途奔袭而来，都紧闭城门，不供给汉军给养。汉军由于粮草准备不足，又没有后勤补给，只能靠沿途攻打城池来保障军队的供给。攻下了城池，就能取得粮草，供士卒马匹食用；攻不下，则只能短暂地停留，不得不继续前进。一路上，汉军战死的、饿死的兵士很多，损失惨重。等到李广利率领汉军到达大宛的郁成城时，士卒仅剩下几千人了，而且都饥饿之极，疲惫不堪。

李广利指挥军队强行攻打郁成城。他虽然略懂弓马，但军事上却是个外行，行军布阵，攻杀战守那是一窍不通啊，只会一味地调遣士卒强攻猛打。可是人家郁成城守将防守严密，城池固若金汤，急切之间，城池久攻不下，李广利率领的汉军伤亡巨大。

李广利见郁成城易守难攻，不免沮丧万分。他寻思着："这小小的郁成城尚且攻不下来，又怎么能攻破大宛国的都城呢？"眼看着汉军中能战斗的士卒越来越少，李广利苦于既无兵员的补充，又无粮草的接济，万般无奈只得撤军。

李广利率残兵败将回到敦煌休整。他此次出征大宛，往来两年多时间，浩浩荡荡出发，垂头丧气归来，所剩士卒才及出发时的十之一二，损失极为惨重。李广利驻军敦煌，向武帝上疏说："道路遥远，缺乏粮草，士卒不忧虑战斗而忧虑饥饿。所剩士卒不多，难以攻下大宛的王都。请求暂且修整，待补充兵力后再去攻打。"

汉武帝接到李广利的奏书，龙颜震怒，立即传旨玉门关守将，李广利所带人马有敢私自入关者，一律斩首。李广利见天子雷霆震怒，大气都不敢出，乖乖地待在玉门关外休整，却不敢踏入关内半步。

武帝这第一次远征大宛，就这样因轻率出师以及主帅指挥不力而以惨败告终。

到了太初三年，也就是公元前102年，经过两年的备战，武帝仍然十分惦念大宛国的汗血马，便想再次命李广利率军远征大宛。总之，堂堂的大汉朝在小小的大宛国丢掉的威风和面子，必须在大宛国再给他找回来。

武帝对于这二征大宛就比上一次谨慎多了。他召集群臣在御座前商议，询问这次远征的计策。众大臣皆闭口不语，心里却都对武帝任李广利为主帅远征大宛很是不以为然。

霍光见群臣不语，心想："总不能把天子晾在这儿啊，陛下把大家召来征求征战大宛的方略，你们却都不说话，这不是在无声地抗议吗？这让陛下的面子往哪儿搁啊？你们都不说，那么只好我来了。"霍光想到这儿，出班跪倒，口称："陛下，臣以为，上次征战大宛国之所以会失利，不在于陛下的征战方略有不妥，也不在于将士们征战不勇敢，而在于前方将帅对攻取大宛的准备不充分。正是因为前方将帅没有坚决执行陛下事先确定的速战速决的征战方略，才导致征战失利，以至于被动。假如骠骑将军还在世的话，按照陛下的方略早就应该奏凯而还了。幸赖陛下神明，贰师将军才得以保全而还，在玉门关外继续整军备战。现在陛下经过了两年时间的深思熟虑，各项征战准备比前一次更充分，已有必胜的把握。臣以为，这次征战宜按照陛下的思虑去做周密安排，尽管贰师将军已在玉门关外整军两年，仍应多派有实战经验的将领去辅佐贰师将军，并多多增加生力军去接应，这样必可一举征服大宛，彰显我大汉天威。"

霍光这话，武帝十分爱听。霍光这话在武帝看来毫无毛病，征战失利不是皇帝的错，而恰恰是前方主帅没有坚决执行皇帝征战方略的错。所以武帝一听霍光的话，点了点头，这就算是认可了他的话。

武帝听完霍光的话，喜形于色："爱卿不愧是骠骑大将军的胞弟，有乃兄之雄才大略啊。金日磾很是熟悉大宛那边的情况，你去同他制订一个详细的征战计划给朕。"

待霍光和金日磾的征战计划一出，武帝便下诏命上官桀、赵弟、赵始、李哆等多名将领辅佐李广利，再发精兵六万归李广利统领，择良辰选吉日，再征大宛。

李广利这第二次出征，可谓是兵强将勇，浩浩荡荡，当真是威风凛凛，杀气腾腾。鉴于上次攻打郁成城遇到的挫折，这一次李广利学乖了，不去啃郁成城这块硬骨头，而是特地绕过了郁成城，率大军直奔大宛都城。李广利大军所到之处，沿途各个小国见汉军如此阵势，不敢再像过去那样拒汉军于城外，无不开城迎接，拿出粮草献给汉军。所以，李广利大军这次出征，很顺利地就到达了大宛国的都城，在城外扎下大营，将大宛都城团团围住。

李广利按照武帝事先的交代，先断绝了大宛城城内的水源，再围城攻打。这样围攻了四十多日后，大宛城就陷入了水尽粮绝的困境。这下大宛国的贵族们就坐不住了，没饭吃、没水喝，这日子不麻烦了吗？他们暗中商议："国王毋寡将宝马收藏，不给汉朝，又杀害汉朝的使者，因此得罪了汉朝，招致汉军的报复和攻打。假如我们杀掉国王，献出宝马，汉军不就解围了吗？不然再这样下去，撑不了几日，城池就会被攻破。而到了城破之日，恐怕大宛国的臣民都不保了。"就在此时，军校来报，大事不好，大汉军马已经攻破了都城。

第 贰拾壹 回

破大宛鞭敲金镫响　战匈奴汉皇遣小将

　　汉军攻破大宛都城，可把城中的贵族们给吓着了！大伙一商量，算了吧！贵族们联合起来，一拥而上，就把国王毋寡给砍了。大宛国窝里反了。赶紧将毋寡的头割下来，用木盒装着，献给汉军统帅李广利，并说："我们将所有的宝马都牵来，任你们挑选，并且供给你们大军粮草，只求你们千万不要再攻打我们的内城了，不要屠杀城内的军民。"

　　李广利和部将商议，大宛城的内城也十分坚固，粮食蓄存又很充足，利于长期坚守，而汉军劳师远征，又战斗了四十余日，已经十分疲乏。同时大宛国的邻国康居，正对汉军虎视眈眈。既然首恶毋寡已经伏诛，大宛国又愿献出宝马，此番汉军出师的目的就已经达到了，不如就此收军。于是，李广利答应了大宛国方面提出的要求。大宛的贵族们见汉军答应了他们的请求，十分高兴，便将所有的汗血宝马都牵出来，让汉军自行挑选，又送给汉军许多牛羊及葡萄美酒，慰劳汉军。

看见汗血宝马，李广利他们高兴坏了。他们只是听说过有天马这么回事，可是从没见过这么漂亮的马。汗血宝马本名叫阿哈尔捷金马。汗血宝马原产地在今天的土库曼斯坦科佩特山脉和卡拉库姆沙漠间的阿哈尔绿洲。在今天的土库曼斯坦、俄罗斯、哈萨克斯坦、乌兹别克斯坦都保存有阿哈尔捷金马。这种马数量有限，所以很珍贵。它外表英俊神武，体型优美、轻快灵活，具有无穷的持久力和耐力，可以长距离的骑乘。由于它奔跑时脖颈部位流出的汗中有红色物质，鲜红似血，故被称之为"汗血宝马"，在中国历史上被称为"天马"和"大宛良马"。

李广利挑选了最好的宝马数十匹，中等以下的马三千余匹，立大宛国待汉人友好的昧蔡为大宛国王。两国订立盟约，相约结为友好邻邦。

总之，这场战争终于以汉军的全胜而结束。李广利回到京城长安，向武帝献上宝马以及许多从西域带回的珍奇宝贝。武帝龙颜大悦，在未央宫大宴群臣，庆贺远征大宛取得了胜利。武帝命人按照汗血宝马马蹄子的形状专门铸造了马蹄金，用于对征战有功的将士们的赏赐，李广利因为征战有功，获得的赏赐尤其之多。武帝不仅给了李广利众多的马蹄金赏赐，还同时封李广利为海西侯，食邑八千户，以表彰其收获天马的功勋。武帝又封赵弟为新畴侯，提拔上官桀为少府，赵始为光禄大夫，李哆为上党太守。

汉军这两次攻伐大宛，总共历时四年才告结束。这时候，正是李广利人生的顶峰时期。虽然在他出征大宛国的时候，出了他的兄弟李季"奸乱后宫"的大事，武帝下诏诛杀了李广利的哥哥李延年和李季兄弟宗族，然而李广利这一族却因收获天马之功而保留了下来，并被封了侯。

李广利的这次出征战绩根本无法与霍去病和卫青当年征战匈奴的战绩相比，但是武帝还是给了李广利重重的封赏。霍去病当年首战匈奴斩获两千余人，以一千六百户受封冠军侯；霍去病收降匈奴浑邪王部十万之众，武帝只加封一千七百户；霍去病在与匈奴最后一次决战中一举消灭匈奴主力左贤王部七万余人，武帝才加封了五千八百户。而李广利花了4年时间，先后两次攻打大宛，前一次惨败，后一次胜利，仅带回一批汗血宝马，就以八千户获封海西侯，可见武帝对李广利不是一般的看重。而李广利也因为征战大宛这一仗，而一战成名，成为武帝的新宠。

李广利征战大宛得胜回朝，此时距离上次骠骑将军霍去病带领汉军与匈奴的漠北之战已经过去了17年。匈奴经过十几年的休养生息，多少也恢复了一些元气，又断断续续地与汉朝打了几仗，双方互相占不到什么大的便宜。到了公元前101年，李广利班师回国的第二年，匈奴方面力主与汉朝交战的单于竟然一命呜呼了。新上任的单于遣使者来汉庭告诉武帝，匈奴单于愿意认输，并且还交还了前任单于扣押的汉庭使者等人。

武帝比较满意这一任单于的诚意，派出中郎将苏武作为使者，出使匈奴。哪知苏武在出使过程中，无意中卷进了匈奴内部的叛乱，整个使团都被扣押在了匈奴。其他使臣均投降了匈奴，但是苏武却坚决不降。最后，苏武被匈奴单于流放到了北海牧羊。也就是现在俄罗斯的贝加尔湖一带。

发生了苏武出使匈奴被扣押这种事情，匈奴和大汉帝国之间自然是不可能再保持和平了。这时候，武帝决定趁着大宛之战的胜利余威，继续派李广利为将军，以得胜之师再次北伐匈奴。于是，公元前99年，李广利率领3万骑兵再次出征。

此番出征，李广利从酒泉出发，这一次他身先士卒，自任前锋，率队先行。他要深入漠北，决战匈奴。

有道是兵马未动，粮草先行。那谁是督粮官呢？汉武帝命青年将军李陵护送辎重，保障供给。

李陵就是自刎身亡的名将飞将军李广的孙子，被卫伉射杀的李敢的侄子。跟许多的官员一样，李陵也是在当上侍中以后，才渐渐得到武帝的赏识的。李陵其人勇力过人，而且声望很高。武帝见了李陵，觉得他很有李广年轻时的风范，于是封李陵为建章监，担任建章宫羽林军的统领。这个建章监职位，卫青也曾担任过。

李陵和霍光年纪相仿。李陵担任建章监时，霍光为奉车都尉。两人一个掌管皇宫警卫，一个掌管皇帝出行车驾，都在皇宫中供职，服侍武帝。时间一久，两人便接触频繁。李陵听说当年霍光曾经为自己的爷爷和叔叔说过不少好话，于是来往更加密切。

李陵和霍光一样，也觉得李广利的军事才能平庸，不能担负国家重任。这一次，武帝让李陵给李广利负责后勤保障，李陵心里很是不爽。他私下向霍光抱怨："李广利能力平庸，却每次都能打前锋；我手下的兵士个个勇猛无敌，操练有方，却不得不作为后勤运送辎重，这也太不公平了。"

霍光好言相劝："陛下对你也十分器重，为什么你不能再忍让一时呢？以你的能力和勇敢，我相信你总会有出头之日的。"然而，在李陵心中，他是十分地不情愿给李广利做督粮官。他所希望的，是在两军阵前暴打前敌，跟匈奴血战沙场。他要在战斗中洗刷李家曾经的屈辱，重建李家的荣光。

李陵于是请求觐见武帝。他跪在武帝面前，大声疾呼："陛下！臣李陵手下的五千士兵，都是荆楚的勇士、侠客，勇不可当，为国家报效视死如归，箭法都百发百中。臣希望能率领一军，独当一面，到兰干山南边牵制单于的兵力，以避免匈奴全力攻击贰师将军。"

汉武帝历经过多少大风大浪，一听就明白李陵这话的言外之意了，知道李陵在此说话，想当先锋呢。武帝心中暗道："好你个李陵，你的想法往小了说是想建功立业；往大了说，那就是不服从朕的安排，甚至是在抗旨不遵。"汉武帝"唰"的一下，脸就沉下来了。

第 贰拾贰 回

求功名李陵入险地　陷重围汉军战鼓响

　　李陵在皇帝面前直言请缨，要打头阵。武帝看着李陵，就有点生气了，沉着脸，问了一句："李陵，你是不愿意当贰师将军的属下吗？"

　　李陵也够犟的，听武帝如此问话，索性低着头，沉默不语。他这是默认了武帝的话了。

　　武帝见李陵并不辩解一声，心里更是恼怒了。但是武帝毕竟是一国之主，又想在实战中试一试李陵的本事到底有多大，于是接着说道："我此次调军太多，可没有多少战马能提供给你。"

　　李陵听了武帝的话，心说："有门。"明白武帝心中多少是愿意让他出征了，于是激动地说："没有马也没关系，我只需要有五千步兵，一样可以踏破匈奴王庭！"

　　武帝又思索了半天，想到了老将军李广军营自刎，又想起了李敢悲怆的惨死，也被李陵的勇气所感动。于是，便同意了李陵的这次出征，同时又下诏，命令强弩都尉路博德领兵在中途接应李陵这路人马。

武帝的心念转了几转，打下了算盘："既然李陵执意求战，那么就放手让他去干。李陵的区区五千步军，在与匈奴大军的战斗中恐怕难以建功立业。一旦和匈奴大军相遇，李陵的队伍打不过匈奴，只要安排好了接应的队伍，也足够李陵全身而退了。"武帝做这样的安排，其实还是很替李陵着想的，毕竟李陵是他很看好的年轻将领之一。

武帝的算盘虽好，却识错了一个人，这个人就是武帝派去接应李陵的强弩都尉路博德。要说路博德这个人，从辈分上讲还是李陵的父辈，虽然军事才能不错，却自恃自己是将军中的老资格，他也不愿意为小自己一辈的李陵做接应。可既然是武帝的安排，路博德也不敢违抗圣命。但是，路博德却找了个推迟出兵的理由。他给武帝上奏说："现在刚入秋，正值匈奴马肥之时，不可与之开战。臣希望等到春天，与李陵各率酒泉、张掖五千骑兵分别攻打东西浚稽山，必将获胜。"

路博德的这封奏章完全无视了武帝要李陵和他马上出征的部署，有畏战之嫌。武帝一看路博德的奏章，不明就里，以为是李陵在推迟拖延，勃然大怒。他甚至觉得这是李陵在出征前害怕了，从而恳求路博德为自己说话，想延迟出兵。于是，武帝便对李陵产生了看法。武帝心中愤怒不已，派出使臣责怪李陵临战退缩："既已领受了皇命，岂能视同儿戏？"

汉武帝一边命令路博德不用再跟着李陵一路出兵，另行调用。一边又叫来李陵当面训斥一番，严令他必须即刻准备，9月发兵，不许滞留。武帝让李陵从险要的遮虏鄣出塞，到东浚稽山南面龙勒水一带，搜寻匈奴踪迹；如果遇不见，还可以沿着浞野侯赵破奴走过的路线去受降城休整。

李陵本来就不善言辞，一看武帝震怒，觉得自己再解释也毫无意义，干脆不再对武帝有任何解释。他哪里知道，此次出征，按照武帝规划的路线，自己竟成了一支孤军。

对于这件事，霍光却一眼就看出了路博德是因为不愿意做李陵的接应后援，才上书武帝要求延迟出兵。霍光看穿了路博德的小伎俩，劝导李陵说道："匈奴狡诈，你万万不可孤军深入。你为何不先向陛下解释清楚，路博德提出的推迟出征不是你的意思啊？"

李陵答道："我此次出征，是好不容易才争取到的机会。要是如你所说，现在去和陛下说明情况，可陛下正是愤怒的时候，也不见得会相信我说的话。如果陛下因此不再信任我的话，以后怕是再也不会让我出征了。如果那样的话，我将如何去建功立业呢？待我打败匈奴再向陛下解释也不为迟。"霍光本想再劝说几句，李陵却不愿意再多说什么。他匆匆向霍光告辞后，就直接去了军营，整顿军备，准备起兵了。

李陵率领他的5000精于剑法和弓弩的步兵精锐，从居延出发，一路向北行进。走了30天，到了浚稽山。李陵将所经过的山川地形绘制成图，派手下一位叫陈步乐的骑兵带着回朝禀报。

武帝一看李陵让陈步乐带回朝的进军线路图，与自己此前对

110

李陵交代过的线路并无出入，心里说话："李陵这小子还算听话，没有违背自己的命令。"陈步乐又禀报说："李陵将军带兵有方，得到将士死力效命。此番出征定能奏凯。"武帝听了以后非常高兴，任命陈步乐为郎官，把他留在皇宫了。

然而，陈步乐并不知道的是，他返回长安不久，就在李陵到达浚稽山的时候，李陵所部却遇见了匈奴的兵马，而且还是匈奴单于部的一支主力，多达3万人的骑兵。双方打了一场遭遇战，也是一场凶险万分的恶战。

李陵见遇上了匈奴的大军，立刻号令全军以武刚车作为壁垒，形成易守难攻的阵地。接着，他带领军队出了壁垒，与匈奴军对峙。与他的爷爷李广不同，李陵智勇双全，不但是一名勇将，而且精心练兵多年。在与匈奴大军的对阵中，李陵令前排士兵执着盾和长戟，后排士兵拿着弓弩，以静制动。

匈奴3万大军根本没把这区区5000人的汉军步兵放在眼里，直接用骑兵就冲锋过来了。匈奴军本来以为靠着骑兵人数的优势，就能够一举将这支汉军歼灭，却没想到根本就突破不了汉军的阵地。在汉军的强弓硬弩面前，冲锋的匈奴骑兵纷纷中箭落马，一天进攻下来，匈奴兵将竟折损了数千人。

匈奴单于非常吃惊，又就近调集了数万人前来增援。这时候，围攻李陵这支孤军的匈奴骑兵已经达到了八万之众。

李陵知道自己这几千步兵不可能与匈奴军长久抗衡，于是做了撤退的决定。可是往哪里撤退呢？当然是往南，跟大汉的其他军马靠拢。李陵率领这几千人且战且退，一连十余日，都顶住了匈奴的进攻。李陵军中虽然没有骑兵，但是有马车。他下令，受伤三处以上的坐车，受伤两处的驾车，只受伤一次的继续持兵器战斗。李陵带领本部人马往东南方向撤退，且战且走，又走了四五天，来到了一片大沼泽中。这里芦苇茂盛，杂草丛生，正值9月，枯黄一片。匈奴单于一看，高兴了，心想："这回看你们还往哪儿跑啊？"他命令军兵，在上风头放火，要火焚李陵。

哪想到李陵早有准备了，令将士放火先烧出了一条隔离带，得以自救。

李陵率军马继续南撤，退着退着，前面有一座大山拦住了去路。李陵来到山脚下，发现有匈奴兵早已在这里等待多时了。李陵不得不又退入树林中，命令战士们各自为战。匈奴的骑兵不适应在树林中作战，又在这里折损了数千人。见久攻不下，匈奴单于决定撤退。

匈奴人为什么要撤退呢？原来他们的单于认为："这支汉军精兵，一路往南撤退，自己久攻不下，不但不能消灭，并且汉军军容整齐，并非溃败之军。难道是诱兵之计？要把我们引入汉军的埋伏圈？"想到这儿，匈奴单于惊出一身冷汗。所以，他才准备要撤兵。

谁曾想就在李陵再次挡住匈奴进攻，匈奴打算退兵的时候，李陵手下一个叫作管敢的军侯，却偷偷地投降了匈奴。

为什么军侯管敢会投降匈奴呢？原来在与匈奴交战的初期，李陵发现有些士兵神情恍惚，出战不力。于是，他晚上去巡查兵营，发现有女人的嬉笑声，仔细一问才明白，原来是管敢带头在与营妓寻欢，李陵是勃然大怒。

112

第 贰拾叁 回

败匈奴勇士蒙冤屈　司马迁死谏为栋梁

　　行军大营管敢带头违抗军纪，私自与营妓寻欢，可把李陵气坏了。他一怒之下轰走了营妓，杖责了管敢，这家伙这才投匈奴要报杖责之仇。管敢对李陵记恨在心，现在见形势不妙，便趁乱逃出军营，投降了匈奴。管敢把汉军的底细全部都告诉了单于。他对单于说："李陵不但军无后援，而且箭也快用尽了。"

　　李陵军在匈奴数万人的进攻下，依然能够保持军阵，并且有效杀伤匈奴军队，主要靠的是箭。得知李陵所率汉军的真实情况后，匈奴单于又怒又喜。怒的是自己几万人马，多日猛攻竟然未能击溃这支孤军，喜的是这支军队已然是强弩之末，而且弓箭即将消耗殆尽。

　　另外，管敢还告诉匈奴，李陵与副将韩延年各率领了800人排在阵式前列，分别以黄白二色做旗帜，只要击破这两部分，汉军的军阵就会溃散。

单于获得这些情报后非常高兴，再次集结了匈奴大军，一起向李陵率领的汉军发起进攻。此时李陵的军队在山谷中，匈奴军在两边山崖上。匈奴军居高临下攻击汉军，箭如雨下，但汉军依然边打边撤，坚持南行。战况可谓是空前惨烈，一日之内，李陵军中剩余的50万支箭也消耗殆尽。见没有了箭枝，汉军干脆弃了马车前进。此时李陵军尚存三千余人，然而已经没有武器了，士卒们甚至要以车轮辐条和刀笔作为武器。

李陵想率军继续后退，从山谷中撤出去，却发现匈奴军已经堵死了他们前进的去路。此时，这支孤军已经是深陷重重包围之中，箭尽粮绝。

有人劝说李陵不如干脆投降匈奴算了，以保全自己的性命。李陵却长叹一口气，说道："你不要再说了。仗打到这个份儿上，我若是不死，就不是男人了。"

李陵下令把军旗砍断，将财宝埋了。他知道此地离汉朝疆域不过百里，见军中只剩下一堆残兵，不禁感叹道："要是每个人再有数十支箭矢，就足以脱困了。只可惜如今我们没有箭矢再战了，到了天明，就只能束手就擒。不如现在我们分散突围，要是有能脱困的，或许还能逃回去向陛下报告。"

随后，李陵让手下将士每人拿了两升米、一块冰，约好一起突围，若是能跑到汉朝的边塞，就等待后面的兄弟一起回长安。到了晚上，李陵与韩延年一同上马，十多名壮士和他们一道冲出。匈奴见有人突围，立即派遣了数千骑兵紧追不舍。最终，韩延年战死，李陵被俘。逃回国内的仅四百余人。

李陵兵败的消息传到了长安。开始，武帝以为李陵兵败战死，心中十分惋惜。可是不久又传来李陵投降的消息，武帝顿时震怒。一位他曾经寄予厚望的青年将领，竟然投降了匈奴，这岂不是给自己、给大汉抹黑吗？盛怒之下，武帝严词责问为李陵部报捷、刚被擢升为骑都尉属下典军校尉不久的陈步乐。陈步乐在羞愧及惶恐之下，自杀而亡。李陵的母亲和妻子则被捕下狱。

此时武帝虽然愤怒，但是他并不昏庸。他觉得李陵投降匈奴的消息并不一定可靠。可是得到这样的信息，作为一国之君，他又不能不采取相应的措施，否则以后就不好管理其他臣子了。

汉武帝专门召集群臣开会，就李陵投降匈奴一事进行讨论。见武帝震怒无比，群臣个个都是愤慨异常，大家在武帝面前说的话，几乎都是怪罪李陵好大喜功、不善军事之类。武帝面前的大臣，仅有个别人比较冷静。其中一位，就是担任了太史令的司马迁。司马迁平素对李陵很是友好，了解李陵绝不会是屈膝投降之辈。司马迁看着群臣对李陵落井下石，心里很是为李陵担忧。他打定了主意，决不附和群臣的言论，便站在角落里一言不发。

武帝见司马迁沉默不语，不像其他大臣那样对李陵口诛笔伐，因此面色很是不悦。武帝对司马迁说道："太史令有什么看法，不妨说出来让大家听听。"

司马迁见躲什么，偏就来什么，实在是避不过，便直接说出了自己的想法："据臣所知，李陵对母亲有孝顺，与士卒有信义，对国家有忠诚。他这次出征只带了五千步兵，却被匈奴几万人围

115

攻，并且杀敌一万多，虽然战败降敌，其功也可以抵过。他转战千里，箭矢尽绝，战士们赤手空拳，顶着敌人的箭雨仍殊死搏斗、奋勇杀敌。李陵能得到部下以死效命，就是古代名将也不过如此。我看李陵并非真心降敌，他一定是想暂时活下来找机会回到汉朝，再次报效国家的。"

武帝听了司马迁的话，并未释然，反而勃然大怒。原来，司马迁的话正好触碰到了武帝忌讳的事情。

李陵本来是奉命率军为李广利运送辎重的，也就是说，李广利此次在另外一路也有出征。然而李广利此次出征，率军3万，虽然斩敌过万，但是期间竟被匈奴大军围困，险些无法逃脱，而且李广利的伤亡很大，士卒死亡过半。武帝听了司马迁称道李陵以五千被围困的步卒竟然都杀敌逾万的话，首先想到的不是司马迁为李陵说情，而是对比了李陵和李广利的战况和战果，明摆着李陵比李广利要打得好。武帝觉得司马迁这是借李陵的事情在批判李广利。批判李广利，就是拐着弯儿地在批判自己用人不当。这是武帝万万不能容忍的。司马迁如此不注意维护皇帝的威信，这当皇帝的能高兴吗？

武帝大怒，吩咐人就把司马迁拘禁在牢中。司马迁不过是替李陵说了几句公道的话而已，却落得个被囚禁于狱中的下场。霍光本来也想为李陵说情的，可是见到司马迁因为替李陵说情而被囚禁，在暴怒的武帝面前，霍光便也不敢再言语了。是霍光畏刀避剑吗？不是，他是想找个适当的时机，再跟武帝汇报自己的想法。当着这么多大臣的面，即便武帝决策再不对，也要先维护皇上的威严为要，所以他就没有说出自己心里的话。这就是霍光比司马迁明智的地方。

过不多久，武帝的愤怒稍稍消减了一些。他细细想来，觉得当初路博德上奏请求延迟出兵一事还真是有蹊跷。武帝再一想，就是因为有了路博德的奏书，自己才改变了出兵的部署，导致李陵孤军深入无人接应，最终全军覆没。霍光也私下跟武帝说李陵即使投降匈奴也极有可能是诈降。武帝虽然不可能承认自己的错误，但是心中也隐隐有点后悔，于是派人慰问了李陵的数百残兵，给予了慰劳赏赐。

这次远征匈奴，大汉惨败，武帝一直耿耿于怀。公元前97年，汉武帝重整军马，再次决定兵伐匈奴。这一次，他让李广利率6万骑兵，7万步兵，从朔方出发；命强弩都尉路博德领军万余，与李广利会合；游击将军韩说率步兵3万，从五原出发；因杅将军公孙敖率1万骑兵，3万步兵，从雁门出发。临行前，武帝听了霍光的话特地嘱咐公孙敖说："李陵战败投降，但是我认为他也许只是诈降。你此次出征，寻机打探他的消息。要是可以的话，伺机迎接李陵回国。"公孙敖领命而去。

汉武帝三路分兵两伐匈奴，哪知道却给李陵引来了灭门之祸。

第 贰拾肆 回

汉天子深宫巧遇刺　弹粮绝李陵全家殇

汉武帝二伐匈奴。李广利他们的战绩如何呢？李广利带领汉军与匈奴交战十余天，根本没有占到什么便宜。而公孙敖，就是以前在漠北之战中跟随卫青打前锋的那位将领，和匈奴左贤王部交战，也没有占到什么便宜。最后，汉军见讨不到好，只好撤军回国。

可是公孙敖俘虏的匈奴士兵，却告诉他说，李陵已经归降了匈奴，正在为匈奴操练兵马呢！公孙敖闻讯，大惊失色，心想："李陵啊李陵，都说你李氏一门忠烈，对汉室江山社稷忠心耿耿，没想到你却是个软骨头。陛下还心心念念地想着要寻机迎请你回朝呢，你倒好，都投降人家了，还帮着匈奴操练兵马。好你个不要脸的东西！"公孙敖此次出征匈奴，有没有战果之类的事情已经毫不重要了，关键是皇帝嘱咐要获知李陵的下落有了结果，而且这个结果显然十分糟糕。班师回朝后，公孙敖赶紧向武帝禀报了

118

匈奴俘虏所告知的李陵投降了匈奴并在为匈奴操练兵马这件事情。

这天，霍光刚进宫门，就听到武帝在大发雷霆，这一回皇上是真火了。霍光在武帝身边已有二十多年，这也是他第一次见到皇帝如此生气。他从武帝愤怒的言语中听出，原来李陵竟然真的投降了匈奴，而且正为匈奴操练兵马。这简直是莫大的讽刺。在汉朝这边想迎接李陵回国时，他已经在匈奴那边有滋有味地过上了荣华富贵的生活。一时间，霍光也无法相信，那位忠勇的李陵，竟然会真的投降了匈奴？

不管霍光信与不信，反正武帝确是信以为真了。他简直是怒不可遏。他愤怒的不仅是因为李陵的叛逃，更为自己当初错看了人而愤怒。愤怒之下，武帝下了命令，将为李陵辩解求情的司马迁处以宫刑，将李陵的全家老小，全部枭首示众。

到底李陵是个什么情况呢？原来，匈奴那边姓李的降将，还有一人，叫作李绪。这个李绪，很早以前作为汉朝的都尉驻扎在塞外，匈奴攻打过来时就投降了。这个李绪和匈奴的大阏氏关系暧昧，而那位大阏氏，就是当今匈奴单于的母亲。

不知道是匈奴有意混淆李绪和李陵，还是被俘虏的匈奴士兵口误。总之，传递给武帝的消息确确实实地把他们两个人搞混了，是李绪为匈奴训练士兵。但是武帝的愤怒却是真的，李陵一家老小被杀也是真的。身在匈奴的李陵知道自己的家人被杀后，也就断了回国的念头，这下他才真的投降了匈奴。

直到多年以后，汉朝和匈奴关系缓和。有汉朝使者来到匈奴见到了李陵，李陵愤恨地问道："我率领5000步兵与匈奴几万兵马对阵，因为没有支援而败阵，并无任何对不起汉家的地方，皇帝为何要杀我全家？"使者答道："陛下听说你在为匈奴练兵。"

李陵痛恨不已，说道："可那是李绪啊，与我并无任何关系。"因为此事，李陵对李绪痛恨不已，之后趁机将他刺死。单于的母亲大阏氏见李绪被杀，心里恨不过，便处心积虑地想处死李陵。幸好单于爱惜李陵的才能，把他藏到北方。直到大阏氏死后，李陵才又回到单于身边。之后，李陵就做了单于的女婿，专心侍奉匈奴单于。

霍光也曾经一度以为李陵真的投降了匈奴，等到真相大白后，心中也是伤感不已。

时光荏苒，日月如梭。转眼间就到了公元前92年4月，正是春寒料峭的时节，长安城里仍未见一丝绿色。清晨的石板街上，悄无声息，罕有行人。这时，一阵沉稳的脚步之声由远及近而来。只见一个中年男子，迈着轻盈稳健的步子，正向皇宫快步走去。这个人四五十岁，身材不算太高，大约七尺挂零，但见此人剑眉朗目，格外威严有神。在他白净的四方脸上，密密麻麻地长了的一圈络腮胡子，显得沉稳刚毅。此人正是霍光。

此时的霍光来到长安已经30年了，他已经从一个小小的郎官，一步步地晋升到了奉车都尉兼光禄大夫，成了武帝身边最亲近的宠臣。而且霍光在这个最能亲近皇帝的位子上一干就是20年。期间，他兢兢业业，小心谨慎，不曾有任何过失。多少朝臣之间你死我活的争斗，都没有动摇他的位置。霍光年复一年地目睹着朝堂的风风雨雨、跌宕起伏，他几乎不参与任何的派系争斗，牢记哥哥霍去病的教导，一心一意地伺候着武帝。几十年来，他每天都是早早地到宫里去，随时准备为武帝效力。

此时，他正迈着和往常一样的步履踏入皇宫。从正门到前殿门口，再踏入前殿，每一步踏在哪儿，一丝不差，几十年来都是这样，从未改变过。到现在，霍光怕是闭着眼睛，也不会走错了。

今天，宫中气氛似乎有所不同。霍光一进宫门，就见侍臣们在窃窃私语。他们一见霍光，立即向他报告说皇宫昨晚来了刺客，企图刺杀皇上。这刺客对宫里的道路似乎十分熟悉，不知道什么时候闯入宫中，然后又突然消失得无影无踪了。

原来，昨天晚上武帝在建章宫中休息。这些天朝政繁忙，武帝很晚还在翻阅奏章。突然，他看见一个带着长剑的男子像大鸟一样从宫门外飘过。武帝断喝一声："什么人？"那人影却消失在重重宫殿中。

武帝心中不由闪过一个念头：这定然是来刺杀我的刺客。于是，立刻令侍卫去追捕。可是众多的侍卫在宫中搜查了一夜，什么也没发现。

这个刺客是谁？又是怎么进来的？皇宫中戒备森严，可这个刺客来去自如，这是怎么回事呢？没人说得清。不少侍卫和大臣暗暗嘀咕："也许陛下老眼昏花，看错了吧？"

暴怒的武帝迁怒于门吏，认为门吏失职，因而斩了数人以示惩戒。霍光闻知这些情况后，立即调来羽林军——建章营骑，在上林苑大肆搜捕。上林苑是武帝打猎的猎场，地形复杂，霍光觉得，没准儿刺客就躲在里面。搜查完上林苑后，紧接着，霍光又下令关闭长安城门，挨家挨户地搜查。可是查了十多天，连个人影都没抓到。见霍光鞍前马后地忙活，武帝的心总算是稍微安定了一些。

霍光找到金日磾，与他讲了自己的担心："说不定这个刺客有内应。很可能有人正策划着一起惊天的阴谋，一个企图颠覆皇帝统治，甚至是颠覆整个大汉帝国的阴谋。"想到此事关系重大，霍光不动声色，在组织羽林军大肆搜查的同时，暗地里又吩咐人把他的门客杜子陵找来。杜子陵原来是个奴隶，霍光当年刚到长安时，在奴隶市场见这个与自己年岁相当的孩子生得聪明伶俐，便让哥哥霍去病买回家中陪自己玩。霍光与杜子陵一同长大，成了莫逆之交，就像亲兄弟一样。后来霍光得势，杜子陵便一直住在霍府，成为他的心腹和得力助手。前番燕王和广陵王秘密调查李敢之死，欲借此扳倒骠骑将军霍去病和大将军卫青，就是杜子陵访到了消息，从而及时地报给了霍光。

时间不大，杜子陵便来到了霍光面前。只见杜子陵这长相惨点儿，看他长的是三角耳朵尖冲着天；扫帚眉还烂眼边；鹰钩鼻子出来个尖；厚嘴唇舍咧着沿；上身穿着蓝布衫；灰布裤子撒着裤管；走起路来腿画圈。这人长得也太难了！

杜子陵先给霍光见了礼，霍光一摆手示意他旁边坐下，然后跟杜子陵说："老杜啊，咱们自家弟兄，不必客套。我有一件机密要事需要你来办。"

杜子陵"唰"的一下，把他那俩小尖耳朵就立起来了。他知道，霍光这是有要事需要他秘密去办了。杜子陵双眼一眯："大人，有事您尽管吩咐，小人我是万死不辞！"

第 贰拾伍 回

审巫蛊血染长安城 诛太子武帝暗神伤

　　霍光密遣杜子陵，偷偷面授机宜，先把深夜武帝皇宫遇刺客的事说了一遍，让杜子陵就这件事情在长安市井当中进行秘密调查，看看有没有什么蛛丝马迹。

　　杜子陵领受了霍光的这个秘密任务后，就开始在长安的酒肆、客栈溜达开喽，一连泡了半个月。他还真查出一个人来，这个人是个江湖大盗，名叫朱安世，最有可能是武帝所见到的"刺客"。

　　霍光把这个情况立即报告给武帝。武帝大为重视，下诏搜捕朱安世。让武帝万万没有想到的是，对逮捕朱世安的事，身为丞相的公孙贺，却意外地积极响应。公孙贺上奏武帝，主动请缨缉捕朱安世。按说缉捕人犯这样的事根本就轮不上丞相去做啊，那是京兆尹的活儿。其实，公孙贺此次主动请缨，却是为了救自己正在坐牢的儿子公孙敬声。为了给儿子赎罪，他才主动请命缉捕朱安世的。公孙贺的儿子公孙敬声身为太仆，平素骄横跋扈、挥金如土惯了，竟然擅自挪用国库一千九百万钱，结果被人告发，不久前刚给抓进了大牢。

武帝见丞相公孙贺主动请求亲自出马缉捕朱安世，便也就欣然同意了。

公孙贺领了皇命，马上亲自部署，组织得力人马到处搜捕朱安世。最后，他还真把朱安世从长安城的一个姘头家里给逮住了。

公孙贺以为自己抓住了钦犯朱安世，是立下了奇功一件，哪知这朱安世可不是好惹的。朱安世见是当朝丞相公孙贺把自己投进了大牢，心里是气不打一处来："我与你前世无冤后世无仇，你何苦非要把我投入大狱？罢罢罢，我索性一不做二不休，把你公孙家里的那些破事都给你抖搂出来。嘿嘿！只怕你抓我容易，想反悔却是难上加难！"

朱安世怒从心头起，恶向胆边生，在狱中上疏，向武帝反告公孙贺。说他的儿子公孙敬声和阳石公主私通。更厉害的是，朱安世还举报公孙敬声和他母亲玩弄巫蛊，诅咒武帝。公孙敬声的母亲，正是丞相公孙贺的夫人，当朝皇后卫子夫的姐姐卫君孺，公孙敬声实际上也是卫皇后的外甥。论亲戚，他跟霍去病、霍光还是姨表兄弟关系。

对于"巫蛊"的事，尤其武帝到了晚年的时候，那是深信不疑。他从宠信道士李少君，到后来的少翁，还有栾大，武帝痴迷于"神仙""神迹"之类的事情，想长生不老、封神成仙。武帝

124

相信"神仙"能让自己长生不老，也相信"巫蛊"会让人倒霉。武帝曾经的皇后陈阿娇就是因为牵扯进了"巫蛊"而被废，还因此牵连了好几百人。到了武帝晚年，他越发忌惮有人用"巫蛊"诅咒自己，对"巫蛊"变得越来越像神经质般的多疑。

其实不光是汉武帝，历代皇帝都是这样，全想着长生不老。每当自己身体有恙的时候，武帝就怀疑有人在弄蛊。正巧，这些天武帝又患了小恙。听到朱安世对丞相公孙贺一家的举报，武帝果然勃然大怒。他怒的不是什么私通公主，而是有人玩弄巫蛊诅咒自己。武帝于是下令立刻捉拿公孙贺。酷刑之下，公孙贺交出了一众名单，竟连累到了阳石公主，以及武帝和皇后卫子夫所生的另一个女儿诸邑公主，还有卫青的长子卫伉。这些人都是裙带关系，钩挂相连，公孙贺这一招供，导致了这些人全部被杀。这一下，皇后卫子夫的家族可谓是损失惨重，风光不再。

自从大司马大将军卫青死后，卫皇后一脉便开始走下坡路。少了当朝大司马大将军这个硬靠山，加上皇后日渐年老色衰，所以无论是皇后卫子夫还是太子刘据，日子都没有先前那么顺风顺水了。尤其是卫青的儿子卫伉，干出了射杀李敢一事却让霍去病背了锅，在霍去病和卫青逝后，卫伉仗着姨母是皇后，表兄是太子，仍然不知天高地厚，干下不少胆大妄为的事。武帝早就想收拾卫伉了，见张安世举报的名单中有卫伉，想起了霍去病蹊跷死亡的旧账："假如不是卫伉暗地里射杀李敢的那一箭，又何至于骠骑将军霍去病会因为顶锅而英年早逝？让大汉痛失柱石之臣。"卫伉的这笔账，武帝的心里可是一直惦记着的。见卫伉也牵扯进了公孙贺的案子，心想刚好一并收拾了，也算是出了心中的一口闷气。

对"巫蛊"仍心生忌惮的武帝还不罢休，又派出江充负责彻底追查这个"颠覆江山社稷"的"巫蛊案"。

江充本来原名叫江齐，他有个妹妹善于操琴歌舞，嫁给了赵王太子刘丹，因此江充才得以成为赵王刘彭祖的座上客。后来，刘丹怀疑江充把自己的隐私告诉了赵王，二人绝交。江充知道刘丹的事太多了，刘丹偷偷地派人缉捕他，想杀人灭口。没想到江充太滑了，竟然让他逃脱。刘丹一怒，便将江充父兄全给杀了。

江充仓皇逃入长安，把江齐的名字改成江充，向朝廷告发刘丹与同胞姐姐及父王嫔妃有奸情。汉武帝刘彻览奏大怒，下令包围了赵王宫，收捕赵太子丹，移入魏郡诏狱严治，给判了死罪。

赵王刘彭祖是汉武帝的异母兄长，为了救儿子刘丹一命，上书武帝："江充是个受缉捕而逃亡的小臣，现在随便耍弄奸诈，让圣上气恼，是想借您的威严以报私怨。像他这种奸邪之徒终究难逃烹醢之刑，他却还不知悔悟。我愿意精选赵国的勇猛之士，前去从军，抗击匈奴，为朝廷效力，以此赎刘丹的罪。"武帝见了赵王的奏章，给了异母兄长赵王一个面子，赦免了太子丹的死罪，却把他的太子位给废黜了。

江充从此在长安慢慢扎住了根基，日渐进入武帝的法眼。这一次武帝命他查办巫蛊一案，江充趁机打击政敌，诬蔑无辜，在这期间，全国上下被"巫案"牵连致死的人多达十万。他在兜了一个大圈子之后，又把皇后卫子夫与太子刘据也拖到了"巫案"

这潭浑水之中。公元前91年，太子刘据被逼无奈，一怒之下亲自督杀了江充，被江充同伙诬陷为起兵"造反"。病卧甘泉宫的汉武帝盛怒之下派兵镇压。父子相残，兵戎相见。最终导致太子刘据、皇后卫子夫先后自杀。卫氏家族因此彻底衰落。

在"巫蛊之祸"中，霍光霍子孟始终处于风暴中心。这个政坛不倒翁，面对波云诡谲的朝堂政局和人人自危的"巫蛊祸案"，充分显示出了他近乎冷血的超常理智。霍光服侍在武帝身边，一贯谨慎，不显山不露水。即使是在霍去病生前和死后，霍光也基本上与卫家不常来往。但是众所周知，他是霍去病同父异母的弟弟，虽与卫家没有直接血缘关系，但这么多年来，他还是得到了卫氏家族的眷顾。就因为霍光陪伴在武帝身边时间日久，对皇帝的心思了解得透，洞悉了武帝与太子父子之间有嫌隙和隔阂，所以自觉地与卫家保持距离，始终以超然物外的心态对待朝堂的跌宕。他牢记哥哥霍去病的教导，只对皇帝一人负责，从不越雷池半步，因而日益得到武帝的赏识。

客观地讲，在整个巫蛊事件中，霍光的心里对公孙贺，特别是卫皇后、太子刘据施巫蛊咒武帝一事根本就不信。但是他跟随武帝几十年，清楚地知道，武帝随着年龄增长，日益固执己见，刚愎自用，有时甚至到了狂暴无常的地步，根本就听不进去一丁点儿反对的意见。想到当年司马迁为李陵说情而遭宫刑的惨况，出于明哲保身，他没有向武帝说出自己内心真实的想法。

霍光多年以来始终谨记哥哥霍去病临死前嘱咐他的话，要忠心于陛下。

第 贰拾陆 回

议立太子行事不密　李氏家族一朝败亡

霍光在武帝身边几十年，由于他做事谨慎，始终如临深渊、如履薄冰，对武帝的耿耿忠心让武帝很是受用。霍光当年在武帝身边的位置，相当于是主要领导身边的大秘，深得皇帝的信任。如果仅仅从秘书工作这个角度来说，霍光也堪称是古往今来秘书工作的典范人物。

"巫蛊之祸"以后，卫氏家族彻底衰落了。大汉朝堂之上又开始了新一轮的权位之争。公元前90年，匈奴人又开始有南侵骚扰大汉边庭的举动。海西侯李广利为了邀功并巩固自己在朝堂的地位，向武帝请求第三次出征匈奴。

这一次，霍光一改以往旁观的态度，极力劝说武帝不要派大军出征。霍光建言："因为多年征战，国力消耗过大，匈奴因北方近年的大寒潮，导致饥荒，偶尔发生的南侵抢掠也属事出有因。"他建议武帝还是赐予匈奴一些粮食接济，以议和为宜。

霍光反对出征，还有一个原因就是他自己内心十分清楚，李广利的军事才能本就十分有限，如果不是靠着他的妹妹李夫人在武帝那里曾经有过的恩宠，李广利无论如何都是发不了迹、封不了侯的。但是李广利在武帝面前信誓旦旦，说此次出征匈奴必将横扫匈奴出阴山，让他们不敢南下牧马，重现骠骑将军霍去病当年的雄风。武帝被李广利说得动了心，见李广利主动请缨，便欣然恩准。

公孙贺因"巫案"被牵连致死后，替代公孙贺担任丞相一职的是武帝的侄子刘屈氂。李广利的女儿正是刘屈氂的儿媳。李广利和刘屈氂，一个是大将军，一个是当朝丞相，一个安外，一个主内，闹了半天，这两人还是儿女亲家。如今李夫人已经去世多年，李广利虽然依然是将军，但是因为对匈奴的战绩不佳，已经不像以前那么受宠了。李广利暗自琢磨巫蛊事件后朝中的形势，认为太子刘据自杀之后，因为老二刘闳已经早亡，而武帝又不喜欢老三燕王刘旦、老四广陵王刘胥，这样就给武帝的第五个儿子，也就是自己的亲外甥昌邑王刘髆提供了机会。

原来在这之前，燕王刘旦曾经因自荐立为太子而遭到武帝严厉的惩罚，被武帝削去了三个县的封邑。武帝在处置刘旦自请立为太子事件时发出感慨："生子当置于齐鲁之地，以感化其礼仪；置于燕赵之地，果生争权之心。"

李广利心想，他妹妹李夫人所生的儿子昌邑王刘髆的封地正是在齐鲁之地，从武帝的感慨来看，武帝对这个老五应该是非常欣赏的。如果自己的外甥刘髆能够被武帝立为太子，那自己就能够重新得到皇帝的宠幸，将成为像霍去病、卫青那样显赫的外戚，地位将更尊贵，权势也更大。而一旦武帝驾崩归天，自己的外甥刘髆继任了皇位，那自己这个舅舅兵权在握，还不将成为大汉朝堂的第一人？

李广利越想越美，这才请旨第三次出征匈奴。

他在出征前特地向亲家、当朝丞相刘屈氂辞行。在饯行告别时，李广利将自己对朝堂形势的分析说与刘屈氂听。他跟刘屈氂说："希望你在皇上面前多加美言，立昌邑王为太子。昌邑王如果能够被立为太子，将来做了皇帝，你的相位也可长保无忧了。"在谋立昌邑王刘髆为太子的这个问题上，刘屈氂和李广利二人的利益完全一致。刘屈氂听李广利这么说，手拍胸脯是满口应承，答应寻找机会，向武帝进言。

就在李广利率领7万大军从五原出发，向匈奴挺进的时候，大汉朝廷内部又发生了一件事情，而这件事又跟巫蛊有关。自从太子刘据由于巫蛊之事被江充构陷而自杀身亡后，宫廷内外满朝文武相互之间如有嫌隙怨仇，就彼此以巫蛊进行密告，陷害对方。武帝自然不可能件件去查个明白，只是交给手下官员去严办。这些办案的官员借着武帝所给的"尚方宝剑"，又在朝堂掀起了一阵腥风血雨。要知道，武帝连自己的儿子、皇后都不宽容，何况他人呢？这样一来，因为巫蛊案而受到牵连入狱的官员不少。

朝中有个叫作郭穰的官员，因为对丞相刘屈氂不满，便向武帝密告丞相刘屈氂，说刘屈氂的妻子因为刘屈氂曾多次遭到皇上责备，因而对皇上不满，请巫师诅咒皇上早死。郭穰同时还密告，说李广利出征匈奴前，找到刘屈氂密谋，俩人共同向神祝祷，希望昌邑王刘髆早立为太子，将来好当皇帝。

武帝一听，可气坏了："我刚惩罚完燕王自请立太子事才几天啊？你们竟然又敢在暗中勾结，欲谋立昌邑王为太子。怎么这么迫不及待？尤其是李广利和刘屈氂，一个手握几万大军，一个在朝堂呼应，又是儿女亲家，这要勾结起来那还得了！"

武帝立即让霍光协同主管司法的廷尉调查李广利和刘屈氂是否曾经暗中联络活动。结果，这一查果真就查出问题了。虽然李广利和刘屈氂没有行巫蛊之事，但二人确实在暗中策划谋立昌邑王刘髆为太子。汉武帝一听真有此事，"为了立昌邑王为太子将来好当皇帝，这两人还真勾结起来了。我还没死呢，你们这就迫不及待了！"武帝气急败坏，即刻传旨将刘屈氂处以腰斩，并用车装着尸体在街上游行示众。刘屈氂的妻儿也皆被斩首，而李广利的妻儿们则被逮捕囚禁。

正在前线指挥大军对匈奴作战的李广利听到家中妻儿因被捕收监的消息，大惊失色，不知如何是好。有一个部下劝他投降匈奴算了。李广利心想，若投降匈奴，在长安的妻儿老小必死无疑，不如立功赎罪，如果打败了匈奴，也许还有一线希望。

于是，李广利决意继续挥师北进，深入匈奴腹地，直至郅居水。此时匈奴军队却早已离去，对汉军使了个诱敌深入之计。李广利没见着匈奴一兵一卒，又派负责主管军中监察的护军率领两万骑兵，渡过郅居水，继续向北挺进，终于与匈奴左贤王的军队相遇。两军打了个交手仗了，汉军杀死匈奴左贤王部大将及众多的匈奴士兵，取得了小胜。李广利命令全军压上，欲效仿当年骠骑将军霍去病那样，追敌决战，建不世之功以将功折罪，救下一家老少。但是，李广利的军事才能又哪比得上霍去病呢？他这是在冒进，和当年霍去病的马踏匈奴压根就不能比。

汉军中的长史认为李广利想牺牲全军以求立功，必然会招致失败，便暗中策划，打算将李广利扣押起来，以阻止其冒险。李广利觉察到了长史的策划，震怒之下将其斩首，又担心军心不稳发生骚乱，便又改变进军部署率军由郅居水向南撤至燕然山。匈奴的单于知汉军往返行军近千里，必然疲惫，他亲自率领五万骑兵突袭汉军。李广利此番指挥汉军是先进后撤，引起军心动摇，在与匈奴交战过程中死伤众多，结果招致惨败。

李广利原想冒进，立功赎罪，却遭惨败，心情更加沉重，又忧虑着家中老少的生命安全，全无心思组织对匈奴的反攻。他本来指挥才能就平庸，慌急之下更是失去了应有的警觉，这仗打的是毫无章法。匈奴人可不管那个，他们趁汉军不备，趁着夜色的掩护在汉军的退路上悄悄挖掘了许多壕沟，阻断了汉军的退路。而后，于深夜对汉军发起突然袭击。偷袭汉军大营。

第 贰拾柒 回

李广利败降反遭诛　汉武帝访仙遇红妆

　　匈奴军队夜袭汉营，这通厮杀，最后李广利一见退路已被截断，更加军心涣散，无心抵抗了，军士死伤无数。李广利最后走投无路，不得不屈膝投降匈奴。

　　李广利三伐匈奴彻底以失败告终，汉军为此牺牲了7万男儿。李广利兵败投降匈奴的消息传到长安，武帝勃然大怒。他再不容情，把囚禁的李广利妻儿家人悉数诛杀。而此后不久，李广利在匈奴也因遭人陷害，被匈奴单于杀害。

　　李广利仗着自己的妹妹李夫人得到武帝宠信，以平庸之才，干起了才不配位的事，最终落了个家败身亡的悲惨下场。作为武帝来讲，在起用李广利这件事上是他当皇帝极大的败笔。其实霍光在此期间已不止一次地提醒武帝，李广利的才能不堪大用，但是武帝却一意孤行，最终给大汉带来了惨重的损失。

李氏一族在汉武帝一朝就此终结。而昌邑王刘髆经过这番由舅舅李广利联手丞相刘屈氂谋立太子事件之后，却并没有受到武帝的惩处，不像前番燕王自请立太子那样受到严惩。这是由于刘髆在武帝心中的位置比较特殊，因为刘髆是武帝最爱的李夫人所生，爱屋及乌。但刘髆失去了舅舅李广利这个靠山，认为自己已经不可能再被武帝所宠爱，更不可能被选立为太子，因而终日闷闷不乐。公元前88年，刘髆离开人世，竟然比他的父亲武帝刘彻还要早逝一年。刘髆逝后，武帝赐其谥号为昌邑哀王。

刘髆是如何死的，史料没有记载。但是结合当时太子之位争夺的情况，因为刘髆是太子之位的有力争夺者，而武帝又说过"生子当置于齐鲁之地"的话，古人不是说"木秀于林风必摧之"吗？所以也不排除"枪打出头鸟"的可能。最有希望接班的，往往就成了被清除的最大目标。武帝赐刘髆为昌邑哀王，这一个"哀"字，尽显武帝心中的悲凉和无奈。

现在汉武帝的六个儿子中，长子刘据、次子刘闳、五子刘髆都已离世，而三子刘旦、四子刘胥又不为武帝所喜爱，完全没有被立为太子的可能。显赫一时的卫氏家族与李氏家族都衰败了下去，最终却让另一个人得了利。这个人就是为武帝生下第六个儿子的女人钩弋夫人。

钩弋夫人是武帝晚年最后宠幸的夫人，和之前所有被武帝宠幸的女人一样，钩弋夫人也是高颜值的女人。钩弋夫人不仅颜值高，而且她的表演水平也很高，是个很不错的"演员"。

汉武帝晚年的时候，特别喜好四处巡游求神访仙，看看祖国的大好河山，寻求长生不老之术，主要是找长生不老药。据说武帝有一次北巡路过河间国的时候，随行的方士进言："陛下啊，我到这一看这里的地势风物，水土人情，我敢断言，此地有一奇女子。"

武帝一听来精神了，赶紧下诏派人寻找。之后在方士的指引下，竟然真的找到了一个年轻漂亮的女子，姓赵。这赵姓女子颇有姿色，但更让人惊奇的是，据说此女子自出生以来就双拳紧握，这紧握的拳头就从来没有人能掰开过。武帝一听，立刻好奇心大起，想亲自试一下，看是否能掰开此女子的双手。没想到，别人办不到的事情，武帝竟然一下就做到了。赵氏女子握起的双拳，竟被武帝轻而易举地掰开，而在这位女子的手心里，竟然还有一只小玉钩。武帝觉得此番遭遇犹如天降祥瑞，不禁欣喜若狂，将赵氏女子带回长安，并且封为了夫人。

这个就是历史上非常有名的钩弋夫人。对于赵氏女带玉钩出生等等传说，有人认为这根本就是一场精心编排的演出，目的就是把赵氏女子送给武帝。但是无论真假，赵氏女子得到了武帝的宠幸是确有其事，并且在武帝62岁那年，钩弋夫人还为他生了个儿子，取名为刘弗陵。这也是武帝最小的儿子。

据说钩弋夫人竟然是怀胎十四个月才生下了刘弗陵，这不禁又让人想起了远古时期的尧帝。传说古代的明君尧帝也是其母怀胎十四个月才生下来的。尧帝可是一代圣君，钩弋夫人怀胎十四个月生下刘弗陵，竟然与尧帝一样，冥冥之中不得不让武帝联想到自己的接班人应该就是这个和尧帝有着同样际遇的最小的儿子。在周围有心人和钩弋夫人的鼓动下，武帝还给钩弋夫人所居住的宫门取名为"尧母门"。尧帝可是神话中所赞颂的帝王，这尧母门的意思，岂不是在暗示，刘弗陵命中注定将成为尧帝一样的帝王吗？

俗话说，上有所好，下必甚焉。武帝的任何行为，都会被人揣摩再三，这个行为也不例外。在太子刘据因"巫蛊之祸"自杀身亡后，在太子一位的争夺中，随着其他几个皇子的纷纷出局，武帝这个最小的儿子刘弗陵便成了最有可能继承皇位的人选，甚至是唯一人选。

这一切，霍光可是看得清清楚楚。由于"巫蛊之祸"、太子之死、迷信方士等等，武帝晚年已经是性情大变，几近疯癫。朝廷百官各打各的算盘。燕王刘旦、广陵王刘胥始终对太子之位觊觎不已，蠢蠢欲动。而朝廷因为连年对匈奴征战用兵，已经国库空虚，百姓贫苦，帝国正处于风雨飘摇之中。霍光对自己在朝堂的位置时刻保持着警醒。自己既没有在战争中建功立业，又没有在朝廷担任至关重要的位置，几十年来陪伴在武帝身边，负责他的行走起居，稍有不慎，就会招来杀身之祸，甚至是灭族之灾。正因为如此，所以霍光始终牢记着兄长霍去病的叮嘱，对武帝始终保持绝对忠诚。对朝堂之事，他绝大多数时间只是在冷眼旁观，一切唯武帝马首是瞻，极力避免卷入宫廷争斗中。

在"巫蛊之祸"发生并持续发酵后，不仅是朝廷上，就是在民间，官吏和百姓中若是有什么钩心斗角，都经常会去告发对方用巫蛊害人，而且一告一个准，一告就会有人查。一时间，朝堂

136

内外闹的是人人自危。可翻来覆去地查了半天，这些告发却大多都是假的，毫无根据。随着时间的推移，武帝心中也隐隐明白，这所谓的有人拿巫蛊陷害自己的事情，多半也是假的。

太子自杀，对武帝而言，何尝不是心头之痛。武帝看到自己悉心培养了几十年的接班人和自己最信任的皇后卫子夫竟然也会对自己施以巫蛊，并且起兵反抗自己，这让他感到十分震惊。而当镇压了太子的叛乱，太子刘据和皇后卫子夫相继自杀身亡后，武帝终于冷静了下来，觉察出其中必有隐情，心中也颇为后悔。但他是天子，而天子是绝不能认错的！作为皇帝，没有个台阶就轻易认错，威严何在？武帝在等一个机会，只要朝中有大臣开口陈情，他就准备顺水推舟，拨乱反正，为太子平反。

可是朝中大臣经过"巫蛊之祸"这事，亲眼见到公孙贺、刘屈氂等权势熏天的大臣都因为巫蛊而死，都认为巫蛊这事是触不得的红线，哪有人敢冒着掉脑袋的风险去给武帝谏言呢？世上哪有那么傻的人啊？

没想到还真有这样的一个人，他要面圣直言。

第 贰拾捌 回

尧母门惊醒天下人　田千秋巧诉太子殇

　　公元前90年的一天，霍光晚朝后回到家里。这两年发生的事情，一直在霍光心里难以排遣。皇后卫子夫和太子刘据的自杀，意味着卫氏家族倾覆。当"巫蛊之祸"在长安城、在全国肆虐的时候，霍光依然还是当着他的奉车都尉，掌管着皇帝车马出行的安全，与掌管副车的驸马都尉金日磾一起每天陪同武帝出行，侍奉在左右。但霍光内心的纠结却难以言表。这些年来，经过这些大风波后，这时候的霍光和金日磾已经成为武帝身边最信任的人了。他们就在权力的核心附近，目睹了一场场权力争夺，却没有卷入其中，这也堪称是个奇迹。

　　当他目睹卫氏家族因巫蛊而倾覆，要说霍光没有情感波动，那是假的。自己在朝中这么些年，虽然没人对自己搬弄是非，多多少少也是托了兄长霍去病和卫家的福。可霍光对此却刻意地并

138

不多说，甚至是不敢多言。在武帝身边的这些年，霍光目睹了太多的因言获罪，见证了太多因为一时的冲动而被下狱甚至处死的人。宫廷的磨砺告诉他，伴君如伴虎，武帝的选择必须就是自己的选择，无所谓对与错。对待武帝的决定，很多时候自己最好的选择莫过于保持沉默，而沉默往往是金。

近期霍光在武帝身边时，见武帝经常念叨太子往昔之事，霍光已然感觉到武帝心里已生悔意，但是霍光并不知道自己在这个时候应该怎么办。霍光捉摸不透武帝的真实想法，因此绝不敢和武帝提起太子和皇后之事，心里也是干着急没办法。

这一天，霍光刚踏进家门，就有家人禀报说有一个人上门执意要见他。要见霍光的人是负责给高祖刘邦陵寝守陵的一个官员，他叫田千秋。田千秋写了一份给武帝的奏章，要请霍光呈上。在这封奏章里，田千秋有这么一段话："我梦见一位白发老翁，让我给陛下您传达一些话。他说，儿子擅自调用了父亲的军队，罪责理应不过是挨一顿鞭打。太子误杀了人，却以死相抵，这样的代价，是不是太严重了呢？"

霍光看了田千秋的奏章，眼中一亮："这不正是武帝所需要的那个台阶吗？"第二天上朝时，武帝和近段时间在朝堂之上一样，仍是一脸阴沉，而满朝大臣见此则诚惶诚恐，谁都不敢吱声。这段时间武帝对太子之死的哀恸之情溢于言表，文武大臣们却都不敢提太子之事，生怕触上霉头。

霍光见状，赶紧上前跪言道："陛下，奉守祖庙的田千秋，有奏疏呈上，请您阅览。"武帝见霍光说得如此郑重，接过奏章便立即展开阅览起来。只见武帝在阅览奏章的过程中，紧皱着的眉头逐渐舒展开来，待阅览完毕之后，武帝连日来哀恸的表情竟然一扫而空。

武帝当即下诏速召田千秋入宫。群臣都不知道田千秋在奏疏里对武帝说了什么话，竟然化开了武帝心头的结。只有霍光明白，田千秋揣摩透了武帝的心思，将武帝不便言明的懊悔，通过先人托梦的方式给解开了。很快，田千秋就被接入宫中。

武帝随即与田千秋进行了一番长谈。田千秋向武帝讲述了梦中的情景，武帝则叹息着说了一番话："我和太子之间的感情，旁人是很难说得清的。你却独具慧眼，委婉地点到了事情的本质。这一定是高庙里的祖先神灵让你来开导我啊。你应当成为我的辅佐之臣。"

随后，武帝将田千秋提拔为大鸿胪，主管诸侯和少数民族的事务，几个月之后，又提拔为丞相，替代被腰斩的刘屈氂。

既然给武帝化解了父子冤仇的田千秋升了官，那么就有人要倒霉了。首先就是罪魁祸首江充的家族被武帝诛了九族，给江充当助手的黄门苏文则被烧死在横桥之上。

而在太子刘据因被构陷而被迫造反的时候，当时的丞相刘屈氂领兵镇压，有一位叫马通的当时冲锋陷阵，立下了大功，因此被封为重合侯，他的兄长马何罗也因此做了侍中仆射，也算是皇帝身边的近臣。现在见武帝要秋后算账，马何罗、马通的心中自然是后悔不已，惊恐万分。

但是天底下没有后悔药。随着武帝的种种清算，很快，他们

140

的这种后悔就转变为深深的恐惧。在他们看来，武帝的清算意味着自己离死也不远了。

就在马何罗、马通兄弟二人像热锅上的蚂蚁惶恐不安的时候，有人给他俩出了个主意，这个主意竟是让他俩孤注一掷，拼个鱼死网破，也就是一不做二不休，干脆刺王杀驾，永绝后患，省得整天提心吊胆，不知道哪一天自己的脑袋就搬家了。万一刺杀成功了，说不定还可以趁机夺得汉室江山社稷，尝一尝做皇帝的滋味。要说这马何罗，野心还真不小。

刺杀皇帝，这事哪儿那么容易成功啊？就说前朝的秦始皇，遭遇过多少次明里暗里的刺杀，哪一次又成功过？不要说武帝身边郎官侍卫众多，平常找下手机会都难。而且就算是刺杀成功了，马何罗自己也难逃死罪！为什么马何罗和马通最后还要选择这么做呢？那一定是恐惧到了极点，慌不择路了，或是出主意的人有办法在皇帝死后罩着他们。总之，这哥儿俩加上他们的三弟马安成，竟然就策划了一起刺杀武帝的暗杀行动。

马何罗的职位是侍中仆射，也是武帝身边的近臣。马何罗整日在皇帝的身边服侍，本来应该有的是机会，但他却迟迟没动手，他不敢。因为他忌讳两个人。一个是霍光，再一个就是金日磾。霍光精明深沉，而金日磾则武功高强。这两人和武帝几乎是寸步不离，马何罗根本就没有下手的机会。而且，做贼心虚的马何罗甚至还感觉到霍光似乎对自己很是在意，因此心里忐忐忑忑，遇到风吹草动总是一惊一乍的，觉得霍光或是金日磾每时每刻都看着自己。因此，马何罗的异常还真的引起了霍光的注意。

这一天，金日磾与霍光陪着武帝出行。回到宫里，霍光拉住金日磾："这几日出入宫廷，我见那马何罗的神情总是慌慌张张的，时不时瞅向陛下，行迹很是可疑。难道说，他还会有什么阴谋不成？那马何罗也经常在陛下身边走动，这几天我们可得格外小心在意。"金日磾一听，点点头："嗯，如此说来，那马何罗确实可疑。"

霍光沉吟了一会儿，又说道："陛下最近因为太子冤死一事，将以前攻击过太子的不少奸臣下了狱，那马何罗的弟弟马通也曾经领兵攻打过太子，马何罗的举动会不会与此有关？"

金日磾也说："我也觉得有些蹊跷。最近几日，我也感觉那马何罗有些不对劲。因而每日上下朝时，我都随着那马何罗，和他挨着走。可惜没机会查证他是否怀揣了兵器。"

霍光说："最近宫内明争暗斗甚多，也许确实有人在背地里对陛下有所图谋。你我务必要小心在意，保证好陛下的安全。"金日磾点头称是。

几天之后，武帝觉得身体不舒服，决定去甘泉宫休养。金日磾和霍光也跟随前往。这一次，马何罗终于等着了一个机会。正所谓机不可失，时不再来，马何罗决定动手。

金日磾跟随武帝到了甘泉宫后竟然生了病，不能像以前那样时刻陪护在皇帝身边了。而霍光又经常被武帝派出去办事，因此，武帝身边出现了难得的空当。马何罗一看，遂怀利刃，他才要深宫行刺。

第 贰拾玖 回

马何罗拼死欲弑君　汉武帝为国选栋梁

　　马氏昆仲密谋要行刺武帝，等来等去终于有机会了。马何罗趁着霍光和金日磾不在武帝身边，他假传圣旨深夜出宫，让他的两个弟弟连夜发兵作为外应，等待在甘泉宫外，一旦自己行刺成功，就里应外合发兵起事。

　　马何罗怀揣利刃，又潜回甘泉宫，准备趁着霍光和金日磾都不在武帝身边的时候伺机刺杀武帝。甘泉宫内守卫严密，一直到临近清晨，守卫的甲士稍微松懈时，马何罗才得以寻觅到一个空隙进到武帝睡觉的甘泉宫寝殿中。

　　这一晚上，金日磾做了一宿的噩梦。快天亮了，他突然从梦中惊醒，一身的冷汗，心神十分不宁。金日磾不禁想到霍光对自己的嘱咐，心里一动："难道是自己和霍光的预感要应验了吗？竟真的会有人对陛下不利吗？"金日磾不敢再想了，强忍着身体的不适起床来到甘泉宫大殿。正好遇到偷偷摸摸进到大殿寝宫门口的马何罗。一见马何罗鬼鬼祟祟的模样，金日磾心中一惊，大喝一声："马何罗，尔意欲何为？"

马何罗好不容易躲过寝宫的侍卫，正琢磨着怎么能够一举刺杀皇上，猛然听见金日磾突然一声断喝，吓了一大跳，浑身一哆嗦，顿时神色大变，慌乱不已。马何罗心想："难道我的谋算已经被他们看破了？不对啊，为什么只有金日磾一人，而无其他侍卫？看金日磾走路都有些踉跄的样子，显然他的病体还没有恢复。"马何罗判断金日磾只是偶然碰上，况且他还是一个带病之人，又没有其他帮手，应该不足为虑。马何罗不想放过近在咫尺的行刺机会，决定冒险一搏。

见金日磾瞪着眼正紧张狐疑地盯着自己，马何罗一咬牙，突然飞身行向武帝寝宫冲去。

金日磾暗道："不好！这马何罗一定是起歹心了！怎么寝宫门口的侍卫一个都不见了呢？"金日磾不再犹豫，忍着身体的不适，拼命追了过去，边追边大声喊叫："来人哪，快拦下反贼马何罗。"马何罗脚下一紧，领先金日磾一步闯进了武帝的卧室，却在慌急之间撞上了房中的一件宝瑟，踉跄了一下脚步，宝瑟倒地时琴弦震动发出了巨大的轰鸣响声，这声巨响一下把武帝和卫士们都惊动了。就在马何罗踉跄之时，金日磾一个飞身跃起，奋不顾身地扑了上去，将马何罗扑倒在地。他紧紧抱住马何罗，朝着武帝大喊："陛下小心！马何罗谋反。"

武帝此时还在半睡半醒中，突然被宝瑟倒地的轰鸣和金日磾的喊叫声惊起。只见卧房内金日磾和马何罗两个人正纠缠在一起。金日磾是匈奴人，身材高大魁梧，天生神力。他从小就练习摔跤，到长安后又学了武艺，今天虽然抱病，但在这番缠斗中还是占据了上风。金日磾扑住马何罗后，抓住他手握利刃的右手，狠命向地上磕去。金日磾这一下可是使出了吃奶的力气，"嘿"的一声，马何罗的利刃应声脱手。然后金日磾一个转身站起，一伸手揪起马何罗，侧身形"啪"的一声，给马何罗来了个过肩摔。这下把马何罗给一下摔到大殿的台阶上。

这时候，听到响动的霍光和众多侍卫已纷纷赶到，护住武帝。侍卫们见摔倒在地的马何罗，一拥而上，将他生擒。

武帝虽被惊醒，但看到金日磾和霍光都在，立刻放下心来。

武帝安下神来之后，问道："谋反者可有同谋？"霍光赶紧回答："陛下放心，臣已经探知，马何罗两个弟弟马通和马安成在宫外，带人作为接应。我已命建章卫队将他们悄悄包围了起来，只等陛下一声令下，即可一个不落地全部抓捕归案。"

武帝见霍光处事果断稳妥，龙颜大悦，立刻诏令霍光与上官桀带着建章羽林军前去捉拿叛贼。马通和马安成还在宫外傻等着呢："兄长进宫也有段时间了，怎么还没有消息呢？不会出什么状况了吧？"两人正在疑惧之时，却见两位都尉率领羽林军突然冲了出来，将他们团团包围。两人一见这阵势，心说话："完了，完了，看来兄长大势已去！"只好束手就擒。

经历了这些事件之后，武帝开始全面反思自己在巫蛊事件中是不是也有过错，为什么会冤枉了太子。为了表达自己的懊悔之情，武帝特地命人修建了一座思子宫聊寄思情，又在太子自杀身亡的湖县修建了一座归来望思之台，表达自己的惋惜之意。武帝甚至由反思"巫蛊之祸"开始，进而深入反思自己称帝几十年来所执行的政策以及所做过种种事情，着手调整国家的政策，以纠正过去政策的弊端。

公元前89年，武帝痛定思痛，亲自撰写了轮台"罪己诏"。诏书中，武帝全面反思了自己过去的所作所为，指出今后要努力发展生产，与民休养生息，调整国家政策，回到发展生产、轻徭薄赋的路线上来，在军事上也转为着重于防御和休整。曾经因为武帝穷兵黩武、穷奢极侈、迷信方士、任用小人而动乱不已的大汉帝国，渐渐地又开始恢复了安定。

马何罗的这次刺杀未遂，也让武帝看清楚了究竟谁是可以信任的人。他也开始认真思量："究竟应该由谁来继承皇位？假若将江山交给幼子刘弗陵，那么又怎么保证这江山不会落于他人之手呢？"经过一番深思熟虑之后，武帝心里暗暗有了自己的打算。

随着身体的每况愈下，武帝终于下定了决心——立最小的儿子刘弗陵为太子，以安天下及朝臣们的心。但是因为刘弗陵年龄尚幼，武帝思索再三，决定为其找一个可靠的辅佐之人。他综观朝堂内的群臣，细细考量在自己身边跟随已久的这些大臣的身世、品格和能力，最终圈定了辅佐太子的人选。

这一天，武帝令人把霍光召到尚书房。霍光想肯定是武帝又有什么事情要吩咐自己了，连忙赶来。可到了尚书房门口以后，霍光却发现偌大的一个书房中，并无其他侍臣，只有武帝一人背对着大门口，仿佛正在沉思中。霍光小心谨慎地立在门口，低眉垂目，等待着武帝宣见。

武帝已经听见了霍光的脚步声停在了尚书房门口，却没有立即宣召。过了好一会儿，就在霍光心里忐忑不安之时，他听到了一个威严而熟悉的声音传来："子孟为何站在门口还不进来啊？"

霍光在尚书房门外候旨，听到武帝叫自己的名字，这才敢走进门来。霍光进门来左右打量了一下，并不见往常自己的同僚金日磾等人。霍光赶紧小心地迈过门槛，趋步前行，低头站在武帝身旁。

武帝的面前，悬挂着一幅帛画，画的中央有一位孩童端坐着，戴着三山冠，他旁边的一位长者慈眉善目，弯着腰，举着华盖，仿佛在庇护着孩童。孩童的四周都是佩着绶带的诸侯、大臣，持着笏板，好像在拜见这个小孩。整幅画色彩祥和，人物勾画细致，衣饰、器物都极为富贵，尤其是中间那位孩童和长者，颇有帝王之气。

武帝在画前来回踱了几趟步，转头问霍光："此图，乃是我命宫中画师所作。子孟啊，你可知道，这幅画画的是什么吗？"

霍光抬起头观望了这幅帛画片刻，随后诚惶诚恐地鞠躬，回答道："微臣并不知道，请陛下明示。"

第 叁拾 回

领圣命霍光诚惶恐　五柞宫怒斥众园匠

　　尚书房君臣同观画，武帝吩咐门外的侍从退下。此时，书房内外只有武帝和霍光两人。武帝又来回踱了几步，背对着霍光说道："此图名为《周公辅成王朝诸侯图》，朕现将此图赏赐于你。子孟你可收去，好好保存，莫要辜负朕的一片苦心。"武帝说完，便走进了里间，不再说话，将霍光一个人晾在了书房。霍光不敢跟进去，赶紧按照武帝的吩咐将帛画细细卷好，收入衣袍中，随后快步离开。

　　武帝赐予霍光的这幅《周公辅成王朝诸侯图》到底是什么意思呢？为什么武帝要将这幅画赐予霍光？这就得先从这画中所记录的故事说起了。周公辅成王的故事发生在周朝的初期。那时辅政的大臣是周公叫姬旦。周公旦是周文王姬昌的第四子，也就是周武王姬发的四弟。周公旦曾经辅佐周武王灭商纣王，威望和权

148

力都盛极一时。姬旦因为封国在周，所以后世称他为周公。周公因为完善了礼乐制度，因此成为孔子的偶像，备受孔子推崇。但周公在政治上更广为人知的，则是他的摄政和还政。

周武王灭商不久后驾崩，即位的是周武王的儿子周成王姬诵，那年周成王刚13岁，还是个孩子，怎么能够治理一个偌大国家。并且当时周朝建立不久，周公担心天下百姓和被灭国的商朝遗民因周武王死了而背叛朝廷，因此，周公才摄政治理天下，把握国家朝政大权，并且在摄政期间平定了叛乱，发展了生产，巩固了周朝的统治。周公摄政6年后，姬诵已经长大成人。周公又亲自教导姬诵应该如何为政，如何为王，准备还政于他。周公在摄政的第七年，姬诵20岁的时候，他将朝政彻底交还给周成王姬诵。其后，周成王与其子周康王统治期间，社会安定，百姓和睦，被誉为"成康之治"，开创了周朝八百年的基业。

周公无论是从道德还是从功绩上，古往今来都被誉为人臣的典范。因此，武帝将这幅图赐予霍光，意思也就不言自明了，那就是要霍光准备好行周公之事，辅佐武帝选定的接班人、年仅8岁的小儿子刘弗陵。

霍光带着武帝赐予的《周公辅成王朝诸侯图》帛画回到家中，将帛画展开，在帛画前仔细端详良久。他是思绪万千，彻夜难眠。甭说霍光，换成任何一个人，都得掂量掂量。那是多大的责任啊！武帝的意思，霍光自从接到画的那一刻起，就明白了。武帝将立谁为太子，这幅画里已经传递出了明确的信息——皇帝已经决定立最小的儿子刘弗陵为太子了，而你霍光要像周公那样辅佐好幼主。武帝对霍光的看重和信任，让霍光既感恩戴德又忐忑不安。

霍光心想："就凭自己，只是一个小小的奉车都尉（也就相当于现在的一个卫戍区司令），放在满朝文武百官中，也只是一个不大不小的官。武帝让自己辅佐将来年幼的天子，而自己的资历尚浅，若是真到了那个时候，朝中大臣、刘氏诸王、外戚家族恐怕都不会服从自己，那该如何是好呢？"一想到这儿，霍光感到后背直冒凉气。

当今天子，这位武帝，在霍光的心目中就是神一般的存在，不论于私还是于公，霍光都不敢违逆武帝的意思，更不敢当面和武帝说自己不愿意干、干不了辅佐太子一事的话。霍光知道，这一次自己就算是硬着头皮也得上。他心里可是明白，自己若是真的坐上了辅政大臣的位置，前路必将充满坎坷，说不定有无数的荆棘跟陷阱在等着自己。到时候要是一着不慎，恐怕就要掉脑袋、诛全族。就这样，霍光对着武帝赐予的这幅画是翻来覆去折腾了一宿，他实在是心里不踏实，睡不着。

武帝赐予霍光这幅《周公辅成王朝诸侯图》帛画之后，无论是武帝也好，还是霍光、金日磾等人，大家都是各安其事。

转眼就到了公元前87年。这一开年，关中平原就刮起了刀割一样的寒风。这风把漫山遍野的枯枝残叶收拾得干干净净，在山谷、巨树间盘旋叫嚣，鬼哭狼嚎了数十日。风刚停，天空就突降瓢泼大雨，夹杂着鹅蛋大的冰雹，乒乒乓乓，片刻间无数房瓦被冰雹敲得破破烂烂。长安城里满是瓦砾的地上，像裹上了一层厚厚的琉璃，油滑油滑的。一时间，行人却步，万户萧索。

正月初一，已经年满70岁的武帝在甘泉宫接受诸侯王的朝拜。人生七十古来稀，皇帝陛下已是古稀之龄，在当时可是高寿，这个年得热热闹闹地过。可是，热气腾腾的火锅、香气浓郁的烈酒也难抵御户外的寒冷。原来满是奇花异草的甘泉宫，眼下却一片枯败。冰雹过后，眼到之处，没有一点儿色彩，满目苍凉。

看着眼前这种带着几分凄凉的情景，武帝心里十分不爽。霍光深知武帝的心意，盛宴之后，他低声对武帝说："陛下，过几时移驾五柞宫吧，那里的五棵大柞树，还是绿油油的。"武帝心生欢喜，点了点头："好啊，就听爱卿的安排。"

2月，料峭的春寒久久不肯离去。武帝在甘泉宫实在住得乏味，便催促霍光早日移驾五柞宫。武帝心里纳闷："甘泉宫离五柞宫也不远，霍光不是说不几日就移驾五柞宫的吗？怎么准备了这么长时间都没有弄好？各地的诸侯王离开也有些时日了，一贯办事利索的霍光，这次是怎么了？"

事情还真不像武帝想得这么简单。原来，就在武帝同意移驾五柞宫的第二天，霍光便亲自与主管上林苑的少府到五柞宫实地勘察。霍光心想："皇帝已是高龄，今年天气特别的不好，可不能有丝毫的闪失。"那天，霍光踏着硬硬的冰块来到五柞宫，一进宫门就大吃一惊！原来五棵蓊郁的参天大柞树，此刻已被重重的冰衣压趴在地，其中两棵主树干裂开了鲜亮的口子。霍光见状非常生气，对五柞宫的园匠们大发雷霆："皇上对你们不薄，给你们的俸禄也不少，让你们维护这个园子，你们看看这些树，败成了这个样子，你们怎么就这么不用心啊！"

他转头对随同前来的少府和随从说："这五棵千年柞树，可是象征着我们大汉的国运啊，你们怎么也和园匠们一样不晓事，任其败亡！"少府一听，紧张得不得了，脑门上冷汗都流下来了。这个冬天寒冷异常，他这个少府已经好长时间没有到五柞宫来看看了。

霍光见大家都很惶恐，顿了一顿，缓了一口气说："陛下过几天就要移驾五柞宫，你们要想尽一切办法，给我尽快地恢复原样。不然，所有的园匠都要给我提头来见！"

听着霍光嘴里说出的冷森森的话，少府和园匠们齐齐跪倒，磕头如捣蒜。

少府和五柞宫的园匠们都一身的冷汗，大伙儿商量了好一阵子，觉得只有立即把上林苑所有的园丁花匠一起召集起来，把树身树叶上的冰衣小心除去，再用大木打支架，把大树撑起来，树身受伤处用草绳扎上，这样也许勉强能对付过去。霍光听了，觉得眼下也只有如此先救急了，便让他们赶紧去办。

就这样，忙碌了近一个月，总算差强人意，五柞宫勉强恢复了原来的样子。这一天，武帝终于移驾五柞宫了。

第 叁拾壹 回

嘱子孟武帝托孤幼　辅社稷霍光主朝堂

汉武帝移驾五柞宫，看见五棵伞盖一样的大柞树，经历这场严寒冰冻后，竟依然是绿荫遮天，郁郁葱葱，仿佛春意盎然，不禁龙颜大悦。武帝一扫多日来的阴郁，忍不住顶着寒风在五柞宫外的绿荫道上流连观赏，溜达了很长的时间。直到霍光多次催他回去休息，他才游兴未尽地回到宫里。

当晚武帝兴许是感了风寒，开始小咳。霍光不敢大意，立即唤来太医。太医号脉后，对霍光说，只是一点儿小风寒，吃两帖药祛祛寒就没事了。霍光这才放了心。

第二天早上，武帝照往常一样早早地起了床。昨晚喝了一小碗汤药后，武帝出了一身汗，早上感觉不错。午餐后，武帝照常小睡。午睡后，屋外起了风。武帝午睡醒来时有些恍惚，坐在床边，以为是秋天到了，耳听着"秋风阵阵"，想起了自己早年创作的一首《秋风辞》。

这时，恰好霍光和金日磾前来探视。武帝见到两位股肱之臣，很是高兴，说道："朕听到屋外林中秋风阵阵，忽有所感，想起了过去写的一首《秋风辞》。朕正待吟诵，恰好你们来了。我今就吟将起来，你们看看如何？"武帝说完，随口念了起来：

兰风起兮白云飞，草木黄落兮雁南归。

兰有秀兮菊有芳，怀佳人兮不能忘。

泛楼船兮济汾河，横中流兮扬素波，

箫鼓鸣兮发棹歌，欢乐极兮哀情多，少壮几时兮奈老何。

武帝吟诵完这首《秋风辞》，仿佛进入了万物悲秋的心绪之中，不知不觉中竟流下两行浊泪。

写下这首《秋风辞》是公元前113年，也就是26年前的事了。那一年的10月，武帝刘彻44岁，当皇帝27年，正是意气风发，宏图大展的时候。在武帝的主导下，大汉对匈奴的战争取得了连续的胜利，汉军在卫青、霍去病的率领下，收复了河东等地，将匈奴逐出漠北，朝堂形势一片大好。武帝率领群臣到河东郡汾阳县祭祀后土（土地神）。这个时候正是秋风萧瑟，鸿雁南飞。汉武帝乘坐楼船泛舟汾河，饮宴中流，触景生情，感慨万千，写下了这首悲秋的佳作。

辞里有一句"怀佳人兮不能忘"，这个佳人就是那位倾国倾城的李夫人。这个时候，李夫人都已经死去六七年了，武帝却一直是念念不忘，可见武帝对这个李夫人的爱之深、念之切！

　　武帝在吟诵这首《秋风辞》的时候，可能是触景怀人了，又一次想起了他的至爱——李夫人。人生易老，盛年不再，想着自己不久就将与李夫人相会于黄泉，武帝这个时候的心绪，却不是他人能够理会的。

　　霍光和金日磾一听武帝吟诵的是《秋风辞》，他竟然把当下寒冷的季节当成了寒蝉凄切的秋季，不禁大惊失色，心想："皇帝怕是老糊涂了，竟至于不分季节了。"两人心里吃惊归吃惊，但他们很快便镇定了下来。霍光对武帝说："陛下的这首《秋风辞》意境优美，音韵流畅，不同凡响。陛下文韬武略，前无古人后无来者，实乃我大汉之福啊！"霍光嘴上说着颂扬皇帝的话，心里却暗暗着急："陛下已经这般糊涂，怕是情况不妙啊！"

　　武帝却好像依然沉浸在萧瑟的秋风中，没有理会霍光恭维自己的话，而是任由两行浊泪顺着面颊缓缓流淌，陷入无边无际的思绪之中。窗外一阵寒风咆哮而过，似鬼哭，似狼嚎，树木呼应着响起阵阵哀鸣。

　　武帝猛然间意识到眼下正是极寒时节，外面刮着的是北风，哪里有半点秋风的影子？他打了一个寒噤，猛然间惊醒过来。这一个寒噤好像触动了他胸口的神经，武帝忍不住又剧烈地咳喘起来。霍光和金日磾赶紧捶背的捶背，按手的按手，一边宽慰着武帝，一边让人去喊太医过来。

　　稍稍平复下来后，武帝缓缓对霍光和金日磾二人说道："这人哪，总有老去的一天，就像这四季的时令，每年从岁首走到岁

155

末，绝非人力可以逆转。我知道你们的心意，却也不必过于宽寡人的心。"武帝仿佛感觉到自己在世上的时光正在一点一点地逝去，即将老去的无奈紧紧地攥住了他的心，无尽的悲凉排山倒海一样扑来，逼得他喘不过气来。

霍光从未见过武帝如此悲凉衰弱的样子，当即跪倒在地，泪流满脸，哽咽着宽慰武帝："陛下，您千万保重龙体啊，大汉不可一时离开陛下啊！"

武帝拉住了霍光的手："子孟啊，你难道还不明白朕赐你那幅帛画的深意吗？朕今天就明确地告诉你，朕将立小皇子为太子，而你将行周公之事。"说完这句话，武帝深邃的眼睛一眨不眨地看着霍光，似有千言万语却尽在这无声的瞩望中。

霍光听到武帝明白无误地说出了托孤于己的话，不禁惶恐万分，赶紧如捣蒜般地叩头在地："臣深感陛下隆恩，无以为报。但是下臣深知自己德能有限，诚恐担负不起匡扶汉室的重任，有负陛下重托。臣建议陛下，不如请金日磾大人。"

金日磾一听霍光在推自己，心想："这哪行啊？"赶忙跪下磕头："陛下圣明，还是请霍大人最合适。我是匈奴人，若真如霍大人所言，我担心从此大汉会被匈奴人看不起的。"

武帝瞧了金日磾一眼，眼神里尽是嘉许。金日磾这话说到他心里去了，不是金日磾不能干，而是他这匈奴人的身份，的确是需要考虑的一个问题。金日磾很聪明，能理解透皇帝的心思，将问题挑明了，霍光就不便再推脱了。果然，霍光听了金日磾的话，抬起头来泪眼蒙眬地看着武帝，不再言语。

武帝怔怔地看着霍光,停顿了一会儿,然后说道:"金日磾对朕忠心耿耿,也堪大用。只是他毕竟是匈奴人哪,还是由他来协助你为好。"说完之后,武帝又下诏召上官桀、桑弘羊也来觐见。

上官桀、桑弘羊两人到后,见霍光、金日磾跪倒在武帝床前,知道事关重大,也一起跪倒。只听武帝说道:"各位爱卿,寡人已年过七十,只怕来日不多。今立少子刘弗陵为太子,将来承继大业。太子年幼,各位要尽心辅佐。"

四人听武帝说出这番话来,知道皇帝这是在托孤呢,一下子都泪流满面,一起叩头称是。于是,武帝就在床榻上宣布了诏令:命霍光为大司马大将军,金日磾为车骑将军,上官桀为左将军,桑弘羊为御史大夫,共同辅佐太子。而霍光为太子首辅。

武帝说完这些话,像是耗尽了生命的最后能量,疲惫地躺下。四人不敢离开,立即叫来太医,武帝向太医摇摇手,闭眼睡去。这一睡,武帝竟再也没有醒来。

第二天,霍光等人宣布武帝在五柞宫驾崩。随后,刚被立为太子的刘弗陵被霍光等人辅佐登基,这就是历史上的汉昭帝了,这个时候才8岁。朝堂之事,按照武帝的遗嘱,尽由霍光做主,金日磾、上官桀、桑弘羊等人辅助。

3月,武帝葬于茂陵。出殡之日,长安城内外一片哀恸。

过了好些时日,当人们渐渐从哀伤中走出来的时候,赫然发现大汉的朝堂之上,主宰着整个帝国命运的人,已经换了一班。

忙完武帝下葬的大事,霍光将其他三位托孤大臣以及丞相田千秋召集在一起,商议朝政大事。霍光既然是武帝钦点的大司马大将军、太子首辅，主持朝堂自然是责无旁贷，当仁不让。不过，霍光表面上镇定自若，心中却有些忐忑不安。自己毕竟刚上位，满朝大事这么多，这工作到底怎么开展啊！

第 叁拾贰 回

颁玺书燕王欲不臣　遣心腹探信入未央

霍子孟初掌朝政，到底从哪儿开始入手？先开个会商量吧。待金日磾、上官桀、桑弘羊和田千秋都到了，霍光清了清嗓子，跟大伙说："先帝驾崩，陛下年幼。先帝在世时，令我等辅助陛下，我等定当竭尽全力，不忘先帝嘱托。"金日磾、上官桀等人一起拱手，表示定会听从大司马大将军霍光的安排。

金日磾、上官桀等人与霍光共事多年，关系颇深。金日磾就不用说了，与霍光常年陪伴武帝，两人心意相通，他对霍光是无条件地支持。上官桀之子上官安还娶了霍光的女儿为妻，两家结为姻亲。桑弘羊掌管财务，和霍光此前也并无冲突。田千秋自知自身能力并不出众，当初是因为有霍光的引荐，才在武帝面前为刘据说上了话，因此才得到武帝赏识，当上了丞相，因此对霍光一直心怀感激。这个时候，金日磾、上官桀、桑弘羊、田千秋四人，与霍光均无嫌隙，纷纷向霍光表示定当各尽其责。

霍光忧虑眼下新帝继位，人心不稳，感到维护内政稳定乃是当务之急。见几位辅政大臣纷纷表态服从自己的安排，霍光便把心中的忧虑说了出来："先帝在的时候，四海之内没有不敬服的。如今陛下年幼，刚刚即位，朝堂内外的局势唯恐会有震荡。希望诸位各司其职，当下首要的是要安稳好内政和民心。"

随后，霍光又进行了职责分配："我与金日磾、上官桀主持宫内事务，田千秋作为丞相主持朝中的政事，桑弘羊主管经济。"霍光安排完了，看了看几个人，问他们有没有不妥之处。

金日磾、桑弘羊、上官桀三人表示没有什么意见，只有田千秋摇了摇头，朗声说道："大将军的安排，有所不妥。"

田千秋说："我虽为丞相，却很明事理。先帝遗诏命大司马大将军为首辅，首辅如果不管朝中政事，还能算得上首辅吗？"田千秋转过脸来对霍光说："朝中的政事，应该也由大司马大将军来主持为好。"

霍光表示不解，推辞说："当初我们一起接受了先帝的诏令，现在我希望您能督促我，使我不要辜负了先帝的这份重托。"

田千秋摆摆手："我才疏学浅，并不足以担当主持朝中政事这样的重任。先帝选择你为大司马大将军，自然是希望你主持大局。将军要是能够牢记先帝的遗愿与百姓苍生的期望，就是天之大幸了。希望将军为江山社稷着想，不要再推辞。"霍光踌躇良久，终于点头默认。

霍光又说道："陛下刚刚即位，听闻最近各郡国中质疑者、

160

不满者及散布谣言者甚多，我们要多加小心。若是有反叛的迹象，一定要加以警觉，果断处理。"金日磾点头称是，接过霍光的话头说道："陛下刚刚即位，人心不稳，我们也都需要谨言慎行。我观朝中有些大臣脸色，颇有不满，须用心加以防备。"霍光也频频点头。

武帝驾崩，新帝刘弗陵年幼，不能亲理朝政。霍光等五人以皇帝的名义，向各郡王诸侯国发布玺书，诏告天下："武帝驾崩，新帝即位。"那位曾经被武帝希望能够"不要做败德之事""不习礼义之士，不得召之身边使用"的燕王刘旦，也收到了这份玺书。

刘旦曾经在太子刘据死后自请立为太子，被愤怒的武帝狠狠地惩罚了一番，被削去了三个县的封地。但是，刘旦心中一直愤恨不平，他心里所想的依然是那个皇帝位。自己的两个哥哥已经死了，父皇剩下的三个儿子里又属自己最为年长，按照规制这太子位就应该是自己的。哪知道，父皇竟会因自己请立太子而严厉地惩罚自己，真是岂有此理！

接到玺书后，燕王刘旦得知了武帝已经驾崩。然而，作为武帝的儿子，刘旦不仅没有按照礼仪立即面向都城的方向大哭以示悲痛，反倒是踱起了方步，将使者晾在了一边。过了好一会儿，刘旦才故作不知地对使者说道："陛下驾崩，谁为太子啊？"

送达玺书的朝廷使者心里有些不悦，但还是恭恭敬敬地回答道："孝武皇帝临终前，已立少子为太子。先帝驾崩后，太子继位。"

刘旦明知故问："少子是谁？是我那个乳臭未干的弟弟刘弗陵吗？"

这燕王刘旦多大的口气，竟敢直呼皇帝的名字，那可是大不敬，要治罪的。燕王刘旦又接着表达心里的不满："他怎么可以继位呢？他的母亲因获罪已被父皇赐死，父皇怎么可能立罪犯之后为太子呢？这里面一定有隐情。"

使者素知燕王刘旦性格强悍十分难缠，今日见燕王直呼皇帝的名讳，说出这些大逆不道的话，内心十分惊恐。使者恐自己有性命之忧，对刘旦的话不敢应答，更不敢斥责，赶紧告退。

使者走后，刘旦又重重地"哼"了一声。他拿着那封玺书，转向自己封国的大臣们，说道："这份玺书规格比以前小很多啊，长安肯定发生了变故，不然怎么会这样呢？"刘旦手下的大臣们也纷纷附和。刘旦见手下大臣附和自己，声音更大了："刘据死了，太子之位本该是孤的。这个刘弗陵是什么人？凭什么太子之位落到他的手里？一个乳臭未干的小毛孩，凭什么当皇帝？"说完，刘旦将玺书狠狠地摔在了地上。

刘旦的心腹近臣寿西长上前一步："大王请息怒。正如大王所说，长安城中恐怕已经生出变故，说不定是有人打着先皇的旗号在胁迫少子，朝堂的实际权力尽在那些人手中。"

刘旦问："那依照你的意思，该当如何处置呢？"寿西长说道："臣不才，愿亲自前往长安一趟，为大王探听虚实。"刘旦来回踱了几步，斟酌了一会儿，说道："这样也好。"

刘旦随后吩咐寿西长道："你与孙纵之、王孺一同前往长安，借问礼仪为名，打探朝中消息。若是打探出什么，早早向我禀告。"寿西长、孙纵之、王孺都是刘旦身边的心腹近臣，跟随刘旦多年，三人都很受刘旦信任。

寿西长等人来到长安，以询问礼仪为名，试图接触朝中大臣。当时掌管京城安全的官员是执金吾郭广意，他与寿西长关系不错。三人来长安之后，郭广意特地宴请了他们。

酒席宴前，寿西长等三人以燕王的名义向郭广意频频敬酒，刻意颂扬郭广意在长安城地位尊崇，是皇帝身边的红人，连燕王都十分敬重。郭广意几大杯酒下肚后，听着恭维的话十分顺耳，话也多起来了。

见郭广意酒兴正酣，寿西长又称赞郭广意发达之后不忘故友，今日的宴请让自己万分感动，说着又敬了郭广意一大杯酒。郭广意听了寿西长恭维的话，心里一个字——"美"。郭广意端起双耳酒杯一饮而尽，朗声大笑，话里话外都是"苟富贵勿相忘"的豪气。

寿西长见状又和郭广意碰了一杯，把杯中之酒一饮而尽后，出一口长气，然后好像是有一搭无一搭的，问郭广意道："燕王很关心孝武皇帝突然驾崩一事，孝武皇帝可是得了什么病吗？"

此时郭广意已经喝得有些醉意了，大着舌头对寿西长三人压低了声音，神神秘秘地说道："传说孝武皇帝是受了风寒，一病不起的。各位，这个话你们可切记，不要外传哦！"

第 叁拾叁 回

稳内政霍光赏宗亲　谋帝位刘旦结私党

郭广意这还告诉这几个人不要外传消息呢，其实自己都说出去了。寿西长对一旁的孙纵之使了个眼色，孙纵之马上又接过话头说道："那是那是。将军不需提醒，我们理会得到。"孙纵之又恭维郭广意，明知故问道："孝武皇帝驾崩时，将军一定在场。以将军的威望，必然是亲受孝武皇帝托孤的了？"

郭广意闻言大笑道："武帝怎么可能托孤于我呢？当时我在五柞宫待命，突然听到吵吵嚷嚷的，大臣们一个个都哭着说孝武皇帝驾崩了，之后大将军就按照孝武皇帝的遗诏，宣布立了太子为皇帝。此中来龙去脉，我也不是太清楚。就知道当今陛下只有八九岁，鄂邑长公主专门入宫去照顾皇帝。先帝下葬全是大将军主持的。"

寿西长点点头，又说道："也就是说，立太子为皇帝的，即

164

是当今的大司马大将军了？"郭广意答道："车骑将军与左将军也接受了先帝遗诏辅佐少主，听说御史大夫桑弘羊与丞相田千秋，也参与其中。"

说到这儿，郭广意似乎有些酒醒，惊觉自己说多了话，便不再多言。寿西长拿着酒壶，亲自过来给他倒酒，几杯酒下肚，郭广意便彻底醉了过去。

次日早晨，郭广意酒醒，回忆起昨晚说的话，觉察出其中大有情况："诸侯王的近臣询问先帝驾崩的细节这些事情，显然是奉命而来，并且是别有用心，自己身为朝廷大臣，守卫京师，在这个敏感的时刻，酒席之间可能说了不该说的话了，实在是酒后误事。"郭广意越想越害怕，考虑再三，终于下定决心，要即刻进宫。向大将军如实禀报。

霍光自从被武帝临终前封为大司马大将军之后，十分忙碌。偌大个国家，事儿能少得了吗！这天刚入宫不久，他就接到了执金吾郭广意的报告，得知燕王刘旦的人在探听孝武皇帝驾崩和太子接位一事，霍光的心里是又气又急。他气郭广意酒醉之后口无遮拦，更急刘氏宗亲已经开始蠢蠢欲动。尤其是武帝这个棘手的儿子燕王刘旦，从他派人入京打探情况来看，燕王已经有了不服和谋逆之心。

霍光立刻找金日磾商议。金日磾听霍光说完事情来龙去脉后，说道："燕王眼下是孝武皇帝在世最年长的儿子。此人熟读经书，广纳门客，也算博学多才。孝武皇帝在世时，燕王便有自请荐立太子的举动，说明其素有君临天下之志。现在新帝为孝武

165

皇帝的幼子，完全出乎燕王的预料。燕王没能继承帝位，这番派人进京来打探，恐有不臣之野心。你我皆来自下层，无皇亲国戚的身份，得先帝无比恩宠信任，辅佐少主。先帝弃天下而去，朝中人心惶惶，而此时你我都还立足未稳。眼下我们只能逐个安抚，化危机于无形。不然，恐怕容易引起刘氏诸王的反叛。”

霍光点点头，接过话茬儿说道：“我听郭广意说，燕王那意思似乎想借陛下的身世做文章。”金日磾说：“陛下为赵夫人（钩弋夫人）之子，而赵夫人是被先帝赐死的。其中种种因果，外人揣测颇多。其中就有传言说，赵夫人的死也与前太子刘据的巫蛊事有关。如今，陛下新立，我觉得需要给予陛下之母赵夫人一个正当的名分，好让世人不再妄加揣测。”

霍光略一沉思，觉得赵夫人虽说很有可能与“巫蛊之祸”和太子之死有关，但她毕竟已经死了，此时给予她一个尊贵的名分，对维护新帝刘弗陵的地位有益无害。

于是，霍光以天子的名义发布诏书，分别赏赐照顾昭帝的鄂邑长公主、燕王刘旦、广陵王刘胥和刘氏宗室内的所有皇亲。接着，又追封赵夫人为皇太后，并为她修筑云陵。渐渐地，长安城内外，朝野上下，有关钩弋夫人涉太子巫蛊事的传言平息了下来，甚至还衍生出了许多有关于钩弋夫人的传说故事。

那么燕王刘旦又在干什么呢？他不是派了三个使臣进京打探消息吗？寿西长、孙纵之、王孺三个人得到郭广意酒后泄露的信息后，便立刻返回燕国向刘旦报告。刘旦听了三人的报告，心里稍稍有了点儿数，但是又不很踏实，便又问：“既然是鄂邑长公主进宫去照顾我弟弟刘弗陵，那你们是否试着以我的名义去见她，进一步详细问清楚情况？"

寿西长说："我本想以大王的名义送公主礼物的，可是公主身在宫中出入不便，因此未曾见到。"刘旦生气地站起身来："孝武皇帝弃天下而去，我身为长子，理应承继大统。可是陛下竟然没留下这样的遗诏，而公主又见不到，朝廷中由一干外姓大臣把持朝政。简直荒唐透顶。"刘旦一边说着，一边重重地坐回床榻上，拳头擂得床榻啪啪作响。

刘旦正发着怒呢，接着就收到了朝廷赏赐下来的大量钱财珠宝。看着这些珠宝，刘旦只是冷哼了一声："我本是当皇帝的命数，天下应该尽归我所有才对，他们拿这点财宝竟也想打发我？"刘旦越想越觉得不能就此罢休。他思来想去又心生一计，决定上书一封，探一探主持朝政的那些大臣们的态度。

刘旦深知，要是没有一个正当的名分，无论是谁，若要反叛当朝皇帝无异于以卵击石。于是，他召来门客和心腹近臣，与宗室中的中山哀王刘昌的儿子刘长、齐孝王刘将闾的孙子刘泽等人结帮谋划。刘旦谎称自己曾经接受孝武皇帝的密诏，他可以掌管地方行政，修治武备，防备非常事变的发生。

刘旦紧接着给朝廷上奏章道："孝武皇帝实践圣人道义，孝敬祖先，疼爱骨肉，安宁万民，德行与天地等同，睿智与日月同辉，威武无比。远方蛮夷臣服，携宝物朝贡，新建都郡数十，开拓疆域成倍。吾承先帝美德，奉命为大汉国北部藩篱，深知职责重大，日夜小心谨慎，亲自掌管官府事务，铸造武器装备，整顿训练军队。现帝国处于非常时期，定当恪尽职守，随时准备为国惩奸除恶，保国安泰。"刘旦的这封奏章，哪里是向朝廷表忠心？分明是向新登基的幼主刘弗陵和在朝中主政的一干大臣示威呢！

刘旦上完书，又对手下近臣道："唉，从前吕后弄权，把孝惠帝之子刘弘立为皇帝，诸侯王们侍奉了这个皇帝8年。后来吕太后驾崩，大臣们诛灭了吕氏诸王，迎立了孝文帝，天下方知刘弘不是孝惠帝的亲生儿子。我怀疑我这个弟弟刘弗陵也不是我刘家的人啊！"刘旦说到动情处，竟掩面痛哭，似乎很为刘氏社稷鸣不平。

刘旦所说的孝惠帝之子刘弘是怎么回事呢？原来，当年吕氏家族被铲除后，因为刘弘是被吕后一手扶上皇位的，所以他并没有被归为刘氏正统之列。一干随着刘邦开国的老臣们铲除了吕氏家族，便不能继续容下刘弘。他们故意散布舆论，说刘弘并非孝惠帝的亲生子，从宗庙社稷承继的合法性出发，废杀了刘弘及他的四个兄弟，选定了代王刘恒（汉文帝）作为新帝迎入长安。虽然史上认为刘弘是刘氏宗室没有疑问，但当时由于统治集团政治斗争的需要，却生出了另外的说法。

刘旦现在说这席话，意思不言自明，竟敢故意质疑这个新帝刘弗陵的身份不正。

第 叁拾肆 回

巧立威宫内夺玉玺　除叛逆霍光震八方

燕王刘旦为自己将来反叛营造舆论，用质疑当今皇帝身份是否正统来编造理由。刘旦身边这帮近臣见刘旦一心要反叛，便一个赛一个胡乱地出着主意。有的说要立即声言当今皇帝并非孝武皇帝之子，而是朝中奸臣早已计划好一起拥立的不知道是什么来路的人，号召天下讨伐他们，群起而攻之。有的则说，现在诸侯国不比汉初的诸侯国，军队太少，因此急需制造武器，扩建军队。

刘旦听了这些大臣的话，更坚定了自己的信心。他与刘泽等人谋划了一个文告，说当今即位的小皇帝并不是孝武皇帝的儿子，并且派人到各郡国悄悄地散发，动摇民心。刘旦还亲自统率燕国军马，大张旗鼓地扩充武备，以组织大规模围猎的名义训练军队。同时，他还组织操练检阅军队，一如羽林军的建制，设置了旌旗、鼓车和先驱骑兵，让郎中侍从全部在帽子上戴着貂尾为羽，并附有金蝉，和皇宫中的序列一样，都用侍中的称号。此时的刘旦，简直就是以皇帝自居了。

一时间，燕国上下几乎进入了战备状态，燕王府被刘旦折腾得乌烟瘴气。刘旦手下有一个郎中叫韩义，他见刘旦如此跋扈，担忧不已。他向刘旦谏言说："从前汉初七国之乱的时候，吴王刘濞的权势比大王要大得多，而且财力雄厚，兵士众多，可依然不能对抗长安。而如今，大王的军力连长安的十分之一都没有啊。"

刘旦手下的大臣虽说大多都是谄媚之人，但也有一些忠良之臣对刘旦的叛逆举动早已担忧不已。见韩义进谏，便也纷纷进谏道："大王如今的行为，实在是危险之极。孝武皇帝当初策喻大王，希望大王不要做败德之事，不习礼义之士不要召到身边。孝武皇帝的策喻言犹在耳，可大王如今的行为，实在是有负先帝的嘱望啊！"

这些劝谏刘旦的大臣所说的话，都是入情入理，但是燕王刘旦哪儿听得进去。这燕王，他还真遗传了父亲孝武皇帝的部分基因，固执，自大。现在他正在兴头上，见有人用父皇孝武皇帝的话来警示他，对他进行说教，这不是拿死人来压活人吗？刘旦勃然大怒，下令将韩义等十五名劝谏的大臣通通处斩。自此，他手下的臣子，没有一个再敢违逆他的意思了。

正应了那句话："上帝欲让其灭亡，必先使其猖狂。"接下来，听不到任何的规劝之言，燕王刘旦折腾得更欢了。

身处北地的燕王刘旦暗自结党，私下养兵蠢蠢欲动。霍光就没一点儿觉察吗？霍光最不放心的就是燕王了。霍光一刻都不敢放松对燕王刘旦的暗中监视。因为他知道，孝武皇帝的这个儿子，可一刻都没有停止做他的春秋大梦呢。

霍光主政后首先要考虑的是笼络人心，尤其是对那些刘氏宗亲，必须先安抚好。然后，他便在思考，怎样才能迅速建立自己威德的形象，以服天下。

不久，宫中便传出了夜晚时常闹鬼的传言，有宫女说亲眼见到鬼怪出现。这天夜晚，宫中闹腾得格外厉害，有好些宫女都说见了鬼，惊吓得不轻。在朝中值班的大臣们一个个都惶恐不安，大臣和侍卫们慌作一团。很快，霍光便接到了报告。

霍光立刻派人去宫内各处巡查，自己则带人来到保管皇帝印玺符节的尚符玺郎处。霍光说为了防止有人趁乱闹事夺取玉玺，要尚符玺郎将玉玺交由自己来保管。谁知道，尚符玺郎竟然不买霍光的账，以霍光非公务理由要皇帝玉玺为由，断然拒绝。霍光见尚符玺郎拒不听命，不禁大怒，命令随从上去夺取。尚符玺郎也硬气，按着剑说："你可以砍下我的头，玉玺却绝对得不到！"霍光见尚符玺郎如此硬气，只能作罢。他下令让侍卫们护卫在一旁，确保玉玺的安全。

第二天，霍光并未处罚这位尚符玺郎，反而下令把他的俸禄提升了两级。本来有不少大臣带着看好戏的心态，以为霍光定会报复那位护卫玉玺的官员，却没有想到霍光竟会如此大度，于是大家都非常佩服，不得不对霍光刮目相看，霍光的威信也渐渐地树立起来。

金日磾知道这事后，对霍光说道："如今朝中仍然不稳，许多大臣怀有异心，大将军务必谨慎小心。眼下先帝的重托、陛下的安危都系于大将军一身，朝堂的各种变数难以预料，我当鼎力配合大将军。"

霍光叹息了一声："翁叔（金日磾的字）说得有道理啊，如今局势未稳，朝堂内外不乏虎视眈眈的奸恶之人。你我均受孝武皇帝的厚恩，必当誓死效忠陛下，匡扶汉室江山社稷。"

金日磾又说道："大将军所言极是。眼下的当务之急，是既要稳住朝中大臣与刘氏宗室，又不能让他们肆意妄为。不要让他们以为新帝幼小，我们这些辅政的人就软弱可欺。"金日磾也担心刘氏宗室在这个当口出问题，他心里最担心的也是燕王刘旦，与霍光不谋而合。

果不其然，霍光和金日磾二人担心的事情很快就得到了印证。没隔几日，燕王刘旦的上疏便到了。霍光一看燕王的奏折，虽然心里愤怒不已，表面却无比镇定："这燕王的上疏，往小了说是不符合法度，往大了说是有谋逆之心啊！燕王这是在公然挑衅朝廷的秩序和诸侯国的礼制，他的反叛之心已经昭然若揭了。"

霍光当即召来郭广意，将燕王刘旦的奏疏交给他看。郭广意看了奏疏，知道自己前番与燕王手下接触，酒后所说的话已经惹出了祸端，心中惭愧无比，赶紧下拜说道："我既已犯下大错，还望大将军秉公处罚。请革去我的职务，以示惩戒。"霍光点了点头："你在执金吾的位置上一直兢兢业业，我本不想这样处理，可到了这一步，也是无奈之举。你能理解我的苦心最好，省得我强行为之。"霍光发布命令，革去了郭广意的执金吾职务。

随后，马上昭告天下。他的此举意在警告朝堂中那些与燕王有勾连的人："你们不要不识时务，否则郭广意就是下场。"同时，霍光也以此向燕王示警："不要以为你在背后搞的那些名堂我不知道，你若识趣就赶紧收手，否则不管你是燕王还是广陵王，若恣意妄行，决没有什么好下场。"

霍光和其他几位辅政大臣商量，对孝武皇帝的后人还是以厚赏为佳，免得他们无事生非。便又以天子的名义，给燕王刘旦、广陵王刘胥以及鄂邑长公主各加封了一万三千户食邑，以此来安抚这些皇室直系宗亲。

然而霍光的这些好意，不仅没有让刘旦得到满足，反而更助长了他的气焰。刘旦收到赏赐的诏书后，将诏书丢在一边，怒骂道："我本应该是皇帝，要这些赏赐干什么！"燕王府的左右大臣见刘旦的不臣之心已经越来越明显，大家面面相觑，惊恐不已，明面上不敢言语，却都在心里说："这辈子见过大胆的，却没见过像燕王这样胆大的。燕王这话要传到长安去，就能给定个谋逆大罪。你哪是燕王啊，整个改阎王了，要命的祖宗。真定了罪，这燕王阖府上下大大小小都得诛灭九族啊！"

第 叄拾伍 回

逢天灾百姓颠沛离　遭人祸朝臣耍伎俩

　　燕王刘旦这么疯狂的折腾，把阉府很多臣下都吓得够呛。只有燕王的心腹寿西长却在继续怂恿刘旦："大王的命数，却被小人所阻挠，朝堂中的那帮人实在可恶。以臣之见，形成目前这种局面，绝对不会是孝武皇帝的安排。大王宜早做打算，顺应天命。"寿西长率先发出了谄媚之语，说得燕王转怒为喜。刘旦看着寿西长："还是爱卿懂我啊！事成之后，少不了卿家的功劳！"刘旦胸脯一拔，就好像他现在已经是九五之尊。抑制不住内心的欢喜，忘乎所以了。其他大臣一看，敢情这寿西长是在邀宠啊！大家谁也不是傻子，反正站着说话腰不疼，哄燕王高兴的话谁不会说啊？于是，大家纷纷赞扬刘旦有"乃父雄风"，应顺从天命彰显"帝王之能"，等等。燕王刘旦听得是飘飘然。他暗下决心，一定要将刘弗陵这个小皇帝拉下皇位，取而代之。

时隔不久，各地就风传起当今皇帝不是先帝骨肉的谣言。这个谣言传播得很快，没几天就传到了京城，传到了霍光的耳朵里。

霍光听了非常焦急，立即跟金日磾商量："这谣言十有八九是燕王等人传出来的，这是为他们将来的起兵反叛营造舆论啊。燕王的不臣之心昭然若揭，其他的皇室恐怕也在观望，有的甚至不能排除会和燕王一样蠢蠢欲动。我很担心啊，哪天燕王一声令下，燕国便会公开反叛，各地的响应者恐怕会有不少。万一到了那个时候，可该如何是好？"

金日磾此时已是重病在身，但依然心系帝国安危。他斟酌了一会儿，对霍光说道："你我都是孝武皇帝最信任的臣子，但是燕王毕竟是孝武皇帝存世的长子。以燕王目今的举动，说他谋反也不为过。但是，如果我们先发制人对燕王下手，只恐世人会多有非议。只有等到他真的起兵了，才好将其一举擒获。这样做，不仅可以合理地铲除祸患，更可以在朝廷内外立威。只是，我们的防范和应对措施要做到万无一失才好。"

霍光听后，连连点头称是。说道："翁叔此言甚好，我会做出周密妥当的安排。为今之计，翁叔务必养好身体，陛下和我都很需要你啊！"

为应付不测，霍光开始调动军队，在燕国附近部署了重兵，防范燕王谋反。只要燕王胆敢起兵，就一举将其击溃。

就在霍光紧锣密鼓地调动军队防范燕王造反的时候，刘旦也头脑发热，开始急不可待地与同为宗室的刘长、刘泽等人连日策划起兵事宜。刘泽自告奋勇，决定亲自去齐国都城临淄刺杀青州刺史隽不疑，以此立威，造出声势和影响，随后与刘旦一同起兵。

就这样，大将军霍光与燕王刘旦，双方磨刀霍霍，燕赵大地的上空战云密布，大汉帝国的一场内乱一触即发。说来也巧，就在局势即将失控的紧要关头，有一个人却出来扭转了危局。这个人是谁呢？他也是刘氏宗亲，姓刘，名成。

当时齐国一带有一位刘氏宗室的诸侯王，叫淄川王刘建。刘建的儿子就是刘成。他十分景仰刺史隽不疑的才识和贤良。刘成在无意中得知了刘泽欲刺杀隽不疑的企图后，当即把这个阴谋告诉了隽不疑。隽不疑当机立断，立即逮捕了刘泽，并迅速向朝廷报告。

刘泽因为欲刺杀青州刺史隽不疑未遂而被捕的消息传到了长安。霍光令大鸿胪即刻审问刘泽，很快便将燕王刘旦与宗室刘长等人的篡逆阴谋全部查明。此时，霍光只要把燕王刘旦意图谋反一事公之于世，便可将他绳之以法，铲除祸患。但是霍光并未立刻对刘旦下手。这个时候的霍光依然在权衡："自己作为领受孝武皇帝遗命而上任的大司马大将军，从一个并不显赫的先帝近臣到走上主政首辅的重位，如果辅一主政便杀死先帝的儿子、当今皇帝的哥哥，是否真的就合适呢？"

这也是霍光的成熟老练之处，凡事多从各方面想想，争取最好的效果。为什么武帝会让霍光领衔辅佐幼主刘弗陵？霍光确实有他的过人之处，并非仅仅是倚仗着武帝的宠信而浪得虚名。

在燕王刘旦谋反这件事上，霍光权衡再三，最终他还是选择了大事化小，小事化了。他给燕王刘旦写了封信，劝勉燕王不要辜负了孝武皇帝的瞩望。信中说道："大王承蒙先帝的厚爱，封为诸侯王，为国家戍守北方。如今陛下继位不久，正需各方鼎力相助的时候，希望大王能秉承孝武皇帝的品格，为国分忧，尊宗庙、重社稷……"霍光这封信写得很委婉，但是却写在燕王刘旦谋反的图谋已被查获的非常时刻，敲打警示燕王的用意十分明显。

刘旦接到霍光的信后，已经得知朝廷陈重兵于燕国边境，知道此时宣布起兵无异于以卵击石。虽然刘旦很狂傲，但也并不是一点儿时务也不识。见刘泽刺杀隽不疑的阴谋失败，双方联合起兵已不可能，而且自己的密谋极有可能已经被霍光知晓。眼见朝廷已有防备，刘旦决定不能吃眼前亏，最终选择了忍耐和沉默。而霍光也就压下案子不予张扬，没有追究刘旦的罪行。双方都是心知肚明，暂时相安无事。

燕王刘旦作为武帝的儿子、当今皇帝的兄长，密谋造反没被追究，但是参与密谋的刘泽和刘长就没有这么幸运了。两人虽然也是刘氏宗亲，但和武帝的直系子女区别就大了。为杀一儆百，霍光下令将他们处斩。同时昭告天下："刘泽、刘长大逆不道，散布有损当今天子的恶毒谣言，阴谋刺杀国家大臣，图谋不轨，斩首示众。"

而检举刘泽欲刺杀隽不疑有功的刘成，则被封为饼侯。青州刺史隽不疑平乱有功，被提升为京兆尹，赐钱百万。这一下，朝堂内外，无论是朝中大臣还是山野平民，尤其是各地的刘氏宗室，都被大将军霍光的举动所震慑。各地有反心或者对幼帝和朝廷怀有不敬之心的刘氏宗室也都收敛了许多。汉室江山社稷、幼主刘弗陵的皇位，以及霍光在朝堂的首辅地位都得到了巩固。

尽管此时的燕王刘旦并未放弃争夺皇位之心，但是孝武皇帝离世、新帝刘弗陵登基，这段最为凶险的权位之争，经过霍光的妥善化解和果断处置，总算是暂告一个段落。

处置完燕王刘旦等刘氏宗室密谋造反一事，霍光终于长舒了一口气。就在霍光以为可以稍微缓一口气的时候，哪曾想，一场席卷全国的天灾已然扑面而来。

公元前86年，也就是汉昭帝元始元年，这一年的7-10月，关中地区连降了3个月大雨，坚固的渭桥被洪水冲得无影无踪。洪水过后，紧接着是持续多日的高温，播下去的麦种刚冒绿芽就焦萎而死，预示着颗粒无收。关中的百姓们都知道，冬末春初的时候饥荒将至，将只能靠"土馍"度日了。土馍，就是一种用软土与草根混合的充饥之物，外形如馍，实则是观音土。老百姓饥不择食的时候，只能靠"土馍"熬日子。

果不其然，到了岁末的时候，往年早已瑞雪纷飞的关中平原却没有下一场雪，也没结冰。史官慌慌张张地向8岁的皇帝刘弗陵和大司马大将军霍光禀报，说大汉开基一百多年来，从没遇到过这样的暖冬。而这样的天象，预示着来年必将有大灾降临。

第 叁拾陆 回

解困厄挚友辞世事　拒新政弘羊暗设防

汉昭帝元始元年，关中地区先涝后旱，百年不遇的天灾降临了。第二年一开春，成千上万的蝗虫，像旋风一样在空中盘旋，横行中原。所到之处，田里的庄稼、菜蔬，山坡的野草、树叶，全部被啃个精光。眼见将颗粒无收的农民，不得不拖儿带女，背井离乡，外出逃荒，流离失所。灾民们也像蝗虫一样，一群群的在中原大地上徘徊、流浪。饿殍满地，人吃人的消息也不时传出来。

天灾连着人祸，这让大将军霍光辅政的新朝面临着极为严峻的考验，可把霍光给急坏了。就在霍光焦头烂额的时候，偏偏又祸不单行，同为辅政大臣的金日磾卧床不起，病入膏肓。9月，在长安府邸离世，终年49岁。金日磾这一死，霍光便失去了一个在朝堂中最有力的支持者。

金日磾逝后，霍光以昭帝刘弗陵的名义，赐谥号为敬侯。刘弗陵此时虽然年幼，却也为辅政大臣金日磾的死伤心不已。在霍光的操持下，昭帝为金日磾举行了隆重的葬礼，在孝武皇帝的茂陵附近为金日磾修筑了陵墓。出殡的时候，仿照霍去病、卫青下葬的先例，昭帝也派出了上万身披坚甲的车、骑兵护送。送葬的队伍中，灵车前导，军队方阵殿后，上万将士护着金日磾灵柩到达茂陵附近。金日磾在民间素有好名声，送葬途中，数万百姓在路旁设香烛、纸钱、供品，沿路祭奠。

金日磾的死，让霍光有了一种恍恍惚惚的孤独感。这种感觉在霍去病死的时候有过，在汉武帝驾崩的时候也有过。如今在金日磾死的时候，这种孤独的感觉又再次将霍光紧紧包裹。而这一次，霍光的这种感触变得更加深刻。在朝堂大臣之中，金日磾与霍光最为交好。虽然上官桀与霍光是亲家，但是两人却是隔着肚皮在共事，远远不如金日磾这般可以交心。丞相田千秋虽然也全力支持霍光，但是说到朝廷中最可靠、最有力的盟友乃至朋友，也就只有金日磾一人。

眼下，少了金日磾的帮助，大司马大将军霍光作为朝堂首辅，将不得不独自应对朝堂之中的复杂局面。他要面对的，不仅有伺机而动的政治对手燕王刘旦等人，还有接二连三的自然灾害和空虚枯竭的国库，而迫在眉睫的是大批流民随时可能发生的暴乱。这是武帝留给他的一个千疮百孔的大摊子，而这个破摊子在金日磾死后，显得更加捉襟见肘了。面对朝堂内外的危局，霍光终日眉头紧锁，感到肩上的担子如千钧重负一般。

虽然武帝在晚年总结了自己的一生，对自己的行为有过深刻的反省，以"罪己诏"的形式诏告天下，检讨自己穷兵黩武，劳民伤财，给百姓造成了巨大痛苦等错误，并且开始将国家战略扭转到了"禁苛暴，止擅赋，力本农"这种发展生产、轻徭薄赋、与民休养、施行仁政的路线上来。在实际操作中，也实行了如"代田法"一类鼓励生产的制度。但是武帝晚年与民休养的方针，实际上并未得到彻底的贯彻，因为仅仅过了大约一年半的时间，武帝就驾崩了。武帝定下来的很多事情还没有来得及去做，却把一个无比艰难的摊子交给了霍光。

霍光辅政之后，坚定不移地遵从武帝晚年的方针，可巨大的帝国运转仍然有着难以扭转的惯性，每天维持帝国运转的耗费十分巨大。而主管经济的桑弘羊，依然执着于当初为增加帝国财政收入以备军用而实施的战时经济政策，在具体事务上常常与朝堂主辅霍光的主张背道而驰。两人同为武帝指定的辅政大臣，在一起干工作却不能互相帮衬，这就给首辅霍光带来了更大的麻烦。

在天灾不断、流民四起的危急时刻，霍光果断地决策，把国库预备的军粮拿出来赈济灾民，同时诏告天下，免去灾区农民第二年的赋税。与此同时，霍光又亲自选出一行五人，由身为九卿的廷尉王平带领，持着天子使节巡行各地，了解灾情，调查民间疾苦、冤案以及官员失职等事情。霍光还以天子名义颁布诏令，让各地大力察举贤良，广为招徕人才为国家效力。

这些强力举措实施后，取得了立竿见影的成效。天灾过后，大部分流民陆续回到故土，重建家园。对于一些无法回乡和不愿回乡的灾民，霍光下令取天水、陇西、张掖郡各两个县，组建一个新的移民郡——金城郡，并从国库划拨资金，安顿那些无家可归的灾民，让他们垦荒自立。对少数伺机闹事的刁民，则强行迁徙到辽东。为了鼓励耕织，霍光敦请昭帝每年3月率领朝中大臣，在上林苑亲自下地，犁田翻土，播种耕耘，以此为天下表率，鼓励农桑。

经过这一番举措，霍光主政两三年后，朝堂内外的形势已经日渐好转。公元前83年7月，霍光再次以天子的名义下诏："由于近年年成不好，粮食缺乏，外流人口未能全返故里，过去曾令百姓供给军马，现决定停止执行。对于向京师各官府所供给的马匹，皆减少数量。"这样一来，百姓的供养负担就大为减少。

为什么霍光让百姓不再供给军马，老百姓的负担就大为减少了呢？原来西汉一朝，养马成风。因为战争的需要，朝廷动用国家资源，建立了养马场，划出指定的区域，培育马种，饲养、训练马匹，最后将马调配给军队使用。朝廷用免除徭役等政策，积极鼓励百姓养马。然而霍去病的漠北一战，损失了大量的好马，其中许多都是从民间征调的马匹，以至于不管是官府还是民间，马匹数量都减少了很多。武帝驾崩之后的这几年，汉朝与匈奴并没有发生大的战争，霍光的这个限制民众供马的政令一发出，着实减轻了民众巨大的负担和压力。

霍光就任大司马大将军主政后，以天子的名义，发布了一系列减轻赋税的措施，并循序渐进地执行下来。由此，百姓的生活开始安定。慢慢富足起来的百姓，无不感恩戴德，颂扬昭帝的仁慈，颂扬大将军霍光的贤明。昭帝即位才短短两三年，就已经取得了很不错的开局，霍光为此殚精竭虑，功不可没。

可是，霍光并没有满足于眼前已经取得的成就。他自从接过辅佐昭帝重任的第一天起，就在苦苦思索，怎样才能让帝国重振雄风，怎样才能让百姓长久地过上安定的生活。霍光心里十分清楚，皇上亲耕、接济灾民、减轻赋税等，所能解决的仅仅是表层的问题，要想从根本上改变，就必须进行经济改革，也就是要彻底改变帝国几十年来以战争为主导的经济政策。

汉武帝在位时期所执行的经济策略，都与北拒匈奴的征战有关。而制定这些政策的大臣们，许多都依然在朝堂官居高位，继续主导着帝国的经济政策。其中为首的，就是和霍光一起同被武帝任命为辅政大臣的御史大夫桑弘羊。桑弘羊从13岁进宫起，就受到武帝的赏识。桑弘羊有个旁人所不能及的特点，就是他的心算能力极强，对国家财政税赋情况了如指掌，因此备受武帝器重，并被委以重任。

武帝在弥留之际，把桑弘羊升为御史大夫，让他和霍光等人一起辅佐幼主刘弗陵，是把他作为霍光的得力助手来安排的。没想到，这正副领导之间却矛盾重重。

第 叁拾柒 回

遇大难霍光叹无奈　壮虎胆延年献良方

在武帝的大力支持下，桑弘羊先后推行了算缗、告缗、盐铁官营、均输、平准、币制改革、酒榷等诸多经济政策，还曾经组织60万人屯田戍边、防御匈奴。这些措施都在不同程度上取得了成功，大幅增加了朝廷的财政收入，为武帝持续多年与匈奴作战提供了雄厚的物质基础。可以说，武帝征伐四方所取得的功业与桑弘羊所主导的一系列经济政策密不可分。桑弘羊历任了侍中、大农丞、治粟都尉、大司农等要职，主要管经济。可见，武帝对桑弘羊，那可不是一般的看重，他想让霍光跟桑弘羊两人精诚合作，共同辅佐幼主。

桑弘羊作为被武帝选中的辅政大臣之一，按照武帝临终前的政治安排，他担负着掌控帝国经济命脉的重要使命，本应该成为主辅霍光的左膀右臂。可就是这个桑弘羊，却继续顽固地坚持着已经实行了几十年的战时经济政策。在大司马大将军霍光欲推行经济变革的时候，同为辅政大臣的桑弘羊却不乐意了。霍光不得不面临又一场艰难的抉择。

自古以来，经济都是国家的基础，毕竟民以食为天。桑弘羊作为汉武帝托孤的重臣之一，虽然不是首辅大臣，但也绝非等闲之辈，尤其是在他主管的经济领域，那必须得是他说了算。就算是大司马大将军霍光，你虽说是主政朝堂，但是在经济方面却也得听桑弘羊的。

因为桑弘羊在武帝时期所留下的功绩，霍光一直很尊敬桑弘羊。可是桑弘羊的经济政策，是为武帝抗击匈奴的需要而制定的。如今匈奴北迁，汉朝与匈奴大规模作战的压力大为减轻，因此许多经济政策都出现了不适用的情况。武帝时期施行的经济政策，虽然充裕了国库，却剥夺了老百姓的很多利益，尤其是农民的负担越来越重。这个政策也受到了地方豪强、贵族和商贾的强烈反对。面对罕见的天灾，如果继续实行这种战时经济政策而不去变革，非出现官逼民反的状况不可，前朝的始皇帝由盛而衰的前车之鉴并未去远啊！

霍光主政朝堂，他想推动经济改革却遇到了很大的阻力，而阻力最大的便是同为辅政大臣、主管朝廷经济事务的御史大夫桑弘羊。由于桑弘羊在实施战时经济政策方面功绩很大，导致他对自己过去侍奉武帝时用于大肆增加政府财政收入的一系列政策信心十足，甚至到了固执的地步。霍光几次试图说服桑弘羊进行变革，可桑弘羊却固执己见，不肯做出任何改变。每每谈到经济的时候，桑弘羊都自恃己能，对霍光的意见一一驳斥，甚至把当初为汉武帝筹措军费的功劳都搬了出来。而每次只要桑弘羊搬出武帝来，霍光就不好再辩驳了。桑弘羊才思敏捷、学识丰富，口才又极佳，霍光还真不是桑弘羊的对手。每到这个时候，霍光也只能在心中暗自叹息了。因此，每次两人争论后，霍光都只能对着桑弘羊说："下次再议，下次再议吧。"

可下次再议时，依然不会有什么进展。桑弘羊虽然表面上对首辅霍光恭恭敬敬，但在实际执行经济政策上却不肯有丝毫让步。霍光虽然很是不满，却又无可奈何。毕竟他对经济并不在行，而桑弘羊却非常熟悉经济事务，并且能说会辩，因此霍光无法在争论中驳倒对方。桑弘羊还有意无意地在掣肘霍光，不让霍光这个首辅的权势太过增长，因此霍光根本就没有说服桑弘羊的可能。

其实从两人争论的情况来分析，霍光代表着武帝执政最后几年的思想观念，与民休养生息；桑弘羊则代表武帝中期的政治思想，一切围绕着打仗。霍光与桑弘羊在国家该实施何种经济政策的问题上矛盾是日益激烈，迟早得分出个胜负。否则，偌大的朝堂，到底谁说了才算数！

到了公元前82年6月，杜延年给他出了个主意，让霍光心头一亮。

说起这个杜延年也不简单，他字幼公，是南阳杜衍（今河南南阳）人，御史大夫杜周的少子，通晓法律，初任补军司空。始元四年（前83年），杜延年以少尉的身份率领南阳士卒平定益州蛮夷叛乱，回朝后提任谏大夫。杜延年为人宽厚，因此颇受霍光的赏识。杜延年的这个谏大夫一职，主要是掌管朝堂的议论之事。杜延年处事聪慧，霍光遇到疑难之事常会找他商议。

这段时间，精明的杜延年见大将军霍光整天愁眉深锁，于是有一天主动对霍光打开话题说道："大将军可知，近几年来，民间屡遭水旱蝗灾，老百姓的日子很不好过吗？"霍光大概是有意想试探杜延年的想法，故意说道："当今陛下圣明，国家昌盛，百姓乐业，我竟不知道还有这样的事啊！"

杜延年见霍光故意装糊涂，便又说道："大将军明鉴！近两年因为天灾造成连年歉收，加上仍有很多背井离乡的流民没有全部返乡，老百姓的日子很不好过，因而容易发生暴乱，这可都是社稷安全的隐患啊！大将军身负孝武皇帝重托，对江山社稷之事不可以不知晓。下官以为，大将军应该采用孝文皇帝时的政策，提倡节俭，对民宽和，这样才会顺天心，悦民意。"

霍光见杜延年说到了自己的心病，不觉重重地叹了一口气："你的想法虽然很好，可是施行起来却很艰难啊！"杜延年见霍光有心事已经不是一两天了，就壮着胆子问道："不知道大将军在担心什么，难道大将军还会有什么事情难以决断的吗？"霍光知道杜延年对自己很忠诚，便也不再隐瞒，很坦诚地对杜延年说道："我欲遵从孝武先帝晚年的交代，让民众休养生息，可是朝中有人与我想法不同啊！"

杜延年对着霍光鞠了一躬，说道："可是御史大夫桑弘羊？"

"正是啊，唉！"霍光轻叹了一口气。

沉默了一会儿，杜延年又说道："那么大将军以为，假如继

187

续御史大夫的政策，将会何如？"

霍光想了想，说道："御史大夫才识过人，先帝在时，便很看重他。而且先帝北击匈奴、征讨四方，需要富国强兵的政策。若是没有桑弘羊主持财政，恐怕先帝连年的征战会更为不易。只是如今此一时也，彼一时也。我朝与匈奴已经多年不再有大战，而过去的许多做法却损害了民众从事生产的积极性，国家目前正是困难的时候，继续实施这种政策，弊端就日益暴露出来。如不抓紧变革，恐不利于长治久安，也不符合孝武皇帝晚年的心愿啊！"

杜延年问道："大将军可否再说得详细一些？"

霍光继续说道："比如，实施了多年的官营制造铁器，过去只重产量，多为大器具，民间多有抱怨，说不适合使用，且价格高、购买不便。因为只允许官营不许民众自行制造，这样的不便，使得民众心中的不满越积越多。"

杜延年接过霍光的话说："大将军眼光独到，我与许多民间商贾也有过交流，他们和大将军的看法一样。"

杜延年看了一眼霍光，见霍光对自己回以鼓励的眼光，知道霍光想听自己详细说下去，便继续侃侃而谈道："不知道大将军有没有听到商贾和民间的另一种说法，说如果官营产业长此以往，一定会导致吏治的败坏。"

杜延年起身走了几步，细细斟酌了一番，随后对霍光说："大将军，我有一言，请大将军斟酌。"

第 叁拾捌 回

集大儒官民激辩策　议盐铁霍光有主张

　　杜延年向霍光建言，他告诉霍光："大将军苦恼的，是桑弘羊一人主持经济，听不进他人意见，而大将军囿于自己的身份，又不屑于与他强辩，以免授人以柄，被人诟病独断朝纲！"他停顿了一下，接着说："那么，能不能尝试一下，将民间的力量与诉求，引向御史大夫，让他们来一场辩论。这样一来，大将军主政朝堂便可以平衡多方意见，从有利于江山社稷的目的出发，秉持公议，选取最适当的政策。"

　　杜延年的这一番建议，简直说到霍光的心坎儿里去了，他当即采纳。不久后，霍光便以昭帝的名义诏令全国各地，广为推举有德行和才能，以及精通儒家经典之人，再加上一些有学问的商贾，将他们聚集来长安，为朝堂献计献策，如何保障大汉长治久安、百姓安居乐业。霍光决意发动一场波及朝堂内外的大辩论，以此来影响进而改变桑弘羊的经济政策，为自己的主张铺路。

其实，这推举贤能之事，敢情廷尉王平在几年前就早已经按照霍光的安排开始干了。王平在霍光安排他持天子符节巡行天下的时候，就已经将当时的大儒蔡义、韦贤、贡禹等人举荐到京，并在朝廷担任了不同的职务，成了天下儒生们的领袖。霍光此番再次诏令各地推举贤能，使得儒生们的力量和声势更加强大了。

在做了充分的准备后，霍光精心策划的一场讨论经济政策的大辩论会在长安拉开了大幕。民间推举来的人士真不少，共计六十余人，都是饱学之士，且多数不是国家的官吏。霍光还选了个矛盾较为尖锐的辩论话题作为突破点，题目是：是否要取消盐、铁、酒等国家专营的政策。

御史大夫桑弘羊早已从霍光处得知，霍光委托他作为朝廷的代表出席本次会议，回答社会关切问题。桑弘羊深知霍光的打算，心中对霍光很是不满："明明当初孝武皇帝已经说好，朝堂的经济事务由我来管，为何现在你却非要来横插一脚？"

桑弘羊转念又一想："霍光作为大司马大将军，权力在我之上，又有为公的大义名分，要是自己千方百计地阻挠会议的召开，岂不是落下了争权的口实？既然无法避免会议的召开，那就定要将那些民间人士的观点一一驳倒，让你霍光的想法落空。哼哼，你想否定我的经济政策，那岂不是就等于否定了我的一生吗？大汉几十年的经济成就，是我毕生之荣耀，决不容许任何人去否定。"桑弘羊铆足了劲儿，眼中精光四射，就像一只好斗的公鸡，脖子梗着，胸脯拔着，脸也扛着。

桑弘羊这是要在普天下大儒面前，尽显才能！

一场关乎大汉帝国生死存亡的经济大辩论就这样开始了。这一年正是公元前81年的2月。长安的初春，乍暖还寒，这场辩论可谓是空前轰动，万众瞩目。辩论的一方是六十多名大儒，以蔡义、韦贤、贡禹为首，来自全国各地的民间代表都是品德高尚、才能出众之人；另外一方则是以桑弘羊为首，加上丞相府的属官丞相史和御史大夫的属官御史等官员。民间代表和朝廷重臣，一百多人站在一个平等的场合辩论对话，这在历史上还从来没有过。

霍光为了显示自己的中立立场，并没有亲自到场，而是委托了丞相田千秋来主持辩论。辩论一开始，双方都不绕弯子，直接进入主题。一开场，就火药味十足。

大儒蔡义首先发言："希望朝廷将官营的盐铁酒类等全部取消，将民间百姓本应该享有的权利放归民间，并且取消赋税以及均输法、平准法等法令。因为这些政策都是当年为了北拒匈奴的战争而制定的，现在，这些政策严重不符孝武皇帝后来确定的与民生息政策，必须废止。"

所谓的"均输法"，就是由桑弘羊创立的一条重要的经济方面的法令。规定凡郡国向朝廷贡纳的物品，均按照当地市价，折合成当地土特产品，上交给均输官，由均输官运往其他地区高价出售。朝廷不费分文就得到了各地的土特产品，并通过这些物品的转运贩卖获得了巨额的利润。这实际上就是官家依靠行政权力搞垄断经营了。而"平准法"也是桑弘羊创立，是为调节市场物价，取得财政收入而采取的货物运销政策，可以稳定物价，当然也是由官家垄断。

桑弘羊毫不示弱，振振有词地驳斥："官营乃治国之本，若是没有朝廷主持这些重要产业，根本无法保证产量和质量。商贾有这种想法，也多出于他们自己的利益追求。他们希望国家不要'与民争利'，实为不要与他们争利，是放任他们肆意牟利。若是完全随着他们的想法，国家的经济会动荡不安，真正的底层民众反倒损失更大。"桑弘羊的这番话，维护的是他的官营政策，却始终把维护民众的利益挂在嘴上，真不愧是辩论高手。

另外一个大儒贡禹接着发言。他站起身形，先施一礼："各位大人，依在下愚见，国家欲长治久安，百姓欲安居乐业，归根结底应该施行仁政，以德治国，用仁义教化民众。只有取消了所有的赋税和徭役，方能达到无为而治的最高境界。"贡禹这番话着眼于无为而治，但是未免又过于理想化了。

桑弘羊把嘴一撇，抓住机会站起来驳斥。他手指着贡禹等人，把头摇得跟拨浪鼓一样："此言谬矣！你们这些读书人，都是只见书本，不见实际。匈奴的凶恶，你们这些读书人怕是从未见识过！按照你们的说法，取消所有的赋税和徭役，那么国家拿什么去抵御外敌，又如何能长治久安、安居乐业？真是百无一用是书生，你们的这种想法，根本不着眼于现实，真是十分可笑。书生误国啊！"

总之，民间代表全盘否定官营政策，指责桑弘羊的经济政策导致国家垄断，败坏民风道德，实乃与民争利。桑弘羊一方则回应，匈奴常常侵犯边疆，若是没有这些经济政策支撑，朝廷就没有钱。没有钱，国家就没有足够的力量抗击匈奴。国家不强，如何保护边境的民众，如何防备外敌侵略，如何让士兵戍守边疆？

民间代表又指出均输法和平准法等经济政策，导致吏治败坏，许多地方奸商和贪官相互勾结，采用欺诈的手段，干出许多造假贩假、丧尽天良的事情，导致官员中逐利的风气盛行，不利于国家统治。桑弘羊则反驳道："虽然有这种现象，但是这些政策使得投机倒把、坑害百姓的商贾少了，使得物价稳定，方便百姓，绝非坑害民众之举。如果没有国家的法令做保障，一旦放开市场，将助长民间的投机倒把之风，导致世风日下。"

在对匈奴的方针上，民间代表反对使用武力，主张靠德政感化，靠和亲维持和平，甚至认为武帝对匈奴用兵是劳民伤财，毫无意义。而桑弘羊则完全主战，认为匈奴是反复小人，只有靠战争才能保护边疆安全，维护国家安定。

以桑弘羊为代表的官员与六十多位民间人士还辩论了许多话题。从当下的经济政策，讲到发展经济的方向；从社会的贫富差距，讲到农业基本政策、货币制度、农商关系，又到治理国家的方法、如何为官、官员与民众的关系等等。甚至都辩论到了中央集权与抑制地方豪强，一直到社会的伦理道德。

这场大辩论，从经济到政治，最后竟然提升到了哲学层面。简直是包罗万象无所不及了。

第 叄拾玖 回

除外患匈奴倡和议　不辱命苏武返家邦

　　长安城召开超规模官民大辩论，正反双方争了个面红耳赤。谁也驳不倒谁，涉及的内容非常广泛。其实，辩论到了这个时候，这次会议主题已经不仅仅是在表面上争论是否应该取消盐铁酒官营了，而是成了对武帝执政几十年来国家政治经济得失的全面辨析，甚至是给武帝的是非功过下定论。这场辩论最后成了探讨未来整个国家治理政策的一场大讨论，极大地解放了当时朝臣和民众的思想。

　　霍光主导的这次讨论，关于盐铁酒是否官营只是个引子，整个辩论完全按着霍光所希望的那样，来了一次全面彻底的思想激荡和交锋。民间来的那些饱学之士，观点比较解放，主张建立一种彻底放开且自由的小政府大社会的治理结构，以道德来规范人的行为。桑弘羊一派的官员们则认为，朝廷应该作为大政府，掌

194

控国家政治经济的全局，主持国家方方面面，采取比较强力的政策措施。两派争论不休，到激烈处，甚至有时失态口出恶言。

桑弘羊批评民间人士不懂治国方略，只会信口开河。而民间人士则抨击桑弘羊自以为是，滥用职权，与民争利。主持辩论会议的丞相田千秋呢，性格比较绵软，险些没能控制住局面。幸好两方都自恃身份，不屑与对方动粗，会场上才没打起来。

这场辩论陆陆续续地持续了半年的时间，从2月到7月，几乎每天都在辩论。民间的贤良、饱学之士来长安时，还是春寒料峭，雪未融尽，半年的辩论过去，已经是酷暑时节。不过两方谁也没有真正说服谁。

霍光一直在关注着两方的辩论。到了7月，两方经过激烈交锋，桑弘羊的政治观点、经济政策均受到了猛烈抨击，桑弘羊也已经不再那么目空一切了，脖子也软了，脸也不扛着了，胸脯也不拔着了，有点像斗累了的公鸡开始泄气了。霍光觉得时机成熟了，便让田千秋结束了这场历时半年之久的大辩论。

经过这场辩论，霍光达到了自己的目的。他让桑弘羊意识到了民间对他的经济政策存在巨大的反对声浪，如再不变革，必将激起民变，那样势必会危及社稷稳定和安全。霍光虽然不赞同桑弘羊的观点，但是对于儒生和民间人士的激进看法，也觉得太过于理想化，不能完全采纳。他决定两者折中，以朝廷为主，民间为辅，实施必要的变革。既解决民间疾苦，又确保民富国强，这才是霍光真正想要的结果。

这就是历史上著名的"盐铁会议"。借助于"盐铁会议"所取得的成果，大将军霍光这才要推新政，强汉室。

经过这次大辩论之后，霍光决定适当放松一些官营行业的限制，废除郡国内的酒类官营和关内的铁类官营，其他的经济政策暂时不变。

通过这次历史上著名的"盐铁会议"，霍光利用儒生和民间人士的观点影响了朝廷的经济政策，同时在辩论中发现了不少可堪大用的人才。霍光将其中不少有才能的人选拔为朝廷官员，借着这股新崛起的新兴政治力量，霍光终于将武帝晚年在"罪己诏"中体现出来的社会变革精神贯彻实施了下去，真正彻底地、不受干扰地推行"与民休养"的措施。百姓的生活比从前大有好转，霍光的声誉也日益高涨。

就在霍光好不容易平定了朝堂内部纷争，着手推进经济改革的时候，又发生了一件意想不到的事情。原来是西北的匈奴竟破天荒地派使者来汉朝，主动示好，表示愿意与汉朝和亲。

汉朝曾经把匈奴逐出漠北，而匈奴也曾让汉朝损失惨重。怎么到了霍光主政的时候，匈奴竟然主动前来寻求和解了呢？

因为不久前，匈奴的狐鹿姑单于病逝了。单于的妻子阏氏害怕丧失权力，于是违背了单于死前立其弟弟右谷蠡王为单于的遗诏，改立了自己的儿子左谷蠡王为新的单于，即壶衍鞮单于。自然地，右谷蠡王就不服了，还带上了一个左贤王，不再听从壶衍鞮单于的号令。没了右谷蠡王和左贤王部，匈奴王庭的实力大大缩水。而狐鹿姑单于在世时，匈奴中许多贵族就因为连年征战，渴望与汉朝恢复和亲，和平共处。如今匈奴王庭实力缩水，统治匈奴的壶衍鞮单于和他的支持者日夜担心汉军像从前汉武帝在世时那样又打过来，于是壶衍鞮单于和下面的贵族大臣商量，不如干脆主动派遣使者出使大汉，请求和好，这样方能保证匈奴王庭的安全。

作为大汉帝国的实际当家人，霍光对匈奴主动来朝和解的举动自然是非常高兴。他看了匈奴使者的书信后，思考了很久，又和朝中大臣、身边的智囊商讨，最后给出了回答："和亲可以，但是匈奴必须将之前扣留的所有的汉朝使者，全部放回来，以表示诚意。"霍光还特意交代前往匈奴的使者务必找到当年被武帝派往匈奴作为使者的中郎将苏武。

壶衍鞮单于收到汉朝的回信后，同意放人。可当汉朝派使者到匈奴部落接人时，使者提出必须要找到当初被武帝派往匈奴作为使者的中郎将苏武。匈奴一方却坚称苏武已经死去多年了。汉朝使者虽然心中生疑，却也无可奈何。幸好当初随苏武一起出使的副使常惠知道苏武并未死，于是给使者出了个主意。按照常惠的主意，汉朝使者面见了单于。使者说道："大汉天子在打猎时，射中了一只大雁，雁足上系着一封帛书，是苏武亲自所写，说自己在北海边牧羊。如今单于提出想与大汉和谈，为何却要说苏武已经死了呢？"

听到汉朝使者准确地说出苏武被流放在北海牧羊这样的话，匈奴单于也不得不承认，苏武确实还活着。并且答应，一定会送苏武回国。

于是，一位苏武的故人奉着单于的命令，来北海拜会苏武，召他回去。这位故人，就是投降了匈奴的李陵。

李陵与苏武从前在汉朝为官时，关系就很好。李陵投降匈奴后，曾经被单于命令来劝降苏武，自然是遭到拒绝。之后，李陵对苏武多有照顾，两人也见过不少次。这次，李陵再次来见苏武时，特意带着一壶酒，前去祝贺他得以回朝。

两人对饮到微醺时，李陵叹了口气，说道："你如今扬名匈奴，显功汉室，实在是古今第一人。可惜我不能与你一同回国。你是我的知己，只可惜，这次一别，怕是要成为永别了！"说到这儿，李陵想起自己的坎坷身世，不由得悲从中来，痛哭流涕。

苏武听了李陵的话，也不禁潸然泪下。随后，李陵带着苏武前去见过单于和汉朝使者，单于终于同意让苏武南归。

当初苏武出使匈奴时，有一百来人随行，此次回去，却仅剩下9人。

苏武回到长安后，受到民众的热烈欢迎，被朝廷封官赏赐。然而，霍光此时更关心的，是留在匈奴的李陵。霍光一直认为当初李陵投降匈奴并非出于他的本意，而是迫不得已。现在李陵在匈奴究竟过得如何？他是否还希望返回汉朝呢？霍光决心要对这个朋友给予必要的帮助。他要设法救李陵。

第 肆拾 回

再遣使设法迎故友　拒回朝李陵死他乡

苏武顺利回国了，霍光还要设法营救李陵。他找来上官桀商议："李陵当初投降匈奴，实非本意，如今匈奴愿意与我们和亲，两国议和，互不侵犯，此时将他接回来，你看如何？"

霍光之所以找来上官桀商议，是因为上官桀当初在朝中也和李陵关系较好。霍光和上官桀两人当初都只是侍奉在武帝身边的近臣，如今都已经是朝廷的辅政大臣了。金日磾死后，在朝廷中，两人说的话分量最重。上官桀本就希望李陵回国，当然赞同霍光的想法。

霍光再派任立政为使者，以常规访问的名义出使匈奴，实为伺机召李陵回国。任立政也是李陵从前的故交，到了匈奴后，李陵设宴接待了他。

宴会上，任立政见李陵穿着匈奴的衣服，留着匈奴的发型，完全是一副匈奴人的模样。就是一身的裘皮，满脑袋小辫子呗。任立政心中怅然不已。好不容易找到机会，任立政假装醉酒，说道："朝堂已大赦，眼下国内安乐。陛下年少，朝堂由霍子孟和上官少叔辅政。他们让我问候你。"

任立政话里头的意思很明显，就是说汉朝已经有过大赦，而当今主政的霍光和上官桀，又是李陵的故交，都欢迎李陵回国。任立政想用这些话让李陵心动。李陵也知道不能再装傻了，沉默了良久，终于开口说道："我已胡服矣。"

李陵这句话的意思也很明白，就是说我已经穿上胡服，就不再是汉人了。李陵说这话时表情黯然，心中弥漫着深沉的悲痛。

任立政上前拉住李陵的手说道："少卿（李陵的字），我此次前来，就是霍子孟与上官少叔专门派我来向你问好的。"

李陵问道："霍公与上官大人可好？"任立政回答道："他们都很好，而且还让我给你传话，只要少卿愿意回去，朝廷必将重用。"

李陵内心涌出一股暖流。多年过去，昔日的故交竟仍然如此关切自己，这份情谊着实让人感动。但是李陵不敢允诺，小声地说道："我回去容易，只是怕再次蒙受耻辱啊！"

过去李陵投降匈奴，虽说是出于无奈，但他在匈奴多年，已娶妻生子，并且做了匈奴的王，此时再回去，后人究竟会如何评说自己呢？早些年自己一心想报效国家的愿望早已成为泡影。梦想早已破灭，而现实是如此的残酷。此时回国，就算有荣华富贵，又有什么意义呢？

李陵内心里斗争良久。最后，李陵还是很坚定地对任立政说道："大丈夫不能反复无常，再次蒙羞。"说罢，便不再提回国的事情了。

次日，李陵亲自送任立政回国，此时的李陵仍然穿着一身胡服。天苍苍野茫茫，草原的劲风鼓动着旌旗，似乎在替李陵苦楚的心哀号。然而英雄已经落寞收心，只留下了千古悲凉。

7年之后，即公元前74年，一代名将李陵在匈奴病逝。

大汉武帝时期，多少良臣勇将，多少可歌可泣、可悲可叹的故事，随着李陵的逝去，都化为了风尘。

可是，让霍光没有料想到的是，在国家困难的情况下都能团结一致的几位辅政大臣，却在国家局面好转后产生了矛盾，发生了严重的内讧。

为什么同为辅政大臣的几位朝堂重臣会发生内讧，同室操戈呢？

这个事咱们还得从公元前82年的1月说起。这一年早春的清晨，倒春寒比冬日还要寒冷。这日清晨，有一头老黄牛喘着粗气，嘴里哈出一串串长长的白气，拖着辆破车，咯吱咯吱地进了长安城。车上坐着一个男子，身穿黄色长衣，头戴黄帽，牛车上插着画有龟蛇图案的黄色旗帜，看上去有些不伦不类。长安城中的市民也没有怎么注意他，纵然有些市民觉得这人颇有些怪异，却也无暇多想。毕竟偌大的长安城，好几十万人口，有些奇奇怪怪的人也属平常。

这人驾着牛车，穿街过巷，竟然来到皇宫未央宫的北阙，然后从从容容地下了车。只见这个人整整衣冠，然后朗声对着皇宫北门的守卫喊道："我是太子刘据，我回来了。"

这声不大不小的喊叫，顿时打破了早春的宁静。曾经的卫太子刘据回来了？这是真的？谁说不是真的，千真万确，人都到未央宫了。好事者就这么说得活灵活现。这消息一传十，十传百，不一会儿，成百上千的人潮便围满了未央宫。

有些人是怀念太子刘据，有些人是好奇，然而，更多的人是来凑热闹的。守卫皇宫大门的侍卫听到那人一喊，顿时慌了神，连忙上报。这消息一层层报上去，很快，霍光等大臣也都知道了。

霍光心中冒出了一个不祥的念头："如果真是太子刘据回来了，那问题可就大了。因为太子刘据被认定已死，而刘弗陵登基也好些年了。如果这个时候真的是太子刘据回来了，那朝中之事可该怎么办？"

霍光忍不住狠抓了一把自己的络腮胡子——霍光留胡子了？早留了，一部连鬓络腮的胡须。揪胡子干吗？脸上的疼痛让他很快冷静下来。霍光又仔细一想："这人自称是太子刘据，究竟是真是假呢？管他是真是假，反正这事也躲不过去，先见见他再说。"

霍光心神一定，便命令右将军率军队到宫门外维护秩序，以防不测。随后上奏昭帝。昭帝尚幼，一切遵从霍光的主张。霍光便立即以皇帝的名义，令从前与刘据有过接触、如今仍在朝中供职的官员，去宫门外认人。

此时，未央宫门口已经聚集了上万人，好不热闹。围观的人群中有长安的民众，也有皇宫内外的官吏。那位自称太子刘据的人被围在中间，看上去十分镇定，且满脸得意。

这时候，那些出来辨认是不是太子刘据的朝中高官们也都出来了。他们一个个盯着那个自称是太子刘据的人细看了好一阵子，觉得这个人和刘据有几分相像，却又不敢肯定，便都不敢吭声。一来，刘据在八年前就传已死，纵然从前再熟悉，此时怕也不记得容貌了。何况一个人八年变化很大，辨认确实不易。二来，这些官员深知此事干系重大，不知道大将军霍光是什么态度，怎么想的，他们在官场上摸爬滚打多年，知道不能当出头鸟的道理。自然而然，他们都选择了默不作声，以求明哲保身。

各位大臣俱不出声，未央宫前一时没有了一丁点儿的声音，枯枝在冷风中吱呀作响，不住地颤抖，大家就僵在那里。霍光心中暗自叫苦，这个时候，如果自己直接出来与这个自称太子刘据的人见面，一下就把自己推到最前面去了，万一出现什么难以预料的情况，可就没有退路了。

就在霍光左右为难的时候，只见有一个人挺身而出，谁呢？这个人就是从前燕王刘旦谋反时，刘泽欲刺杀的原青州刺史隽不疑。隽不疑在燕王刘旦造反事件平息后，因平叛有功，此时已经被提任为京兆尹了。京兆尹也就相当于今天首都城市的市长，是一个十分重要的位置，霍光将隽不疑放到这么一个关键的位置，看重的正是这个人为人正直，精明强干，威信极高。隽不疑要来个强风知劲草，事到万难需放胆。他一挺身，站到了老者的面前。

第 肆拾壹 回

假太子正法长安市　争朝权众辅封侯忙

　　故太子刘据死而复生，真的假的？正在为难之际，隽不疑站了出来。他见大将军霍光虽然看上去面无表情，实则眉头已微微皱起，内心一定十分为难，而其他大臣们却一个个都不吭气，显然都在各打各的主意，将这个天大的难题推给了首辅霍光。

　　见霍光和众位大臣犯了难，担任京兆尹职务的隽不疑却没有丝毫的犹豫。这京师范围的事，也该他这个京兆尹出面管。只见他轻咳一声，对着霍光和众位大臣一拱手，然后向着围观的人群朗声说道："大将军、众位大臣，我今有一事想先说一说。春秋时期，卫国太子蒯聩因违抗父亲卫灵公，而逃亡国外。卫灵公死后，他的孙子，也就是蒯聩的儿子蒯辄继承了王位，这时蒯聩请求回到卫国，蒯辄为维护先王的意愿，拒绝了父亲蒯聩的要求。孔圣在《春秋》中肯定了蒯辄的做法。如今这个自称卫太子的人

204

是否真的是卫太子还有待验证。但即使他是真的，他也曾冒犯先帝，背负罪名逃亡而没有接受处罚。现在既然他自称是卫太子且来到了长安，微臣既为京兆尹，职责所在，正好拿下审问。"

于是，隽不疑命令手下将那自称是卫太子刘据的人给拿下。但他的手下大多畏缩不敢上前，其他大臣也劝道："这个人是不是卫太子还不清楚，不如再等等吧。"

隽不疑冷笑一声："等又能等到何时？他即使是真太子刘据，从前忤逆先帝逃亡在外的罪情也应审个明白。今日就算他回来了也应该是戴罪之身，难道不应该逮捕他吗？诸位如此怕事，又如何能验证明白此人究竟是不是真的卫太子？"

说完，隽不疑大步走向那个自称是刘据的人，再次大声吩咐道："将此人给我拿下！"捆绑手见京兆尹大人都亲自上前了，不敢再犹豫了，几个人上来就把人给绑了。随后，收押入监。

霍光总算是松了一口气，对隽不疑的果断暗自称赏。他立即派人调查这个自称刘据的人的背景，结果查出是个冒牌货。这人名叫张延年，是湖县的一个算命先生。因为从前有卫太子刘据的门客找他算过命，说他和太子刘据十分相像，因此竟突发奇想，想假冒卫太子到长安去碰碰运气。这个算命先生的异想天开之举，不仅没有得到他所期盼的好结果，反而还被拉到长安街头，腰斩示众。

虽然这场闹剧因为隽不疑的睿智果断得以很快地处理，但是也说明了一点，那就是昭帝刘弗陵的皇位并不稳固，大将军霍光在朝堂中的威望也还达不到一言九鼎的地步。

汉武帝驾崩、汉昭帝即位之初的几年，朝堂的形势可谓十分微妙。汉武帝钦命的几位辅政大臣除了已经逝去的金日磾外，其他几人暗地里谁也不服谁，谁都希望自己能占据武帝死后遗留下来的巨大的政治真空。朝堂表面看似风平浪静，其实暗潮汹涌。

同为辅政大臣，霍光虽然位居首辅，但并不是所有的人都认可他这个首辅的权威。最想取代霍光的不是别人，正是霍光的亲家、同为辅政大臣的上官桀。霍光的盟友、辅政大臣金日磾死后，上官桀上升为第二号辅政大臣。上官桀心想，只有击垮了霍光，自己才能取而代之，成为汉室的实际当家人。这就应了那句古话"人心不足蛇吞象"，权利对官员的诱惑那真是太大了，得陇望蜀，压根就没个尽头。

金日磾去世的那年年末，上官桀找到霍光。上官桀干什么来的呢？他见辅政大臣金日磾逝后被赐封为侯，便也急切地想封侯。不过不是逝后才受封，而是活着的时候就要享受。上官桀就说："翁叔（金日磾）已然被封侯，你我二人也有先帝的遗诏，早已可以受封，我们的封赏，什么时候可以兑现呢？"

霍光听后不动声色地沉思了一会儿。虽然他与上官桀本是亲家，但两人性格迥异，并不十分交心。

上官桀年轻的时候是宫中负责养马的官员。有一次，武帝生病，病好之后去看马，发现马匹大多瘦骨嶙峋。武帝非常生气，认为是上官桀不负责任。于是让人把上官桀召来，怒骂道："你以为朕再也见不着这些马了吗？"上官桀听到武帝发怒，立刻跪下，叩头说道："我听说皇上身体不适，日日夜夜为您担心，哪里还有心情顾得上照看马。希望陛下念在微臣一片赤诚的份儿上，还请恕罪。"武帝看那上官桀，见他话还没说完，两行热泪却已经打湿了衣襟。看那情状，上官桀对自己这个皇帝确实是忠心可昭日月，没有丝毫的虚情假意。武帝一下就被上官桀感动了。

上官桀这种察言观色、见风转舵、随机应变的本领，的确非常人可比。也难怪他会得到汉武帝的信任，进入托孤大臣的行列。

霍光对上官桀提出的封侯要求权衡了一下。要说霍光自己本来也对这个封侯之事希望已久，只是不方便自己提出来而已。既然上官桀提了出来，而武帝从前也确曾有过封赏的亲口许诺，自己刚好就顺势而为，也并无不可。

霍光就顺着上官桀的意思，让其他大臣奏请昭帝，走了个过场。很快，霍光被封为博陆侯，上官桀则被封为安阳侯。虽然宫廷内外有流言说武帝压根就没有遗诏给他俩封侯，不过这点谣言是难以动摇霍光和上官桀的，两人现在是朝堂砥柱，无人撼动得了，谣言很快就平息了下去。从封侯这件事情中也可以看出，霍光与上官桀二人对权力和地位，都有欲求。两人本都是朝堂柱石之臣，身负孝武皇帝托孤之重任，封不封侯并不影响两人在朝中的地位，但是，两人却都不约而同地把好事揽进了自家门。

上官桀本也是武帝选出的辅政大臣，与霍光又有亲家关系，因此，每当霍光不在宫中时，上官桀就经常代替霍光处理国家大事。起初，上官桀还能自制，以武帝遗诏自警。但久而久之，上官桀的心绪就发生了微妙的变化，心中涌起了一种屈居人下的不甘。上官桀心想："我资历不比霍光浅，而且一样能处理好这些政务，说明能力并不在他霍光之下。当初孝武帝在世的时候，我为太仆，位列九卿之一，而霍光只不过是个小小的奉车都尉，比自己差得太远了，为何如今我却要屈居于他人之下呢？"

有一次，上官桀在家中和儿子上官安谈起此事，向儿子抱怨，发泄心中的不满。上官安听了父亲的抱怨后，安慰父亲说："大将军是从前骠骑将军霍去病的弟弟，而霍去病是先帝的外甥，有这种亲缘关系，先帝才格外看重他。父亲能力不输于大将军，只是因为缺少那层背景，才会屈居于他之下的。"

上官桀听了儿子的话，心里虽然好受了一些，但仍然心有不甘。他摇摇头，说道："要是我们上官家也能和皇家搭上关系，那不就可以压过霍光了吗？"

上官安听了父亲的话，仿佛被点醒一般，激动地说道："父亲说得对啊！我有一个主意，不知使得使不得？"上官桀一听忙问："什么主意啊？快讲来。"

"老爹爹，要是陛下能娶了我的女儿您的孙女，那我们一家岂不就是皇亲国戚了吗？"上官桀一拍大腿："对啊，我怎么把这茬儿给忘了。"转念一想，不行孩子太小，怎么能提亲呢？

第 肆拾贰 回

上官桀求亲恨遭拒　上官安曲径解忧肠

　　上官父子为夺皇权，攀龙附凤。原来，上官桀的儿子上官安娶了霍光的女儿，这时候已经育有两子一女。女孩与昭帝年纪相当。上官桀听了儿子的话，心中也盘算开了："要说这孩子虽说是自己的孙女，却也是霍光的外孙女。要是陛下娶了她，对霍光来说也不是什么坏事，但对我们上官家利益更大。于情于理，霍光肯定是不会拒绝的。有了自己和霍光两位辅政大臣的推举，自己的孙女恐怕不仅仅是入宫的问题了，更有可能会成为皇后。到了那时……哈哈哈哈。"上官桀越想越美。

　　第二天，上官桀直接找到霍光，提起了这事。他本以为霍光会满口答应。但是让上官桀万万没有想到的是，霍光居然拒绝了上官桀的提议。霍光听了上官桀的想法后，表面上不动声色，心里却把上官桀骂了好几遍。上官桀动的那点小心思，目的实在是过于明显，霍光一听就明白了上官桀的用意："上官桀如此迫切地希望将自己的孙女嫁给皇帝，哪里还有什么别的打算，不就是想成为当朝最显赫的外戚吗？而且，虽说昭帝和上官安的女儿年纪相当，可实际上，昭帝此时方才10岁，而上官安的女儿不过才5岁，两人年纪都还幼小，实在是还不到谈婚论嫁的时候。"

霍光心想："陛下年幼，女方更是幼童，这时候就考虑入宫一事，岂不是被人嘲笑？"出于这种考虑，霍光就对上官桀说道："你的小孙女年纪尚幼，陛下也未成人，现在就考虑这种事情，怕是过早了。等过几年陛下长大后，我亲自主持，再推选她入宫，你看如何？"

可上官桀哪愿意再等上几年呢？见霍光推托，上官桀愤愤不平，心想："就许你靠着亲戚裙带关系升官，不许我上官家和皇帝家里攀上关系？哪有这样的道理？"见霍光丝毫没有改变主意的意思，上官桀只得气恼地离开。气头上的上官桀甚至没有和霍光告辞就起身离开，把一肚子的不满都堆在了脸上。霍光也是冷眼相看，对此不以为意。

上官桀回家之后，将事情的经过告诉了上官安。上官安听了父亲的抱怨之后，冷笑道："父亲不要担心，我自有办法。"

上官安的父亲、武帝钦命的辅政大臣上官桀在主政的大将军霍光面前都没有办法，他上官安又能有什么办法呢？上官安还真有一个办法，能够办到他的父亲上官桀办不到的这件事。原来，由于昭帝刘弗陵年纪幼小，他同父异母的姐姐鄂邑长公主被召到宫中专门照顾他的起居。昭帝和鄂邑长公主两人关系很好，虽是

210

姐弟，却情同母子。上官安的办法就在鄂邑长公主的身上。

话说这个鄂邑长公主，她的丈夫死得比较早。鄂邑长公主守寡多年，难熬独处的岁月，后来便有了一位年轻的情人，常常在宫中私会。长公主的这个情人姓丁，都叫他丁外人。这位丁外人长得英俊潇洒，仗着自己受公主喜爱，平素为人比较骄纵。鄂邑长公主与丁外人的私事当然瞒不过霍光。但是，那个时候宫中的风气就是如此，长公主与人私通这种事情虽然非同小可，但是鄂邑长公主照顾皇帝也十分重要，而且并无其他更适合的人。霍光权衡再三，干脆就让丁外人也入宫作为宿卫，以方便他和鄂邑长公主两人私会，这样就可以让鄂邑长公主更加专心地照顾小皇帝了。

上官安与丁外人的关系非同一般。他叫父亲不要担心，就是想走这着棋。有一天，上官安摆下酒席，宴请丁外人。酒过三巡，上官安说道："听说长公主有替陛下选立皇后的打算，我有个女儿，容貌端丽，希望能够得到长公主垂爱。而这事成与不成，可就全仰仗阁下了！"

丁外人知道上官安的女儿才5岁，年龄实在是太小了，便没有马上接话。上官安见丁外人犹豫不决，干脆挑明说道："君难道不知这汉家的惯例吗？要迎娶公主，乃须身为列侯。以阁下的才能德行，何愁没有封侯的那一天呢？"说完便哈哈大笑起来。

上官安这话的意思再明白不过了，这实际上是在说："如果我上官家族将来发达了，一定保证你丁外人封侯，那时候迎娶公主就顺理成章了。"上官安说这话就是在做交易呢。丁外人一听，觉得有道理，当即允诺。

这一天，丁外人在与鄂邑长公主私会时，就向她推荐了上官安的女儿，说她聪慧美丽，堪为国母。鄂邑长公主本来主见就不多，又十分钟爱丁外人这位情夫，为了让情夫高兴，就欣然同意了丁外人的提议。

鄂邑长公主与昭帝刘弗陵朝夕相处，找准机会就给昭帝灌输娶妻的观念。有一天，鄂邑长公主对昭帝说："陛下已经10岁，是个大人了，大人就该成家立业，陛下有没有想要娶个媳妇呢？"

此时的刘弗陵还只是一个10岁的少年，哪知道天子娶妻有什么讲究？想到有个女孩每天陪自己玩玩也好，于是兴高采烈地说想要娶个媳妇，就请姐姐替自己做主了。鄂邑长公主便趁机传下话去，开始张罗刘弗陵的婚事。

有了鄂邑长公主和昭帝本人的明确意见，霍光也就没有再坚持己见。他心想，上官安的女儿也是自己的外孙女，将来要是真的当上了皇后，对霍家也不是一件坏事，便也乐见其成。不久之后，上官安6岁的女儿就被召入宫中，先是封为了婕妤。1个月后，被立为皇后。

霍光见上官安绕过了自己，通过丁外人向鄂邑长公主请求得以将女儿送进宫当上皇后，虽然心里十分不悦，但也只能把不满放在心里。

上官安因女儿被封为了皇后，身份就更加显贵起来。作为皇帝的岳丈，上官安被封为车骑将军，替代了原先金日磾的位置，之后又被封为桑乐侯。从此，上官桀与上官安父子仗着是皇亲国戚，在朝中的权势日隆。上官氏父子二人，终于攀上了皇亲，可把这爷儿俩给高兴坏了，几乎是忘乎所以。这父子二人互为掎角之势，开始与主政的大司马大将军霍光分庭抗礼。

但是，这爷儿俩唯独一件事没忘，那就是按照与丁外人达成的默契，要让丁外人封侯。可让谁封侯，上官安说了当然不算，上官桀说了也不算。昭帝此时年幼，并未亲政，因此实际上能左右这件事情，说了能算的人，其实只有霍光。

于是，上官桀不得不放下皇亲国戚的身架，主动找霍光商量说："丁外人侍奉长公主多年，没有功劳也有苦劳，我看不如给他封个列侯，你看怎么样？"上官桀说完，就眼巴巴地看着霍光，心想："我今天主动跟你说这个事，无非是敬你一尺，这句话后面站着的是长公主和当今陛下，谅你也不敢说个不字！"

没想到霍光却立刻答复道："无功者不得封侯，这是高祖皇帝定下的规矩啊。丁外人对朝堂没有寸功，如何能够封侯？如此下去岂不乱了章法吗？左将军在孝武皇帝身边多年，这个道理难道还不知道吗？"霍光不光拒绝了上官桀的提议，而且还借着孝武皇帝把上官桀给教训了一番。嗬，把上官桀给气得够呛，暗下决心，无论如何我也得封侯丁外人。

第 **肆拾叁** 回

受皇封上官迷心窍　施巧计联手桑弘羊

上官桀执意要为丁外人封侯，毕竟拿人家手短，可是霍光不同意。其实霍光与丁外人本无过节，反对这件事情，只是秉公办事而已。西汉时期朝堂封的列侯，都是立过大功的，或者是皇亲国戚，或者是朝中重臣，除此之外，没有封侯的先例。上官桀见霍光搬出了高祖皇帝和孝武皇帝出来铁面坚拒，不好多说什么，只能悻悻而归，心里却把霍光恨得个半死。

但上官桀并不死心。没过多久，他又一次找到霍光，说道："丁外人侍奉公主多年，让公主能够舒心地照顾陛下，这能不能算是于朝廷有功呢？以此功劳封侯，也不是不行吧？"

说到这儿，上官桀小心地看了一眼霍光，却见霍光脸色铁青，显然已是颇为恼怒了。这官大一级就是会压死人呢！上官桀虽然也是武帝钦命的辅政大臣，但是人家霍光却是朝堂首辅，这位置摆在那儿呢。上官桀心中惶恐，于是退一步说道："如果大将军觉得丁外人实在不能封侯，那能不能先封他一个光禄大夫呢？"

霍光听了上官桀的话，越听越生气："这朝堂封赏之事，怎么能如同菜市场里卖菜一样？"霍光怒斥道："你怎能让我干这种荒唐事？丁外人没有军功，怎能封为列侯？再说他现在也还不是长公主的丈夫！要是给这么一个人加官晋爵，这事情传出去，百姓会怎样看待你我，朝中其他大臣又会怎么看？怕是远在北边的匈奴人都会看不起我们这班辅政之臣，嘲笑我们大汉毫无朝堂规矩！关于封赏丁外人的事就到此为止了，今后此事休得再提！"霍光把封赏丁外人的门是给彻底关上了。

上官桀因为屡次提议给丁外人封赏，被大将军霍光一顿狠批。他窝了一肚子邪火，又不便将自己与丁外人的交易与霍光明说。上官桀心想："当初你霍光不过只是个奉车都尉、光禄大夫，名不见经传，而自己却早已是太仆，位居九卿之一。现在自己是左将军，自己的儿子是车骑将军，还是当今皇帝的丈人，上官一家就算不是权倾天下，也应该是说得上话的大家族了。如今自己想要给别人封个列侯，竟然要看你霍光的脸色，真是岂有此理！"从此，上官父子对霍光的怨气更大了。

上官桀的提议被霍光拒绝后，跑到鄂邑长公主与丁外人面前挑唆："我本欲上奏为丁外人封侯，可是大将军霍光坚决不允。他还说，给丁外人封侯，等于败坏朝纲。"上官桀如此添枝加叶地说出的话，鄂邑长公主和丁外人听在耳里，也无不埋怨霍光不能通融，心里开始痛恨他。而此时的霍光对此还不知道呢。

再说那个上官安，在身份低微的时候，姑且还能恭谦对人。可如今他突然被封为高高在上的车骑将军，而且因为女儿是皇后的缘故，上官安可以自由地出入宫廷。于是，上官安的个人欲望开始膨胀起来，变得日益骄横，时常失态。有一次，昭帝请上官安入宫参加宴会，上官安从宫里出来后，就对门客们炫耀说："我和我的女婿一起喝酒，真是太快活了！"上官安见昭帝的服饰非常华美，心生羡慕，回家之后，竟要将自己穿着的旧衣饰烧掉，一心想要穿戴像皇帝一样的锦衣玉饰。上官安这叫酒后露真容，下人们只当他酒后胡闹，只有上官安自己清楚，他羡慕的是宫中无比奢华的生活。

　　还有一次，上官安喝醉了酒，竟光着身子在内宅院里乱跑，还仗着酒兴去调戏他的继母以及父亲上官桀的其他姬妾侍婢。对此，上官桀也是气不打一处来，却也无可奈何。后来，上官安的儿子不幸病死了，他借酒消愁，竟然酒后失态，怒骂上天。而那个时候上天即代表着皇权，是绝对不能骂的。可上官安仗着自己是皇帝的丈人，竟然毫不顾忌地骂了。

　　上官安的种种劣迹和不检点的言论，很快就传了出去。许多朝中大臣知道后，在私下里都有所抱怨，只是谁也不便发作。毕竟，此时上官安是皇帝的岳父，而上官一家也是霍光的亲家。

　　上官家的许多人以及与上官一家交好的，或者是依附于上官家的人，也因为上官家与皇帝的这层关系，都愈加骄横起来，竟至于到了目无法度的地步。这可真是一人得道鸡犬升天啊！

　　《汉书》里记载有一件事，说上官桀妻子的父亲与宫中的一位太医监交好。这位太医监有一次无视宫中的规矩，无故来到皇宫的殿上，结果被卫士捉拿下狱，按照法律，太医监将被处以死罪。上官安和上官桀这下急了，赶紧毕恭毕敬地来到霍光那儿，请求霍光出面说几句话，将太医监赦免。可是霍光权衡一番后，对他们说道："要是赦免了太医监，今后还有谁会遵守朝中的规矩呢？"最终霍光还是不肯赦免。于是，上官安、上官桀惊慌失措下，只能向鄂邑长公主求情。鄂邑长公主知道了这件事情后，出面交纳了二十匹马替太医监赎罪，霍光这才将那位太医监免去了死罪。

此事虽然了结，但上官桀、上官安父子认定是霍光从中作梗，怎么也咽不下这口气。上官桀终于下定了决心。他对儿子上官安说："这个不学无术的霍光，没想到今天已经是位高权重，独霸朝纲了，我们若要想再进一步，就非得把他从大司马大将军的位置上拉下来不可。"上官安听父亲说完，犹疑道："可是昭帝很听他的，在民间他也有好名声。我们又有什么办法将他扳倒呢？"

上官桀冷笑两声，不屑地说道："虽然他有好名声，但霍光施政几年来，朝中树敌却也不少。我们要是将这些人拉拢起来，一起向他发难，就算他有三头六臂，也只怕抵挡不住啊！"

说干就干，上官桀立即去找桑弘羊。上官桀知道，在经历了"盐铁之议"后，虽然桑弘羊制定的大部分经济政策并未有太多的改变，但是他已明显感觉自己过去的威望已然大打折扣。桑弘羊所主管的经济领域事务，被霍光横插一脚，风光被他占尽。此时的桑弘羊也认为霍光在背后给他使了阴招，内心深处对霍光也非常不满。

除此之外，桑弘羊还有另外一件事情正心烦呢。是什么事呢？这件事原来也与官职有关。在武帝指明霍光为大司马大将军，并且作为首辅辅佐昭帝之后，霍光的许多亲信获得了提拔，例如杨敞，从前只是霍光身边的属官，后来竟当上了大司农。汉代的官员，许多都是靠推荐而走上仕途的。家族中若是有人在朝廷中当了大官，那这个家族的子弟也就更容易被推荐为官。然而，当桑弘羊向霍光推荐自己的人时，却被霍光挡在了门外。

桑弘羊本以为"盐铁之议"只是自己与霍光对经济政策和朝政的意见不同而已。可现在这么一看，霍光的城府怕是不这么简单——当初武帝托孤时可是有好几位辅政大臣，怎么到现在竟成了你一人说了算？我桑弘羊功劳也不小，怎么我想推荐人才，为国效力，到你大将军这里却就不成了呢？

就在桑弘羊闷闷不乐对霍光颇有不满的时候，左将军上官桀找上门来，要请他吃饭。左将军上官桀和御史大夫桑弘羊同为孝武皇帝的托孤之臣，两人因为种种原因都对首辅大臣霍光产生了很大的意见，这两人凑在一起还不一拍即合啊？才要施毒计一害霍光。

第 肆拾肆 回

结私党同室欲操戈　识诡计幼主不慌张

　　上官桀联合朝臣要暗害霍光，在家摆下宴席是先隆重宴请桑弘羊。酒过三巡，上官桀就说了："当初先帝在世时，我大汉与匈奴开战，平定四方，威风八面，那时候，可真是让人怀念啊！"上官桀这话可是触到了桑弘羊的伤心处："孝武皇帝凭什么与匈奴征战呢？还不是凭我桑弘羊所主导的战时经济政策吗？"桑弘羊长叹一声，摇摇头说道："唉！只是可惜啊！今日奉行的是与匈奴和亲的政策，已经不再有先帝那时的威风啦！"

　　上官桀听出桑弘羊话中有话，决定再烧一把火，便凑近他压低声音说道："先帝当初能平定蛮夷，虽说是靠了前面那些率军打仗的将军。然而他们打仗的吃穿用度、给养辎重，还不都是靠了你在后方运筹帷幄，调度有方吗？现在，大将军在朝中一言九鼎，你我虽说和大将军同为辅政大臣，但是，天下人恐怕只知道他大将军在，却无人知道你我了。"

桑弘羊斜眼看了一眼上官桀，心想："有意思啊！这上官桀明明是大将军霍光的亲家，这次却单独找上门来和自己聊天。不过，我听着这左将军上官桀说的话，怎么句句都像是有弦外有音呢？这位上官大人，他到底要干吗？"

桑弘羊也完全听出了对方的意思，可还是不敢肯定，又试探着回了一句："大将军也是自有他的考虑，也许你我也有欠周详之处。"

上官桀看看左右，见没有其他不相干的人在场，摇摇头："我就担心啊，若是大将军再这样下去，我们这些辅政老臣将如何继续为国出力，孝武皇帝可是嘱咐我们共同辅佐陛下治理大汉江山的啊，唉……"

上官桀最后的这句话点醒了桑弘羊。他本能地抬头望了一眼上官桀，却发现上官桀正用一种热切而又深邃的目光看着自己呢。桑弘羊想起朝堂内外最近的传言，说左将军上官桀与大将军霍光不和，上官桀甚至到了对霍光出言不逊的地步。看上官桀今天的表现，想来传言不虚。

于是，桑弘羊叹了口气说道："既然左将军以天下苍生和汉室社稷为念，希望左将军能以先帝的嘱托为重，勇于主持大局，那我就十分感激了。"说完，桑弘羊对着上官桀点点头。两人眼神这么一碰，虽然都没说什么，但是却已心领神会，这就叫不谋而合。

说服桑弘羊之后，上官桀又找到鄂邑长公主，找到燕王刘旦……在上官桀的牵头组织下，几方势力很快纠集在一起，唯一的目的，就是将霍光从主持朝政的大司马大将军的位置上赶下去。虽然这几人的目的相近，却又各怀鬼胎。上官桀想的是霍光下台后，自己能大权在握，上官家族能更加荣华富贵。桑弘羊想的是将霍光搞下台后，国家的政治、经济能够按照自己的想法行事。鄂邑长公主则希望在霍光下台后，借上官桀之手，将丁外人封侯。而燕王刘旦的野心更大，想在搞倒霍光后，将刘弗陵从皇位上赶下来，自己当两天皇上。

上官桀、桑弘羊、鄂邑长公主和燕王刘旦，这几个人各有各的心思，却又为推翻霍光的同样目的而行动。不过，他们也深知，虽然几方联手势力不小，但是霍光作为大司马大将军，政权、军权都把持得很牢，简单地去弹劾霍光，一点儿用处都没有，反而会引起霍光的防备。必须周密筹划，以求一击而中。

还是上官桀老谋深算，又想出了一个计划，想利用霍光对他的信任。因为以往霍光不在宫中的时候，都是由上官桀代理政务、阅读奏章。趁着霍光不在朝堂的时候，就可安排人上书告发霍光。霍光不在的时候，奏章在上官桀的安排下自然就畅通无阻，可以直接送到小皇帝刘弗陵的手中。此时的刘弗陵年纪不过14岁，易于摆布。到时候如果能够鼓动小皇帝圣口一开，说出对霍光不利的话，那么趁机扳倒霍光，就是天经地义的事了，即使想要了霍光的命，也是易如反掌。

上官桀越想越兴奋，越想越美，美得他好几天没睡着觉。他这是美得不行了吗？不是，他是在反复地考虑着怎么样才能万无一失地扳倒霍光的计划。只有像上官桀这种人才睡不好觉呢，暗地里琢磨人，根本就见不得天。

这一天，正好霍光出宫去外地检阅羽林军操练。趁着霍光不在宫中的这个空当，上官桀找到了桑弘羊说道："霍光此时不在长安，我们正好上书，告他一状。霍光定然不会想到我们的计划，绝无防备。我将书信呈送给陛下，让他过目。只要陛下认定霍光有罪，霍光必然无从辩驳。"

桑弘羊听了上官桀的话，不住地点头。他当即以燕王刘旦的口气写了一封奏章，状告霍光不遵礼法，有谋逆之心。上官桀又暗地里让人假扮成刘旦的使者，将书信呈入宫中。

正在这时，霍光却突然返回了长安。上官桀只好又等了几天，待到霍光休假不在宫中，轮到自己处理奏章时，才将那封伪装成是燕王刘旦使者送来的奏章挑了出来。

上官桀挑出状告霍光的奏章，他是越看越兴奋。这桑弘羊仿冒燕王所写的奏章，写的水平可是不一样般，处处都是站在汉室江山社稷的立场，主动为皇帝谋划，谈古论今，用事说理，看得人不由得不动心。眼见前面的一切计划都已经顺利实施，现在只要再将这份奏章呈给小皇帝，就大功告成了。上官桀想到此，简直欣喜若狂，他强装镇定，拿着奏章，径直前往宫中，找皇帝刘弗陵告霍光的"黑"状。

见了昭帝刘弗陵，上官桀行了礼。他强压心头的兴奋，还得装出一副惶恐不安的样子。上官桀小心翼翼地将奏章呈到皇帝面前，说道："陛下，臣接到燕王奏章，举报大司马大将军霍

222

光有意谋反，臣不敢有丝毫耽搁，接到奏章便直接送进宫，请陛下明察。"

小皇帝刘弗陵脸上露出了疑惑的神情："这大将军刚出宫，这边就有告他状的，怎么就这么巧呢？"刘弗陵接过奏章翻阅起来，只见他一边看着，一会儿皱眉，一会儿摇头，一会儿又点头。上官桀看着，心想，这是什么表情，到底准不准奏？

刘弗陵看罢奏章，却一句话也不说，而是将奏章放在了一旁。上官桀见小皇帝不表态，便急不可耐地说道："陛下，连远在边陲的燕王都知道了朝中有奸臣当道，朝中形势不妙，陛下应该早做打算啊！臣当誓死效忠陛下！"

刘弗陵看着上官桀着急的样子，微笑道："左将军的一片忠心，朕已知晓。请左将军放心，朕自有打算。"上官桀本打算看小皇帝的态度，待小皇帝着了道对霍光生气了，便趁机和桑弘羊一起请求罢免霍光。他见刘弗陵的态度比较暧昧，心想，是不是小皇帝有些胆小，不敢贸然生事？想到这儿，上官桀干脆把话挑明了，试探着说道："陛下若是决定派人捉拿霍光，臣愿意承担此项重任。"

上官桀说完这番信誓旦旦表忠心的话，满以为小皇帝会立马安排自己把霍光一抓，然后交给有司审理就完了。没想到，只见刘弗陵仍然只是淡淡一笑，轻轻说了一句："不劳左将军费心了，朕心中有数，等下次上朝，朕自会处理。左将军为国着想，十分辛苦，歇息去吧。"上官桀被皇上给轰出来了。

第 肆拾伍 回

上官桀一计败行藏　汉天子慧眼辨忠良

　　上官桀在小皇帝面前私告霍光，怎么也没想到被小皇帝把他给轰出来了。

　　天下没有不透风的墙。霍光很快就从朝中亲信那里知道了燕王刘旦告发自己的事情。他心中大惊，没想到这几年风调雨顺，国泰民安，自己的背后却还是不断地有小人在捅刀子。霍光分析："燕王刘旦的后面说不定还有左将军上官桀在推动，不然这种奏章不会这么轻易地报给小皇帝刘弗陵。一定是上官桀趁着自己不在朝堂的时候，利用在朝值班的机会在背后给自己使绊子。假如工于心计的上官桀与心怀叵测的燕王两个人联起手来，一个在朝中，一个在封国，内外勾结，遥相呼应，那可是不好办呢！"

　　想到这儿，霍光心中不禁涌过一股悲凉："燕王刘旦恨我也就罢了，你上官桀是我的亲家，不仅相信这种无稽之谈，还让这

224

样的奏章轻而易举地送到皇帝跟前，这也太让人心寒了。也不知道当今陛下会如何处置此事？他是会让上官桀他们牵着鼻子转呢？还是会继续毫无保留地信赖自己这个大将军呢？如若陛下轻信了燕王刘旦的上奏，那么将不仅是陛下本人危矣，汉室江山也将危在旦夕！"

他深知："燕王刘旦可不是什么善类，从前他就暗地里反叛，谋求皇位。如今的动作，恐怕不仅是想将自己这个辅政大臣除去，更是想将昭帝刘弗陵除去，好取而代之，圆他的千秋大梦。刘旦的这封奏章刚好趁自己不在朝中的时候呈递了上去，而且是直接到了皇帝的手里。这份奏章来得可真是时候啊！可以断定的是，如果没有上官桀的配合，燕王刘旦的这份奏章就不可能这么轻易地递上去。说不定御史大夫桑弘羊也有参与，'盐铁之议'让他扫了面子和威风，这个账他可一直记着呢！"

霍光内心的彷徨和不安无人可以诉说，金日磾、李陵等知己已经永别，而同为辅政大臣与亲家的上官桀，不仅难以信任，而且很可能就是幕后的策划推动者。自接受武帝托孤后，霍光第一次感到自己在朝堂深深的无助与孤独。他在自家的院子中来回溜达了好几圈，将那幅武帝赐予的《周公辅成王朝诸侯图》捧在手中，久久地端详，心乱如麻，老泪纵横！他想起先帝对自己的重托，想起金日磾、李陵这些好友，感慨万千："哎！你们都走得了！却留下了我，还要在此独撑，这种备受煎熬的日子不知道何时是个头啊！"

不知不觉间，天亮了。霍光一惊，赶紧备了衣物和车马，带着武帝赐予的那幅《周公辅成王朝诸侯图》进宫上朝。

皇宫里今天的气氛与平日有些不同。霍光见宫中的人都在窃窃私语，一看到自己便都不作声了，有的大臣对自己使着眼神，有的则一脸严肃。看来自己被燕王刘旦告发一事，在朝中已是尽人皆知了。

霍光来到大臣入朝前暂时等候的画室，画室中挂着尧、舜、禹等古帝王像。左将军上官桀和御史大夫桑弘羊二人均已在画室等候，却假装未看到他进来，自顾自地与其他大臣打着招呼，脸上掩饰不住有几分兴奋。霍光也没理他们，径直拿出武帝赐予的《周公辅成王朝诸侯图》，也挂在了墙上，脸上满是坚毅的神色。上官桀、桑弘羊和其他等候在画室的大臣，见霍光拿出了《周公辅成王朝诸侯图》挂在墙上，大家伙儿忽然都安静了下来，对霍光露出了又敬又畏的神色。上官桀和桑弘羊赶紧走出画室上朝了。霍光在候朝的画室挂出武帝赐予自己的《周公辅成王朝诸侯图》的画像，以此表明自己的心迹，可谓是用心良苦。果然，大臣们见了霍光挂出的画，一个个神色复杂，停下了寒暄和犹疑，见大将军霍光没有发话的意思，便陆陆续续地往朝堂去了。霍光却独自留在了画室继续仔细端详着画像，渐渐地似乎出了神，没有和大家一起去往朝堂。霍光立在这些画像前，陷入了沉思，想着接下来自己可能将要面对的朝堂局面。他故意留在画室不去上朝，便是想要看看，小皇帝今天会怎么处理燕王告状之事，而上官桀等人又会做何表演。

不多时，昭帝刘弗陵升殿临朝。他扫视了面前的群臣，发觉大将军霍光不在其中，于是问道："大司马大将军为什么没有来上朝？他现在在哪儿？"

上官桀见昭帝一上朝便问霍光在哪儿，这明摆着是要处理霍光被燕王告状的事情了，心中暗喜。上官桀出班朗声说道："大将军已知被人告发说他不敬，且有反叛之心，所以他留在了画室，不敢上朝，等候陛下发落。"

昭帝吩咐身边的侍臣："召大将军觐见，朕有要事要宣布。"

大臣们听了昭帝的话，心中都想："看小皇帝的语气和左将军上官桀的表现，大将军霍光怕是难过今天这一关了。这菩萨们若是打起架来，难免会有小鬼遭殃。我等又不是什么辅政大臣，还是安心看热闹，不惹事为妙。"

霍光正在《周公辅成王朝诸侯图》画前沉思，侍臣前来召他。霍光仿佛方才惊觉了一般，叹息了一声，随侍臣来到大殿中。昭帝正中端坐，其他朝臣见霍光进来了，都不作声，赶紧低下头来。大家都在猜测，接下来，朝堂上会出现什么样的境况。

霍光察觉到了朝堂之上这极不寻常的气氛。他扫视了朝中的群臣一眼，心里冷哼一声，随后来到昭帝座前，一言不发地摘下官帽，然后跪下听候皇帝发落。

昭帝微微颔首。上官桀和桑弘羊见霍光一句话都不说便摘帽跪下领罪，不免喜形于色，盼着小皇帝说出惩戒大将军霍光的话。却听到昭帝不紧不慢地说道："大将军请把帽子戴上吧。朕知道这封奏书是假的，大将军请放心吧，你没有罪。"昭帝的这一席话，给上官桀与桑弘羊当头浇了一盆冷水。霍光则面露惊喜地抬起头来，心想："得，看来这小皇帝并不糊涂。"嘴上却说道："陛下圣明！陛下何以知臣无罪？"

昭帝扫过眼前的群臣，目光在上官桀身上停留了片刻，随后说道："大将军去外地总领郎官羽林军操练演习，这是近几日的事，就算从选调校尉算起，也还不到10天的光景。燕王的封地离长安那么远，怎么可能这么快就知道这件事，而且还报来了奏章？况且，就算大将军真的有叛逆之心，也不需要通过调用校尉来实施。这封奏章，在朕看来，定然是有人在阴谋陷害大将军，欲毁我大汉的柱石。"

说到这儿，昭帝顿了顿，又继续说道："依朕看，是有人假冒燕王的名义写的奏章。朕虽年少，却也没愚蠢到能被这种东西所欺骗的地步！"

小皇帝刘弗陵的这一席话，让满朝的文武百官为之惊愕。虽然群臣中也有人认为，燕王的这个奏章十分可疑，但他们没有想到的是，一个年方14岁、大多数时候更像是个吉祥物的小皇帝，却能够从蛛丝马迹中推断出其中的因果，断定燕王的奏章是有人冒写，目的是搞掉大将军。

听完昭帝的话，最惊愕的就是上官桀和桑弘羊，万没想到，他们炮制的这份自以为天衣无缝的奏章，竟被当今小皇帝一眼就看出了其中的破绽。此时，昭帝已经旨令，立即抓捕那个以燕王名义上书的人。

第 肆拾陆 回

蠢刘旦二设生殃计　愚父子三计套连环

汉昭帝下旨要捉拿诬告霍光之人，并且一再催促，必须严查到底，上官桀可担心起来了，以燕王名义上书的人正是上官桀和桑弘羊合谋找来的，上完书后就被上官桀和桑弘羊安排躲了起来。要是真的抓到了那人，那人供出自己来可怎么办呢？不行，得劝阻住小皇帝不要查个没完没了的。于是，上官桀借着入宫看望孙女上官皇后的机会，向昭帝进言道："陛下，既然有人诬告大将军这件事已经让陛下给澄清了，我看，对那个假冒燕王名义上奏的人就不要再去追查算了。上书之人虽说是诋毁了大将军，但对朝堂却也起到了警醒作用，从长远看，却也未见得不是一件好事。当初，孝武皇帝之所以同时指定臣等几人协力辅政，不也是为了防止在朝堂中出现一人独大的局面吗？所以，臣以为，这桩小事，并不值得深究。"

上官桀仗着自己是皇后的祖父，又是孝武皇帝指定的辅政大臣，对孙女婿、小皇帝刘弗陵说出的这番话，便有了几分教训的味道。没想到小皇帝听了上官桀的话后却罕见地发了怒："这诬陷主辅大臣的事怎么是小事呢？朝中有奸臣要陷害大司马大将军，他们想破坏朝纲，又怎能轻易放过？"见小皇帝发了怒，上官桀也就不敢再多说了。

虽然上官桀小心翼翼地想摆脱这件事与自己的干系，但昭帝心里明白，这假冒燕王的名义诬告大将军霍光的事，多半就有上官桀参与其中。不久，上官桀又买通昭帝的内侍，在昭帝身边说大将军霍光的不是。结果昭帝再次大怒，明白无误地传出话来："大将军是忠臣，是先帝嘱咐他辅佐朕的，如果还有人再敢妄议这一点，立斩。"

从此之后，昭帝不再亲近辅政大臣上官桀，而是更加信任主辅的大将军霍光。有了小皇帝的配合和支持，霍光在朝中的地位日益稳固。本想偷只鸡，却反倒蚀把米，朝堂出现眼前这种局面，是上官桀和桑弘羊所没有料到的，眼见皇帝日益亲近信赖霍光，二人不禁十分懊恼。就在上官桀与桑弘羊苦闷异常、进退不得时，燕王刘旦派了心腹大臣孙纵之再次来到长安城。

燕王刘旦、左将军上官桀、御史大夫桑弘羊，这几个人正如大将军霍光所担忧的那样，几股强大的倒霍势力终于搅到了一起。此时，距燕王上次密谋反叛已经有好一段时间了。刘旦早已知道了上官桀与桑弘羊合谋借助他的名义状告霍光这件事情的来龙去脉，也知晓了小皇帝对几个辅政大臣的态度，疏远上官桀和桑弘羊，却一味地亲近霍光。刘旦盘算良久："这事不能就这么完结了，霍光不除，则自己称帝无望。趁着上官桀和桑弘羊对霍光的不满，若是和他们联起手来，拼死一搏，到底最后鹿死谁手还难说。上官桀和桑弘羊眼下正进退维谷，他们和小皇帝与霍光的关系已经闹翻，这时候，两人唯恐在皇帝面前失宠，他们就像是输红了眼的赌徒，什么事都干得出来。这正是拉拢他们一起干的大好时机。"

刘旦让孙纵之来的目的，正是希望上官桀和桑弘羊协助自己谋反。孙纵之见到神情憔悴且满脸愁容的上官桀，开门见山地说道："燕王让在下问候大人。燕王以为，大人才能远在霍光之上，却被他以皇帝的名义所压制，可见这小皇帝有眼无珠，并且懦弱无知。如今，这小皇帝一味地宠信霍光，却疏远了同为辅政大臣的左将军和御史大夫，燕王很替将军鸣不平。只是看你们现在六神无主的样子，欲将霍光扳倒，已经是不可能的了。"

上官桀被孙纵之说中了心事，默然不语。见上官桀沉默，孙纵之接着说道："燕王贤明博学，知人善用，将军要是归在他的麾下，必能成就一番大业。燕王让我捎给将军一句话，如果将军有意，燕王可助将军将霍光擒而杀之。到了那时，则江山社稷之事，就可成矣！"

上官桀已经听出了燕王的意思："这是要结盟反叛啊！"他故意皱着眉头，思虑了半晌，似有万般为难，却又给孙纵之留下了想象的空间，说道："燕王的好意我领了。兹事体大，容我三思。"

孙纵之听了，心头虽然不悦，却也只得说道："燕王在静待将军的决定。此事事关重大，将军宜早做定夺。夜长梦多，一旦泄露出去，大家都将死无葬身之地。"说完这番话，孙纵之对着上官桀作了个揖，拜别了。

当天夜里，上官桀便将孙纵之转达燕王刘旦的意思跟儿子上官安讲述了一番。上官安有些拿不定主意，对父亲说道："我女儿是当今的皇后，是你的孙女，也是霍光的外孙女，如果杀了霍光，那她怎么办？"

上官桀瞪了儿子一眼，骂道："正在追逐麋鹿的猎犬，哪里还能顾得上一只小兔子呢？况且依靠皇后所能够得到的尊位，一旦某一天皇帝改变了心意，另立他人为后，到那时，我们若想继续保持这份尊荣，却已不可能了。从古至今，无论是什么朝代，都是如此啊！"上官桀说这话就是在教训儿子上官安，眼下哪里还能顾得上什么皇后之位，取了皇位才是正理。上官安被父亲一顿教训，不敢再言语了。

又过了些日子，上官桀、上官安、桑弘羊、丁外人和孙纵之等人聚集在上官桀家中，谋划如何才能杀掉霍光。大家商议的结果，最后决定："由鄂邑长公主出面宴请霍光，然后在酒席宴上寻机刺杀霍光。"众人谋划到深夜，认为方案万无一失了，方才各自回家。

待其他人走后，上官桀将上官安带到里间，问道："你觉得，燕王打的是什么主意？"上官安答道："我担心燕王的目标是皇位。现在我女儿是皇后，我们上官一家尽显尊荣。要是燕王称了帝，皇后就不是上官家的人了，只怕到时燕王容不得我们上官家。

燕王的狼子野心，朝野尽知，我们不要为他人作嫁，到头来却落得个竹篮打水一场空。"

上官桀见儿子并不糊涂，点点头说道："吾儿所虑极是，到时没有了当今皇后这层关系，这刘旦恐怕是不会容我们在他身边。儿啊，我从前和燕王打过交道，深知他为人狡黠狂妄，毫无德信可言。孝武皇帝在世的时候，他就曾有过恶劣的行径。倘若他真的当上皇帝，接下来遭殃的恐怕就会有我们一家啊！"

上官安越听越迷糊："既然如此，那父亲为何还要答应他们一起搞掉霍光呢？"上官桀嘿嘿一阵冷笑："傻孩子，霍光现在是阻挡我们上官家问鼎朝堂的拦路虎，必须除掉。而如今若想击败霍光，就必须利用鄂邑长公主和燕王。待燕王来到长安废掉小皇帝后，我们就趁他立足未稳，将他一并除掉。那时，坐上皇位的，就将是我们上官家了！"

从古到今，为了能当皇上而铤而走险陷入疯狂的人不在少数，可是像上官桀这样不顾自身实际，肆意妄想的空想主义者，还真不多见。上官安听了父亲的话，紧咬牙关，使劲点了点头。"老爹爹所料极是，孩儿全听您的！"他们这才下定了决心，此番设计除霍光，不是鱼死，就是网破！

第 肆拾柒 回

暗结党密谋欲叛反　犯众怒获罪齐夭亡

上官桀、燕王刘旦、桑弘羊等人内外勾结，暗中谋划要除掉大将军霍光。鄂邑长公主在宫中听了丁外人转告的计划，即刻准备向霍光发出邀请，然后在酒席宴上，埋伏刺客将霍光乱刀砍死。本来，按照这几个人的密谋，如果成功了，那西汉的历史还真的要重新改写了。只是，让上官桀等人没有想到的是，百密却难免一疏，他们的绝密计划却被鄂邑长公主的一个门客意外地得知了。

原来，前稻田使者燕仓的儿子在鄂邑长公主那里当舍人，也就是门客。燕仓已经卸任，但是儿子仍在鄂邑长公主府，并无意中听到了这个计划。他将听到的密谋计划告诉了父亲。燕仓惊恐不已，连忙跑去告诉自己的老上司——霍光从前的长史、如今的搜粟都尉杨敞。

燕仓以为杨敞是霍光一手提拔起来的人，必然会忠于霍光。

然而他没有想到的是，杨敞这人素来小心谨慎，换句话说，就是胆小怕事。杨敞得知这个惊天的消息，感觉事情实在太过重大。杨敞自己不敢担当，没有立即上奏检举，而是对燕仓说："你赶紧去告诉霍光的心腹大臣杜延年吧。"

将燕仓支走后，杨敞自己则装病卧床在家，想避开这风头，这样无论谁胜谁负，自己都不至于连累过深。燕仓无奈之下，只好按照杨敞的意思，去找杜延年。杜延年知道这个阴谋后，大惊失色，立刻报告了霍光。

霍光得知上官桀等人的密谋后，内心的震惊无以言表。他立刻进宫禀报昭帝，同时召来丞相田千秋，和昭帝一起商议应变计划，决定先发制人，由大将军霍光调集人马，立即逮捕上官桀等叛党。

这天，正在家里静候鄂邑长公主音信的上官桀，接到丞相田千秋派出的下属征事（官名）任宫的邀请，去往丞相府。上官安则被丞相下属的少史（官名）王寿邀请，也来到了丞相府。上官桀和上官安父子二人刚进丞相府，两旁的武士就一拥而上，立即把这父子二人就给绑上了。上官桀大怒，高喊："大胆，本将军在此，谁敢绑我？"这时候，早已等候在丞相府的尚书令取出昭帝的诏书向二人宣读，不容辩驳，将两人当场伏诛。

很快，御史大夫桑弘羊和丁外人也被拘捕诛杀。按照谋反案的处置，上官桀父子、桑弘羊、丁外人的宗族全部被诛杀。燕王的使者孙纵之也被抓住，下到狱中严审。鄂邑长公主得知密谋反叛的事情已败露，见丁外人被诛杀，悲痛欲绝，自知没有善果，凄然自尽。

上官桀等人的谋反案牵连甚广，有些朝中大臣也被波及，比如苏武。苏武平素就与上官桀、桑弘羊关系较好。大家还记得那封假冒燕王的名义状告霍光的奏章吗？那封奏章中就有燕王为苏武归国后，朝廷给他安排的官职浅薄而鸣不平的内容，可见燕王与苏武的交情也不差。在此次谋反案中，苏武的儿子苏元，因为参与谋逆而被杀，苏武受牵连也被免去了官职。

除了苏武，还有其他官员受到牵连。桑弘羊的儿子桑迁在桑弘羊被诛杀后，逃亡投靠了桑弘羊从前的部属侯史吴。不久之后，昭帝大赦天下，侯史吴赶紧自首，说自己不该窝藏罪犯桑弘羊的家属桑迁。当时处理这个案子的两位官员，一位是廷尉王平，一位是少府徐仁。两人都认为，桑迁只是受他父亲桑弘羊的牵连，而本人并没有造反，因此侯史吴只是窝藏了一个普通逃犯，虽然桑迁受牵连应该处斩，但是侯史吴属于皇帝大赦的赦免范围，可以不予治罪。然而，王平、徐仁二人做出对侯史吴不予治罪的决定时，负责监察官员的侍御史却弹劾了两人。侍御史说桑迁熟读"五经"，却不规劝自己的父亲，这和谋反有什么区别？而侯史吴作为朝堂命官，藏匿重犯，理应罪加一等。王平与徐仁，避重就轻，为侯史吴开脱，这是在包庇罪犯。经侍御史这一弹劾，本来这事情还不至于弄得太过严重，但是大将军霍光却借侍御史的弹劾做出了严惩的决定。最终，王平和徐仁均被捕，王平被腰斩，而徐仁则自杀。

上官皇后作为上官桀的孙女，本应在受牵连之列，由于她尚年幼，这个时候才年方8岁，且又是大将军霍光的外孙女，最终得以幸免且未被废黜掉皇后之位。

霍光逮捕了燕王派出的使者孙纵之以后，对他严刑拷问，很快便掌握了燕王刘旦与上官桀等人密谋反叛的全盘计划。这一次，霍光决定对燕王刘旦老账、新账一起算，要借此一役，彻底清除政治上的反对派。

而此时，远在燕国的刘旦尚不知长安城中发生的事变。孙纵之之前派了信使，将上官桀等人的计划送了回来。刘旦看后是哈哈大笑。一旁的燕国国相问他何故发笑。刘旦说："长安城中，左将军等人已经做了周全的谋划，只待他们将霍光这老匹夫刺杀了，随后他们就将迎我去长安。这怎么能不让人高兴呢？"

燕国国相摇头劝说道："大王从前和宗室刘泽共谋，那位刘泽也喜好自夸自大，最终导致事情没有成功。大王应当知晓，那左将军上官桀也是性格轻佻、缺乏担当之人，他的儿子车骑将军上官安，年纪不大却骄横异常，长安那边对他们父子屡有不好的议论传来。臣担心，他们也和刘泽类似，难以成事。就算侥幸成功，说不定到时也会背叛大王。望大王三思而后行，一定要吸取上次失败的教训，做好万全之准备。"

刘旦正在兴头上，哪里听得进燕相的劝告？他不以为然地继续说道："我是先帝在世的长子，本就应该继承皇位，普天之下，难道还有人不知道这个道理吗？他上官桀若敢有二心，到时我定饶不了他。国相无须多言，本王这次定会马到功成！"见燕王如此骄纵，燕相赶紧识趣地闭嘴，不再多言，只是不住地暗自摇头。

刘旦也不去管他，转身对燕国群臣说道："你们赶紧准备兵马辎重，这一次，可不能再错过大好的时机！一旦事成，众位卿家都将高居朝堂。"燕王这几句话就是在许愿了。燕国的各位大臣听了，心情各不相同。有的备受鼓舞，恨不得立马挺进长安；有的则心事重重，知道几无成功的可能，到时免不了受株连，心里暗暗发慌；还有的面无表情，食君之禄，分君之忧，王让干啥就干啥。总之，燕王命令一下，众臣齐声应和，各自做准备去了。

燕国众文武这儿正准备着呢，突然有长安的密探来报："长安有变，左将军等人谋反大计败露，长公主自缢，上官父子、御史大夫等人被斩。"闻报之后，燕王刘旦大叫："天亡我也！"随后"扑通"一声，跌坐在地上。

这下，燕王身上已然没有了先前那股"天下舍我其谁"的气场，陷入惶恐不安之中，仿佛一下老了好几岁。他战战兢兢地召来身边的大臣，强撑着说道："长安的事情已经败露，为今之计，本王决定立刻起兵，拼他个鱼死网破。"

燕国国相一看，心想："大王这是昏了头啦，长安的内应已经全军覆没，这个时候起兵，无异于是以卵击石，大王这是要把大家都拖去陪葬吗？不行，为了自己不丢掉小命，也得拼命劝劝他。"燕相赶紧跪下劝谏："大王三思啊！如今朝堂生变，内应全无，大王仓促起兵恐怕难有胜算啊！"

刘旦听燕相这样一说，一下也清醒过来了。他望望群臣，"列公以为，为今之计，孤当如何呢？"

第 肆拾捌 回

平判乱霍光获完胜　开新局朝堂行功赏

　　燕王刘旦一看大势已去，他傻了。先前那些怂恿起兵反叛的人，此时已经一个个惊惧万分，没有人再敢说话了。刘旦知道，全完了，顿时万念俱灰。他相当清楚，就凭他燕王府的那点兵马，如果没有全国各地诸侯的响应和长安的内应，根本就不可能掀起什么风浪。

　　彻底想明白了以后，刘旦一反常态，让人摆下酒席，召集宾客、群臣、姬妾一起共饮，王府上下宴乐和鸣，竟然歌舞升平起来了。燕王这是在干吗？借酒浇愁、以酒解忧。果然，酒喝到尽情处，刘旦悲从中来，随口作歌。刘旦的夫人华容夫人随声悲情续歌起舞和唱。这夫妻二人和唱的曲调满是悲怆凄凉，座下群臣、宾客被二人悲伤的情绪所感染，大家都知道大难即将临头，不免哭泣不止。

就在燕王府上下一派悲戚的时候，长安的使臣到了，送来了昭帝的诏书。刘旦拆开一看，见是一道赦令。他先是大喜，等看清楚了内容，随后便是大悲。为什么呢？因为他看到了诏书的内容，陛下赦免了燕国所有的臣民，却唯独没有赦免他。

刘旦将昭帝的诏书交给手下大臣，悲声感叹道："唉！陛下赦免了燕国所有的官吏和百姓，却独独不肯赦免我。想起从前，我曾因意图反叛已被陛下饶过一命，却不知悔改，以至于落到今天这一步。我真的是做了一件糊涂透顶的事啊！"说完，刘旦决定以自杀来谢罪。

华容夫人见燕王打算自杀，哭哭啼啼地扑了上去，想阻止他。燕王平日里虽然骄横跋扈，但是对手下亲密的大臣平常也封赏不少，颇得人心。左右近臣也纷纷劝阻道："大王还请再稍待片刻。大王是当今陛下的兄长，与陛下有骨肉之情。说不定陛下念在兄弟之情的份儿上，发出诏书后，又回心转意也未可知。就像上次不追究大王一样。假如只是削去封国，也许大王还有一线生机啊！"

就在群臣纷纷攘攘、拉拉扯扯的时候，果然，昭帝派出的特使到了。群臣和刘旦都是一喜，以为不幸而言中，那真是不幸中的万幸了。刘旦赶紧接过诏书，却见都是昭帝指责他的话。刘旦越看下去，就越觉得喘不过气来，脸色变得死人一样惨白。这又是怎么回事呢？原来昭帝的第二份诏书里有这样的话："与他姓异族谋害社稷，亲其所疏，疏其所亲，有悖逆之心，无忠爱之义。如使古人有知，当何面目复奉齐酎见高祖之庙乎？"诏书这是严厉地责备刘旦，说他将没有面目去见祖宗，这等于是宣判燕王的死刑了。读到这里，刘旦知道事情已经不可挽回。他终于下定了决心，选择自缢而死。燕王的妻妾等随他一起自杀的，有二十余人。从这一点看来，燕王平常与妻妾下人们的感情算是不错，这倒是燕王唯一值得称道的地方。

燕王刘旦自缢的消息传到长安，京师为之震动。昭帝赐刘旦谥号为剌王，赦免燕王太子刘建死罪，贬为庶人。燕国就此废除。

汉昭帝年间，这场争斗最激烈、涉及范围最广、涉及官员层次最高的权力斗争，终于落下了帷幕。与霍光同为辅政大臣的上官桀、桑弘羊联合燕王刘旦发动的这场西汉历史上涉及面最广的谋逆事件，彻底改变了朝堂的政治格局，也改变了霍光对人生、对权力的看法。经历了连续的祸乱，此时的霍光已经不敢相信任何人了。因为，纵然是自己亲家的上官桀都能轻易背叛而谋害自己，这朝堂上还有什么人能够信任呢？恐怕只有自己霍氏的家族人等才能姑且相信了。

霍光平叛之后所做的第一件事情，就是奏请昭帝，提拔一批官员，填补那些因为谋逆而被杀、被罢免的官员的缺漏。然后，便论功行赏，大赦天下。告发上官桀谋反的燕仓被封侯。杜延年不仅被封侯，还升任了太仆、右曹、给事中。光禄大夫张安世升为右将军、光禄勋。霍光的儿子霍禹、侄孙霍云、女婿范明友及邓广汉都掌握了军权。其他在这次平叛中立了功的大小官吏。都得到了封赏。自此之后，霍光的权势遍布朝廷。天下之事，终于由霍光说了算。

在历经了汉昭帝即位初期的政局不稳、中期的经济危机、辅政大臣联络燕王惊天谋逆等一系列大事件之后，霍光将从前的托孤同僚、政敌，在有意无意中均清除出了政治舞台，只留下了可以说是个傀儡皇帝的昭帝刘弗陵。刘弗陵此时还未成年，按照武帝遗诏，天下大事均由霍光决策。大司马大将军霍光已经成为大汉朝事实上的最高统治者。

作为皇帝的刘弗陵，在经历了朝堂这场危机后，也不得不完全依赖霍光。因为他身体较为病弱，同时也由于霍光已经实际上掌握了朝政大权，他这个皇帝也不得不时常看霍光的脸色说话。刘弗陵在行了成年冠礼之后，按朝廷规制，应该亲政，也就是亲自处理朝堂大事，将霍光所掌的朝堂权力握在自己的手中。但是，到了皇帝应该亲政的时候，刘弗陵见霍光没有一点儿交接朝堂权力的意思，只得依然将国家的内外政事都委托给霍光。而霍光也不推托，以武帝当初对他有嘱托，自己需要继续尽心尽力辅佐皇帝为由，没有主动还政于帝。君臣二人相安无事，一直保持着融洽的关系——至少表面上如此。

其实，刘弗陵和霍光之间，多多少少还是有些潜在的不合。霍光在一些事情上，甚至越俎代庖，代行了皇帝的权力。霍光当年的政治盟友金日磾有两个儿子金赏和金建，与昭帝年龄相仿，都是昭帝侍中，与昭帝同起居。金日磾死后，金赏为奉车都尉，金建为驸马都尉。金赏作为长子，继承了金日磾秺侯的爵位，而金建则没有爵位。

有一次，昭帝对霍光说："我们干脆把金建也封为侯吧。"霍光却严肃地回答："金赏是继承父亲的爵位为侯的。金赏既已承袭为侯，金建就不能封侯。"昭帝笑道："这能不能封侯，难道不在于我与大将军您吗？"霍光板着脸一本正经地说道："高祖和先帝的规定，都是有功才能封侯。希望陛下能够遵循先帝定下的规矩，不要随意封赏。"

在能不能给金建封侯的这件事情上，即使是皇帝开了口为金建讨封，但霍光仍然以朝廷有既定的规矩为由，不仅对昔日好友金日磾的儿子十分苛刻，甚至还训斥了皇帝，也确实是尽了辅政大臣的责任。在训斥刘弗陵时，霍光就像是训斥自己的儿子一样，而刘弗陵也只能唯唯诺诺，不敢坚持己见。

然而，随着霍光的权势日盛，他对皇帝刘弗陵的干涉开始变得愈加严厉起来，甚至还干涉到了他的后宫之事。上官桀叛乱败露后被族灭，然而上官皇后却得以幸免。原因无他，只因为上官皇后虽然是上官桀的孙女，却也是霍光的外孙女。

刘弗陵因为上官桀谋逆想推翻自己迎立燕王刘旦的缘故，开始越来越厌恶上官家族，对上官皇后便十分冷淡。要不是霍光的缘故，上官皇后怕是早就被废黜了。

随着上官皇后逐渐长大成人，霍光非常希望自己的外孙女能够早日怀上龙种，好巩固自己与皇帝之间的关系——若是皇帝喜欢上别的女人，则那家的亲戚，岂不是和从前许多外戚家族一样，能够掌握很大的权力？真到那时候，自己这个大将军的地位还往哪儿搁呢？

第 肆拾玖 回

立嗣君群臣起争议 解难题霍光费思量

　　大将军霍光权倾朝野。为了让外孙女上官皇后早日怀上龙种，霍光竟然限制昭帝挑选嫔妃，并且禁止宫女随意与昭帝接触。为防备小皇帝与后宫其他女人发生关系，霍光让上官皇后诏令后宫的女人必须穿着穷绔。穷绔是什么？原来，我国古代尤其在秦汉以前，人们穿的衣服下身都是开裆裤，那时候也不叫裤子，上半身叫衣，下半身叫裳，统称为上衣下裳。那人们怎么遮羞呢？都穿个大裙子。霍光让宫女们穿的"穷绔"，其实就是连起裆和腰的裤子，这种"穷绔"的下摆系着很多细小的带子，要解开的时候挺费事，这样就比较安全了。小皇帝要想在宫里与其他女人干点儿私密的事情，就没有那么容易。

　　就这样，昭帝刘弗陵每天只能对着他所厌烦乃至厌恶的女人，虽然后宫女人不少，昭帝却只能和上官皇后一人有肌肤之亲，因而越发心情不爽，对上官皇后也是越发冷落。这样过了好几年，上官皇后始终也没能怀上龙胎。而心情不好的刘弗陵，身体却是越来越差了。

让霍光更没有想到的是，就在公元前74年，也就是汉昭帝元平元年的4月，大汉天子刘弗陵，在年仅21岁的芳华岁月，突然驾崩于未央宫。

汉昭帝刘弗陵英年早逝。说起来，皇帝刘弗陵近几年身体一直不好，遍召天下名医来诊治，都是医药枉用，根本没什么效果。刘弗陵当皇帝一共13年，事事得看霍光的脸色，连后宫的自由也给限制得死死的，久而久之，已经患下了心病，而心病是没有药可治的。谁也没想到，年纪轻轻的昭帝刘弗陵会英年早逝，驾崩时年仅21岁，而且没有子嗣，也没有留下传位诏书，指定接班人。

汉昭帝刘弗陵的早逝让辅政大臣大司马大将军霍光很不好受。在霍光的心里，昭帝既是皇帝，更像是自己的儿子。刘弗陵是霍光最崇敬的汉武帝托付给他照顾的，现在却英年早逝，从这一点上霍光觉得自己对武帝有愧。同时霍光又想，自己辅佐刘弗陵苦心经营多年，度过了种种劫难，方才扭转乾坤，给武帝之后的汉室江山社稷打下了一个不错的底子。这要是将来有个新的皇帝上台，他是否还能像刘弗陵一样信任自己，还能够继续"天下大事悉决于光"吗？

辅政大臣霍光都是这种心情，老百姓就更可想而知了。4月的天气刚刚转暖，长安城中一片肃穆。未央宫中比往日更加宁静。

宫中的仆役婢女，大气都不敢出。每个人都惴惴不安，不知道这个缺了皇帝的朝廷，会怎么继续维持运转下去。朝野中也有人在猜测，不知道大司马大将军霍光会不会取汉室而代之？

这天，霍光在未央宫中召集朝堂众大臣，一起商议该如何是好。上官皇后此时方才15岁，根本全无主见。文武大臣都知道，决定皇位人选的权力，自然是掌握在武帝钦点的辅政大臣、大司马大将军霍光手中。

霍光先环视一周，看了看，朝廷中的重臣都已到齐，这才说："诸位大臣，陛下突然驾崩，老臣十分悲痛。但是国家不能一日无主，眼下最重要的事情，就是决定由谁来继承大统，才能既符合汉室传承，又符合大汉法度。"

掌管皇族宗室事务的宗正刘德首先提议道："按照皇位承继的规制，先帝没有子嗣，那么就只能从孝武皇帝的儿子、先帝的兄弟辈里面找。而武帝生有六个儿子，长子刘据在巫蛊之祸中逝去，次子刘闳早逝，三子刘旦自尽而亡，五子刘髆也比孝武皇帝早逝一年，最小的儿子即先帝如今也已驾崩。如今孝武皇帝唯一尚存的儿子，只有广陵王刘胥了，也就是先帝的四哥。按照继承大统的规制，先帝没有儿子，那么自然是考虑他的兄弟。而广陵王刘胥又是先帝唯一在世的兄弟，这时候也只有由他来继位才在情理之中，也符合大将军所说的国家法度。"

宗正刘德的这番话一说出来，立即博得了许多大臣的赞同。

霍光听着大臣们的意见，面无表情，跟平常一样，心中却是澎湃汹涌。这个广陵王刘胥，在霍光心目中绝非是一个让他满意

246

的候选者。刘胥一直不为武帝所喜欢,武帝当年压根就没有考虑过让刘胥继承皇位。武帝和霍光都认为刘胥的行为没有法度,这个人不仅性情暴虐、放纵不羁、喜好游乐,甚至还会和老虎、狮子等猛兽搏斗、迷信巫术。这些也就罢了,这个刘胥还特别刚愎自用,听不进别人的意见。

霍光早就知道一定会有人提出立广陵王刘胥为帝,但是他没想到的是,朝堂之上竟然没有一个人站出来反对。这么多大臣都赞同选刘胥为继承者,这让霍光大感意外。宗正刘德负责皇家宗室的事务,他的意见看来也反映了多数大臣的看法。

霍光还想到:"燕王刘旦和广陵王刘胥是亲兄弟。刘旦的自杀和自己当年的平叛关系颇大,要是刘胥真的当了皇帝,难保他不念着跟刘旦的手足之情,对自己不利。而且刘胥已是壮年,他一上位,自己就得还政,再也不可能继续维持'天下大事悉决于光'的局面。到那个时候,自己必然会被排挤,甚至有被削官、诛杀的可能,而朝政怕是也会被广陵王刘胥这个混世魔王搅得一团糟。如果出现这种情况,汉室的江山社稷,岂不是要断送在他的手里?将来自己又如何去见九泉之下的孝武皇帝呢?"看着满朝文武几乎是一边倒地要立广陵王刘胥为帝,霍光此时虽然心潮起伏,但表面上却依然是一副安之若素的样子。

霍光面无表情地扫视着争论的群臣,眼光逐个地从群臣面上扫过,良久,才缓缓地说道:"诸位尽心尽力为国考虑,忠心可嘉。不过立新帝一事,事关社稷安危,需细细考量,不能草率决定。希望各位从汉室的江山社稷出发,再考虑考虑。我们改日再议。"

见霍光发了话，各位大臣猜测霍光对宗正刘德提出的立广陵王刘胥的建议，看来是不太满意，但是大家又都不明白他的具体想法，只能散去。

待大臣们走后，霍光一人在宫中独坐，久久地思索，一直到深夜都难以入眠。

昭帝驾崩后的这段时间，霍光一直在宫中亲自处理每天的奏章直至深夜。今天朝臣们几乎一致举荐广陵王刘胥的举动，让霍光心烦意乱："难道除了广陵王刘胥，真的就没有更合适的人选了吗？这个广陵王肯定不行，必须找到一个更合适的人选，才能否决群臣们的提议！还有谁是合适的人选呢？"

焦虑中的霍光又端详起武帝当年赐予自己的那幅周公辅成王的图画。看着看着，他仿佛看到了武帝信赖的目光正看着自己，眼前又浮现出武帝临终前对自己谆谆嘱托的场景。他猛然想起，当初武帝托孤时，曾经对他有过另外一个嘱咐，心头猛地一震。

霍光想起了什么呢？原来，武帝当年曾经交代霍光在辅佐好幼主刘弗陵的同时，还要照顾好武帝最为宠爱的李夫人的后代。

霍光一想起武帝当年的这个嘱托，心头豁然开朗："对啊！武帝宠爱李夫人是天下人人皆知的事情，李夫人的独生子刘髆被封在天下最富庶的齐鲁之地当昌邑王，当年还说过'生子当置于齐鲁之地'的话，可见武帝对这个儿子的看重。虽然刘髆已死，可是现在小昌邑王不是也是李夫人的后人吗？她的孙子啊。如果让他承继帝统又该如何呢？"

第 伍拾 回

排众议霍光定嗣君　继帝位刘贺显骄狂

　　大将军霍光操劳国事夜不成寐，思念先皇武帝，想到了武帝的临终嘱托。突然间想起了李夫人当年何等受宠，李夫人还有个儿子昌邑哀王刘髆。虽说已经早逝，但是刘髆这一脉并没断，他有个独子刘贺现在已经承继了昌邑王位。从年龄上算，这个昌邑王刘贺应该是十八九岁的年龄，正值英年；从辈分上讲，刘贺也是先帝刘弗陵的侄子辈。按照礼制，先帝没有子嗣，不是可以先将他的侄子昌邑王刘贺过继给先帝刘弗陵为嗣子吗？这样，刘贺就可以先接太子位，进而承皇帝位，而那个自己很不喜欢的广陵王刘胥就给排除在帝位继承人之外了。对，就这么办。

　　一想到还有昌邑王刘贺这个现成的人选，霍光的心里有了主意。

　　对昌邑哀王刘髆的独子昌邑王刘贺，霍光可是有所耳闻的，小的时候还见过刘贺。听说他自从5岁承接昌邑王位后，在他父亲昌邑哀王留下的一班辅臣的辅佐下，王国治理得还算不错，每年8月的宗庙朝聘之礼，昌邑王进贡的酎金成色和分量都是最佳的。

霍光寻思着："据说这个刘贺自小聪慧，就是有些顽劣，当了十几年的昌邑王，总体评价比较一般，大体上可以说是年轻任性，喜好玩乐，但是倒也没有听说他有什么大的恶行。昌邑王这一脉，过去依靠的是李夫人家族，尤其是贰师将军李广利，自从李广利因密谋立刘髆为太子而被人告发，并战败投降匈奴后，昌邑王这一脉在朝中就没有可以倚仗的靠山了。昌邑王刘贺自小就在封国长大，眼下与朝中大臣可以说没有什么紧密的联系，在朝廷中也没有什么倚靠，来到长安后必然要依附于自己。这样一来，自己继续主持朝政的局面就不会改变。要是这个年轻人能够敬重自己，潜心学习治国的方法，那就再好不过了。"

霍光越想越觉得对头。没想到，纠结了朝臣们这么久的一个天大的问题，竟然很轻易地就被自己找到了破解之策，霍光不由得兴奋起来。他甚至觉得，这种安排也应该是最符合孝武皇帝的想法。自己能够想出这么个办法，这难道不是孝武皇帝他老人家在天之灵的启示吗？

霍光正高兴呢，突然间又转念一想，心里暗叫一声："哎呀！情况不妙！"惊出了一身冷汗！

霍光深知，要想否决广陵王刘胥继承皇位，却绝非易事。因为从辈分上说，刘胥是长辈，而刘贺是晚辈，为什么不立刘胥而立刘贺，总得有个说法。广陵王刘胥是皇室宗亲，且是武帝仅存世上的唯一的儿子，与朝中大臣的关系错综复杂，而朝臣们又大都墨守成规，秉承兄终弟接、弟终兄继的规制。要是由自己贸然提出立刘贺为帝，而朝臣们一致的意见又是立广陵王刘胥为帝，那不仅朝中大臣会一片哗然，更有可能会惹出大麻烦来。

所以，霍光一边为自己有了立刘贺为帝的想法而暗暗高兴；另一边却又暗暗心焦："自己作为孝武皇帝的托孤重臣，实际上主持着朝堂之事，却不便任何事情都由自己先拿意见。朝议之时，有些决策哪怕是自己的想法，也得通过他人之口先说出来，如果有不同的意见引起大臣们争论的话，这样自己作为最终的决策者便好一锤定音了。朝议朝议，必须得先议起来。主政之人更多的是当好裁判，否则容易被他人诟病擅权。毕竟，自己还不是皇帝陛下！"所以，霍光时刻保持着头脑冷静，清醒着呢。

霍光一边这样想着，一边随手翻阅着奏章，心里暗忖："上午朝议之时，自己让大臣们从汉室江山社稷出发，再考虑考虑，已经传达出了对立广陵王为帝的保留态度，也不知有没有人听出了这'再考虑考虑'的弦外之音。"正翻着奏章呢，突然，有一位郎官的上书跃入了他的眼帘。霍光面露喜色，长叹一声："真乃天助我也，此书正合我意。"

奏疏上面写着啥呢？让大司马大将军霍光喜形于色。原来这位郎官写道："古时，周太王废长子太伯而立少子王季，周文王则舍伯邑考而立武王。只要是最适宜做皇帝的人，虽说是废长立幼但也是可以的。广陵王素无德行，不可以继承皇位。"郎官的这番话，说的是周朝两个著名的皇帝在考虑传位时，并不完全按照立长不立幼的礼制，而主要考量的是接位者的德行，否则，就可以立幼而不立长。所以郎官的这个建议就合上了霍光的心意。

有了这份郎官的上书，霍光长舒了一口气："看来这朝堂之上还是有明白之人哪！这位郎官可堪大用。"霍光终于打定了主意，可以借这位郎官之口，让人预先知晓自己不想立广陵王刘胥的心思，然后再安排人陈述不立广陵王，而立刘贺为皇帝的理由。这样，那些主张立广陵王的大臣将会无话可说。

第二天，霍光再次召集群臣商议皇位继承的大事。正式朝议之前，霍光先将郎官上书的这份奏章给众位大臣传阅了一遍。大臣们看了之后，心知肚明，都知道了霍光的意思，于是，谁也不再坚持立广陵王刘胥为皇帝的建议了。这时，又有霍光事先安排好了的大臣站了出来，提议立昌邑王刘贺为皇帝，并从武帝遗愿、朝廷礼制、刘贺与刘胥的比选等方面讲了诸多的理由。众人都心中雪亮，知道这实际上就是大司马大将军霍光的主意。于是，谁也不敢反驳，大家都纷纷附和。霍光见朝堂众位大臣的反应和自己预料的完全一样，心里终于松了一口气。

霍光见大臣们的意见统一了，这才开口说话："故昌邑哀王曾经深受孝武皇帝的喜爱，这是大家都知道的事情。孝武皇帝曾经专门嘱咐过我，要善待李夫人的后代，李夫人只有一子，她的后代其实就是昌邑哀王的后人。李夫人是武帝最宠爱的妃子，而且是陪葬在孝武皇帝茂陵的唯一的妃子，配享的是皇后的祭祀，这个大家也都是知道的。故昌邑哀王留有一子刘贺，也就是现在的昌邑王，据说，昌邑王刘贺为人聪慧，是可造之材。且正值英年，又生长在孔孟之乡，应当颇知礼仪。当年，孝武皇帝在处置燕王自请立为太子事件时还曾经有过感叹'生子当置于齐鲁之地，以感化其礼仪，置于燕赵之地，果生争权之心'。可以说，立昌邑王为帝，也符合孝武皇帝的遗愿！"

霍光绕了这么个大圈子，说出了这么一席话，将自己心中的真实想法说了出来，话里又将孝武皇帝高高地举起，说是符合孝武皇帝的遗愿，这下，群臣就更是没有人敢反对了。于是满朝文武异口同声，一致同意大将军霍光的决定，迎立昌邑王刘贺为帝。

霍光即日便派少府史乐成、宗正刘德、光禄大夫邴吉、中郎将利汉等四位朝堂大员，前往昌邑国，诏令昌邑王刘贺乘坐七乘传进京，入长安主持先帝葬礼。这条诏令实际上等于宣告了将由昌邑王刘贺接任皇位。同时，霍光也没忘了褒奖那位上书的郎官，将这位郎官提拔为了九江太守。霍光此举等于告诉群臣："凡事都要注意与自己这个大将军保持一致，看那新任九江太守的郎官，他就是尔等的榜样。"

第 伍拾壹 回

荒唐主做下荒唐事　霍夫人一谋起波浪

霍光派四位朝堂大臣去迎请昌邑王刘贺进京。这四位大臣级别可不一般，都是九卿级别的朝堂重臣。内官有少府史乐成，宗室有宗正刘德，文臣有光禄大夫邴吉，武将有中郎将利汉，都是朝中最核心的三公九卿之列的大臣。霍光派出这样豪华的阵容去迎请刘贺，可见他对迎请昌邑王进京这件关乎汉室江山社稷之大事的重视。而诏令昌邑王刘贺乘坐七乘传进京，则给予了刘贺超规格的礼遇。所谓的七乘传就是汉代的一种专用车，用七匹马拉着，显得坐车人尊贵。要知道，当年高祖刘邦驾崩，陈平、周勃等大臣在平定诸吕后，将代王刘恒迎请进京继皇帝位，也就是后来的汉文帝刘恒，历史上著名的文景之治的开创者。刘恒当年奉诏入京，规定他可以乘坐的只是六乘传。刘贺的待遇，已经超过当年的孝文皇帝刘恒的规格了。

时间一天天过去，派去迎请昌邑王刘贺的几位大臣出发也有一些时日了，按理说也应该有信使将情况传回长安了。可不知道是什么原因，竟然一点儿消息都没有过来。霍光心里隐隐地有些担忧，寻思着："这一次自己选择昌邑王刘贺接任帝位，目的是为了不让自己不喜欢的广陵王刘胥有机会当上这个皇帝。但自己对昌邑王刘贺其实也并没有太多的了解。刘贺这人虽然年龄比先帝刘弗陵还要小两岁，但是他是否会像先帝一样，对自己言听计从呢？而且这个王二代会不会和广陵王刘胥一样，也是一个让人不省心的主呢？"霍光还真的没有什么把握。

霍光又将当初武帝赐予自己的那幅周公辅成王的图画展开来看，看着看着，心头又涌出了一股悲凉。霍光叹息一声，自言自语道："按照孝武皇帝的意思，是要我辅佐当时的幼主刘弗陵，在刘弗陵能够亲政时，就像当年的周公那样将属于皇帝的朝政权力归还于皇帝陛下。可哪料想，年纪轻轻的皇帝竟然会这么早就弃天下而去呢？刘弗陵成年后，自己因为种种考量没有按照武帝所期望的那样及时还政于帝，这里头虽然有昭帝身体不好的客观原因，但不管怎么说，自己未能完成孝武皇帝的嘱托，实在是有愧于孝武皇帝啊！"

就在霍光心里忐忑不安的时候，有下属急匆匆地进来禀报："报大将军，去昌邑国迎接刘贺入京的大臣派信使快马送来了书信。"霍光赶忙接过，细细阅读。信中叙述了昌邑王刘贺在进京来长安一路上的行为举止：随同昌邑王进京的队伍有二百余人，整个昌邑国的臣属大部分都随同昌邑王而来。昌邑王在进京路上购长鸣鸡、买合竹杖，还把民女强行拖入车中，陪其就寝……因为昌邑王刘贺在路上的各种折腾，以致一再耽误行程。

看完信，霍光只觉得胸闷异常，好像一块大石头压在了胸口，压得他喘不过气来。真是要什么，没什么；担心什么，越来什么。照信里的内容看来，这个昌邑王还真的是一个让人不省心的主。刘贺在进京途中的行为举止，实在是没有皇帝应有的样子。没想到孝武皇帝英明雄奇一世，李夫人倾国倾城绝顶聪明，而他们的后人竟然如此不济。

又过了几天，有下属陆续来报："报大将军，昌邑王已到长安，在灞上换乘了天子车辇。""报大将军，昌邑王在望见宫门应该哭泣的时候没有哭泣。""报大将军，昌邑王在进入内城下车的时候应当跪拜哭泣，但是他却没有悲戚之情。"

"嘶！"霍光听着流星探报，倒吸一口冷气！心里越揪越紧，脸上阴云密布，心想："坏了，难道说选错人了不成吗？"这时，又有下属快马来报："报大将军，昌邑王面对未央宫下跪，悲戚不止，感伤之情，发自肺腑。"霍光一听，这才稍稍安心："看来，这个昌邑王刘贺也并非不可救药之人，待他继位后，需要好好调教一番。

就在霍光琢磨着该如何调教昌邑王刘贺这个年轻的皇位继承人的时候，新入宫的刘贺也没闲着。他在霍光的安排下，进宫后按照礼制和程序，先是拜见了上官皇后，而后就被上官皇后诏为嗣子，立为了皇太子。6月初，先帝刘弗陵下葬平陵后，刘贺正式接过了皇帝的玺印和绶带，嗣承孝昭皇帝，登基为帝。尊上官皇后为皇太后。

刘贺登基为帝的第一天，便开始大肆封赏。让人始料不及的是，他封赏的并非是那些推举他登上帝位或是迎接他入主长安的那些朝中老臣，反而是那些他从昌邑国带来的老部下。

这些被封赏的官员只是昌邑国诸侯王手下的小官，和朝中大臣隔了好几个层次，却一下便从新皇帝刘贺那里得到了许多财宝的赏赐。并且这批人和新皇帝刘贺一天天形影不离。刘贺也似乎无意与朝中旧臣联络感情，称帝后基本上都是与他从昌邑带来的那两百多位旧臣、门客、玩友厮混在一起。

刘贺的这些举动当即引起了朝中许多大臣的不满。于是有大臣找到霍光，说道："无功不能随意受封，这是高祖时就定下的规矩。眼下陛下刚刚继位就随便封赏昌邑国来的旧臣，有时一天多达几十次，而且赏赐十分丰厚。对朝中有功之臣却没有任何赏赐，这实在是有违宫中规矩啊！大将军应该劝阻一下陛下。"

还有大臣来找霍光反映："新帝居然在为先帝居丧期间不避荤腥，还派人去宫外买鸡、猪来宰杀烹饪，且常常和昌邑跟来的旧臣、玩友一起在宫中游乐，甚至击鼓歌唱、吹奏乐器。而这些都是在服丧期间绝不允许的。新帝全无朝堂礼仪规矩，竟用最隆重的九宾大礼迎接昌邑关内侯。这样下去，恐将会危及社稷。大将军作为孝武皇帝亲自选的辅政大臣，应当负起江山社稷的责任，好好管管新帝。"

听着文武大臣们禀报，又想到立刘贺为帝是自己力排众议的结果，霍光也只能表面上对找上门来的大臣们劝解道："陛下还年轻，刚入宫尚有些不懂朝中的礼节，也属情有可原。只要他将来能好好治理国家，我们这些做臣子的，也就心满意足了。天子就是天子，即使有些事不合规矩，只要还没有危及社稷，我们做臣子的只要尽到辅政责任就好，没有什么可抱怨的。"

对于新帝继位之后的种种行为引起了满朝文武的不少非议，最后全告到霍光这儿来了。其实霍光早就知道这些情况了，也正为此发愁呢。

这一日，霍光闷坐在家中桌前，回味起大臣们说到的新帝刘贺的种种不是，想到这个刘贺是自己拥立为帝的，朝臣们对新帝的抱怨让自己情何以堪？霍光寻思着："这个新帝行事也确是全无章法，完全不按常理套路出牌，即位之初，哪怕是摆摆样子，也应该先封赏包括自己在内的有功之臣哪！哪有一上位就过河拆桥、只封赏旧部的？也难怪朝臣们不服气了。可是，人家既然已经就位，毕竟自己在名分上还只是臣子，总不能冲到朝堂上去指着新帝的鼻子开骂吧？怪只怪自己一时情急，选人失当啊！"一念及此，霍光忍不住长吁短叹起来。

就在霍光愁眉不展的时候，一个美貌妇人端来一杯热气腾腾的茶水，放在了霍光面前。一只柔软的玉手抚摸着霍光的肩膀，温柔的声音在霍光耳边响起："大将军有何不快之事啊？"一听说话的声音，霍光舒服了很多。他知道，夫人霍显已经来到了身旁。

第 伍拾贰 回

一夫妻夜议君婚事　两大臣霍府谈娇娘

　　霍显夫人款步来到大将军身旁，安慰自己的丈夫，要为他排忧解难。霍光一把抓住在自己肩膀抚摸着的纤纤玉手，一扭头看到了一双艳丽的妙目正深情看着自己。霍光僵硬的脸上即刻扬起了笑容。只见霍显体态丰盈，皮肤红润，媚眼如钩，看上去不过二十出头，其实已经三十多岁了，简直就是一位冻龄美女。霍光最喜欢霍显那双勾魂摄魄的眼睛，水灵灵、亮晶晶、清澈澈！每次只要一看到这双眼睛，漫天的愁绪都可以暂且抛开。

　　霍显何许人也？这个女人可不简单，她也是影响了西汉历史进程的重要人物之一。这霍显本不姓霍，她姓什么呢？据说连她本人也不知道。20年前，这个女子从齐地流落到长安，被霍光的门客兼好友杜子陵看中，留在了霍光府里当用人。刚进霍府时，这个女子饿得黄皮寡瘦的，哪知半年以后，因为霍府油水的滋养，竟出落得如梨花带雨，分外妖娆。也该她发迹。那年春天，霍光陪同武帝祭祀泰山封禅回来，十分劳累。恰逢霍光的夫人身体不适，便安排这个女人来伺候霍光就寝。就在霍光闭眼欲睡的那一瞬间，这个女子那一双艳丽无比的妙目瞬间就把他的魂魄给勾去了。这双勾魂眼立即使他激情迸发，霍光一把将这女子紧紧地拥在了怀中……

事后霍光详细问这个女人的情况。得知来自齐地，自幼父母双亡，无名无姓。霍光说："既然你无名无姓，那这样吧，你就跟我姓霍吧。"这个女子顺竿就上，马上拜谢霍光赐予姓氏。霍光又嬉戏地说："你给自己取个名吧。"这女人也毫不含糊，给自己取名为"显"，希望跟着霍光能够显贵发达。见这个女子毫不隐讳地表示希望显贵发达，霍光当时还着实吃了一惊，暗想："这个女人可不简单哪！得了，干脆纳为妾室算了。"

就这样，霍显便成了霍光的小妾。霍光的正室死后，霍显登堂入室，正式地成了霍光的夫人。霍光在朝堂、在家里，都是一脸的严肃，举止板正，却唯独在这位显夫人面前，可以抛开一切的烦恼，和她有说有笑。霍显的那双妙目，一直温润着霍光那颗坚毅无比、孤独冷漠的心。

今天，霍光见夫人问起心中不快之事，也不隐瞒，便把近来朝臣们对新帝的议论和自己的担忧一五一十说了出来。霍显一听，思考片刻，不慌不忙地对霍光说："夫君不必为此忧愁。这刘贺年方十九，正是青春冲动期，做出一些荒唐事情来，也属平常。"霍显说完停顿了一下，看了一眼霍光，见霍光正期待她继续说下去，就接着说道："得给这位一身是火的皇帝去去火，给他找一个温良似水的皇后，按照五行的说法，水能制火。要是这样的话，他就会安静了。"

霍光一想，也觉得有道理："唉，怎么我就没有想到这个关节呢？"霍光觉得霍显说的这个办法，倒是可以一试，随即说道："那有谁适合做他的皇后呢？"

霍显听丈夫说出这句话来，不禁咯咯娇笑起来，把霍光的头搂在了自己温软的怀里，说道："你聪明一世，怎么糊涂一时？我们家的成君年方二八，温顺娇美，正是水灵灵的模样，与陛下最是般配了。"

霍光"啊"的一声，如梦方醒。原来他与霍显生了一个女儿霍成君，年方16岁，正是二八芳华的时候。这霍成君跟当年的霍显像是一个模子刻出来的，而且皮肤更加白皙。尤其是那双眼睛，澄明清亮，一双明眸比她的母亲霍显更加勾魂。

"如果能够把自己的女儿立为皇后，那自己就是国丈，那么教训刘贺也就更加顺理成章了。"想到这儿，霍光立即命人去召田延年和杜延年两位大臣到府上来商议。

田延年和杜延年都是何许人也？

田延年，字子宾，是战国时齐国王室的后代。西汉初创不久时，他的家族被迁徙到阳陵。在青年时代他就表现出过人的才干，被大将军霍光招纳到幕府之中，成为得力的助手，不久就做了长史。田延年是霍光的亲信，在地方上做出了突出政绩，很快就提拔到朝廷，担任位列九卿的大司农，主管全国财政。

杜延年，字幼公，御史大夫杜周少子。杜延年通晓法律，初任补军司空。始元四年，平定益州蛮夷叛乱，回朝后任谏大夫。上官桀等人谋乱时，就是杜延年得知消息后报告给汉昭帝和霍光的，导致上官桀等人被诛杀，杜延年因平叛有功被封为建平侯。杜延年历任太仆、给事中、西河太守、御史大夫等职，也是霍光的左膀右臂。杜延年曾向大将军霍光提出治国良策，那场著名的"盐铁之议"，议论废除专卖酒、盐铁等，皆由杜延年发起。杜延年善处政务，长期主管朝政，深得皇帝信任，位居九卿高位十余年了。

　　二人到了之后，霍光命人奉上茶水。左右下人离开后，霍光沉吟了一会儿，缓缓说道："陛下来到长安以后，做的事情大多都十分荒唐。新帝的这些举动，我估摸是有人在教唆。敢问二公对此有何见教？"

　　田延年听霍光这样说，先看了一眼杜延年。杜延年明白他的意思，这是要他先说。杜延年就说道："陛下的这些做派都十分幼稚，过去我以为只是陛下随意而为，并没有经过精心的计划。现在，我也认为这都是那些昌邑旧臣在他身边出的主意。"

　　霍光"哦"了一声，点点头向田延年问道："大司农，你看呢？"

　　田延年想了一会儿，慢慢地说："我与幼公的看法相同。这事还需要大将军主持呀。大将军是孝武皇帝亲自选定的首辅大臣，而陛下又是大将军扶上皇位的，大将军在我朝具有无上的尊崇地位。在新帝大肆封赏旧部的情形下，大将军宜主动亲近陛下，时时咬咬耳朵，扯扯袖子，提醒他注意自己的言行。想办法与他建立起与孝昭皇帝一样的亲密关系，条件成熟了，再伺机清除陛下身边的小人。如此，则我大汉朝可以无忧矣。"三人你一言我一语，是越谈越拢。

又喝了一会儿茶，杜延年开口道："听说大将军的女儿人品出众，已到待嫁之年。大将军要是不介意，我去跟陛下提出来，将大将军的女儿许给陛下，则大将军对陛下来说，就不再是外人了……"

霍光见杜延年说出了自己内心的想法，心中暗喜，便顺势说道："如此甚好。唉，没想到陛下尚不通政事，他的身边也确实需要有人指点。如果能如两位大人所言，那我就将小女送进宫去。毕竟是一家人更好说话。就请两位去跟陛下说吧。看看陛下是否应允。"

田、杜二人相视一笑："这大将军要送女进宫，陛下万无推辞之理。大将军将这等私密之事交与我二人，可见大将军是没拿自己当外人啊。这件事，得给大将军办妥了。"二人领命，高高兴兴地离开霍府了。

第二天，刘贺一早醒来，依然是和过去几日一样，带着昌邑下人们一起游乐。到了中午，有侍臣通报是大司农田延年与太仆杜延年觐见。刘贺根本没有多想，便召了两人进来。见面行了君臣之礼后，刘贺就问："二卿今日进宫，是有什么要紧事需要即刻启奏吗？"

第 伍拾叁 回

拒立后二臣空忙谏　劝当今霍光入朝堂

　　田、杜二人奉大将军霍光命进殿面君，各自行完了君臣大礼之后，新帝刘贺就问二人："朕有事正欲他往，两位卿家选在临近午时赶来见朕，难道是有什么急事吗？"刘贺一开口就说自己正欲外出，这是在告诉两人，朕还有事呢，你们赶紧说事，不要耽误过多的时间。

　　杜延年一听刘贺这么说，知道他这是不耐烦，赶紧先说道："臣听说，陛下家眷还未来长安。陛下新近登基，朝堂事务繁忙，在宫中急切需要有人照顾。朝堂的大臣们都在期盼，希望陛下早日定下一位能够母仪天下的皇后。如此，则宗庙幸甚，社稷幸甚。"

　　田延年也接着说道："陛下正值英年，后宫之事关系重大，皇后之位不宜久缺，希望陛下把早日立后这件事情挂在心上。"

　　刘贺见两人喋喋不休地说起立后之事，可他心里惦记着与昌邑臣子们的玩乐之事，就不想和两人继续聊了。他假装思考状，沉默了一会儿，说道："两位卿家言之有理。这样吧，关于立后之事，朕会尽早考虑的，就不劳两位卿家费心了。如果没有其他事，两位卿家就请回吧。"

杜延年见刘贺不想就立后之事深谈下去，心想："这怎么办？大将军的任务还没完成呢。"见刘贺要下逐客令了，只得又进一步把话挑明说道："陛下容臣细说。臣听说，大将军有一女，美丽贤淑，堪为天下表。陛下何不将她召入宫中？假若如此，则大将军一定会感激涕零，臣等亦自当倾力效忠于陛下的。"杜延年这是提醒刘贺，自己所说的可是大将军霍光的女儿，她的背后可是朝堂首辅霍光。没有大将军，又哪里有你这个新帝啊？

刘贺听了杜延年的话，心里暗想："这两人一唱一和的，是想让我将霍光的女儿迎请入宫立为皇后，大将军是不是想以此来制约寡人啊？如果真是那样的话，那可就太不自由了。"

刘贺哪愿意受这个约束。他暗暗寻思着："这两人只怕是受了霍光的请托而来，如果把霍光的女儿请进宫立为皇后，霍光要是成了我的老丈人，那还不得天天把我管得死死的啊！"

刘贺即位的这些日子，白天在朝堂之上，见群臣都看霍光的脸色说话，丝毫没有把自己这个新帝当回事，心里也老大不痛快，只是碍于自己新近即位，而大将军霍光拥立自己为帝，对于自己有大功，不便当场发作罢了。但是，也不知为何，刘贺每次只要见到霍光，心里竟不由自主地感到浑身不自在。刘贺心想："我的天下，得由我来做主！你霍光拥立我称帝再有功，总不能比我这个皇帝还要摆谱吧，难不成我这个大汉天子还得受你管？"

这两天，刘贺故意封赏了昌邑旧部，而没有封赏霍光等老臣，已经感觉得到霍光等一众老臣们很不高兴了。杜延年和田延年现在又提出立霍光的女儿为皇后的问题，肯定是霍光想要以泰山老丈人的身份来管教自己了，好在家里说一些在朝堂之上不便于说出来的话。

刘贺越想越觉得不是滋味："在朝堂上，大将军霍光仗着是孝武皇帝选定的托孤之臣，上管天子，下管群臣，连皇帝都要看他的脸色说话。如果将霍光的女儿迎请入宫，立为皇后，那岂不是回到后宫，也还得由霍光管着自己吗？再说了，自己在昌邑国已有王妃，要立后也得先考虑自己的原配夫人才对啊。"刘贺想尽早结束这场对话，好和他的昌邑玩友一起去游猎，便轻描淡写地敷衍了几句："好了，朕懂了你们的意思。不过，眼下朕还有许多大事要做呀！立后一事，不用着急，可以缓一步嘛！"听到刘贺如此回答，田延年、杜延年二人只得知趣地告退。

二人回去给霍光复命。两人到了霍光面前，这回田延年先说话了："回禀大将军，陛下始终不肯应允，甚至不见说可以考虑的话。可见陛下身边的小人已经多到无可救药了。我认为，如果新帝不堪社稷重任，大将军应该早做打算。"田延年此番进宫面君，感觉到新帝刘贺没给他这个大司农一点儿面子，觉得自己没有完成好大将军霍光交给的任务，心里对新帝刘贺是又气又恨。

杜延年生性比较宽和，接过田延年的话说道："我观陛下只是年轻气盛，心性浮躁不太耐烦而已，他毕竟还是说了'可以缓一步再说'的话，或许事态还未到无可挽回的那一步。依我看，大将军不如亲自进宫去提醒新帝，让他警醒周边的小人。以大将军的威望，或许新帝会回心转意的。"

霍光听了两人的禀报，闭上眼睛叹了口气。他回想起武帝当初的嘱托，脑海中各种思绪浮现。既然孝武皇帝要我照顾李夫人的后人也就是昌邑王刘贺，那么自己不可不先尽到人臣之道。田延年所说的早做打算，不可轻易实施。

想到这儿，霍光睁开眼睛对杜延年说道："我直接去面君当然亦无不可，但是事情似乎还没有走到那一步。幼公素有计谋，不妨商量一下，接下来该如何做？"

杜延年见霍光不想先去面君，便又说道："大将军所虑甚是，我还有一个办法。我手下有位太仆丞，名叫张敞，性格刚正不阿，敢于谏言。他对陛下即位以来所做的种种荒唐事，心里不平已久。我让张敞去写封奏章，对陛下的所作所为直言极谏，若是陛下再不能醒悟，那时再请大将军亲自出马不迟。"霍光点头表示赞成。

次日，张敞便给新帝刘贺上了一封言辞颇为激烈的奏章："孝昭皇帝驾崩而没有子嗣，朝中大臣均十分担忧，于是决定选举贤明之人继承宗庙，大将军率领群臣迎请陛下入朝。如今天下无人不在拭目倾耳，希望陛下施行仁政。可是，陛下即位以来，国之重臣未见嘉奖，昌邑国驾车的小吏反而先升了官，这可是大过啊！"张敞作为臣子对新帝刘贺说出这话，简直就是犯颜直谏，有点恨铁不成钢的味道了。

然而，面对如此直白的谏言，刘贺却压根没有当作一回事。

他既没有改正，也未惩处张敞。这份奏章就如石沉大海一般，竟在朝堂上半点风浪也没有溅起。霍光等候了两天，希望刘贺就张敞的奏章做出一些表态，却始终杳无音信。

刘贺来到长安以后，还从来没有主动召见过霍光，仅在刚入长安、先帝葬礼和自己登基等少数几个大场合上和霍光打过照面。

霍光暗想："自己好歹也是大司马大将军，天下大事悉决于光，这可是武帝和前朝先帝定下的规矩。新帝若是想好好治理国家，那么无论是询问宫中事务，还是处理朝堂政务，无论如何，都不该绕过自己。谁料想，这个自己刚扶上位的新帝不但对自己没有丝毫的封赏，而且所有朝政诏令都不再通过自己，而是由他直接颁布。尽管新帝发出的诏令最终都到了自己手上，有好些也已经被自己压了下来。但长此以往，这位新帝岂不是要将自己这个首辅大臣的权力剥夺干净吗？"

见张敞的谏言如石沉大海，霍光强压住心中的不快，最终决定主动去宫中觐见刘贺，和新帝咬咬耳朵，扯扯袖子，尽辅臣之责，要好好地提醒他一下。

第 伍拾肆 回

君臣朝堂直言问对　霍光称病暗自神伤

　　刘贺奉诏进京继承帝位。他进宫的时候，还是先帝刘弗陵的居丧期，有很多的规矩需要遵守，比如避荤腥、禁娱乐，等等。可是这天，霍光进宫的时候，听到了本该静穆的未央宫殿却鼓乐喧天，原来是新帝刘贺正与他的昌邑臣友饮酒作乐。

　　听说大司马大将军霍光要觐见，刘贺一下有点慌乱。对大将军霍光，他心里要说不害怕，是假的。还是要忌惮三分的。刘贺也知道居丧期间饮酒、乐舞等娱乐是有违礼制的，若让霍光发现了，免不了惹下麻烦。他赶紧让下属们撤掉乐舞，然后粗略地整理了一下仪表，定了定神，才与霍光相见。

　　霍光等了许久，终于得以拜见这位自己拥立的新帝刘贺了。霍光见刘贺喝得满面红光，心里暗自后悔，嘴里却说道："陛下近期休息得可好？"刘贺答道："让大将军费心了，朕休息得很好。"霍光其实已经知道，最近几日，刘贺派人把昌邑国的乐人引进宫来，天天在未央宫中大肆饮酒作乐，不加节制地嬉戏。

霍光对着刘贺拜了一拜，隐讳地说道："陛下，长安比陛下的昌邑国要繁华许多，希望陛下不要在这里迷失了方向，陷于纷扰之中。"

刘贺装作没有太听懂霍光的意思，却又似懂非懂地点了点头，干笑了两声。霍光也不知道他是否听懂了，接着说道："臣听说陛下最近封赏了许多昌邑旧臣，不知是否有此事？"刘贺不假思索地回答道："这些都是跟随朕多年的人，一直与朕为伴，朕十分信任他们。此番他们陪同朕入宫，从昌邑一路过来也辛苦了，所以朕就给了他们一些封赏。"

刘贺顿了一下，又接着说道："大将军，朕有一事正要知会大将军。朕即位以来，观朝堂情况，深感我朝有些旧习已经不合时宜。朕认为没有必要一直沿袭下去。下一步，朕欲起用新人，进行改革。朕认为这对稳固汉室江山社稷是很有必要的。不知大将军以为如何？"

霍光听到刘贺不加掩饰的话，思忖："没想到新帝如此地心高眼浅！即位以来任人唯亲，视国家大事如同儿戏，又不能圆滑处事，竟是毫无城府之人。新帝如此性情，极易受到旁人的蛊惑，须得提醒提醒他才对。"

于是，霍光决定敲打敲打这位新帝，便继续对刘贺说道："陛下想起用新人的想法是好的，臣也十分赞同。"刘贺听霍光这么一说，马上面露喜色："就是就是，我就知道大将军一定会支持的"。

霍光故意停顿了一下，想格外引起刘贺的注意。见刘贺正定定地看着自己，便又接着说道："陛下如此圣明且有主见，这朝堂之事就请陛下亲自定夺。臣下近来颇感劳累，身体不大舒服，正好可以休息休息了。"

霍光本来以为，新帝刘贺若是能看清局势，就会发现，如今无论是对内还是对外，大凡只要是涉及朝政之事，无论如何都绕不开自己这个大司马大将军。他本想以退为进，提醒刘贺不要忽视大将军的存在，然而没想到，刘贺压根也没把他这个大将军的话太当回事，随口便答了这么一句："大将军一直很辛苦，功劳很大。大将军既然累了，也确实该好好休息了。这样吧，大将军养好身体之前，可以不用上朝了。"

霍光听罢此言，胸口像遭到了重击，气得他一时竟说不出话来了。霍光心想："这哪是自己费尽心机扶上位的皇帝啊？"霍光这次觐见，本想委婉地劝告刘贺，要是想顺顺当当地当这个皇帝，就必须依靠朝中的老臣，尤其是自己这个朝堂首辅。没想到刘贺根本不买账，不仅没有意识到自己话中的玄机，反而让自己养好身体之前可以不用来上朝了，这不是要让自己靠边站吗？

到了这个时候，霍光终于明白："这个刘贺，原本是个好苗子，武帝何其英明，李夫人何等聪慧，刘贺这嫡传基因，应该堪当大任。但如今刘贺已经是十八九岁了，做事却像个小孩子。唉，只怪他父亲早亡，缺乏管教；大概是母亲太宠爱，把他给毁了。他虽然并不愚笨，而且似乎很有想法，但却离我霍光的要求相距甚远。"霍光心中这番感叹，还真让他说对了。刘贺5岁时承袭昌邑王位，在昌邑国那一亩三分地，他这个小王爷可以说了就算，定了就干，反正有一帮臣子们替他将屁股擦干净。这一个人若是缺少了父亲的严加管教，对孩子成长的影响那是很大的。

霍光发现新帝刘贺把治理国家看得太简单了，以为把他在昌邑国的那一套搬到京城来就足够了。他以为既可以逍遥和玩乐，又能够轻松地把国家治理好。他年纪太轻，又贪玩，根本没有意识到自己所肩负的重任，更不愿意讲规矩、守章法、学礼仪、勤政务……

霍光的心揪得越来越紧，已暗暗起意："看来还是田延年说得对，刘贺若是不堪社稷重任，那么为了苍生社稷，为了对得起武帝的托孤，自己必须要有所准备了……"

霍光入宫见新帝却无功而返，只得按照新帝刘贺的批复回到家中"安心养病"。然而，朝中的大臣却依然时不时地有人找上门来，抱怨新帝刘贺的种种不是。霍光听在耳里，痛在心里。这些抱怨就如同是对他的责问一般，打在自己的脸上，痛在自己的心里。

这几天，霍光虽然待在家中大门不出，二门不迈，但是思前想后，对新帝刘贺却是看得越来越透："这个新帝刘贺每天都有几十份诏书发出，涉及官员任免、财物赏赐，不仅丝毫不和自己这个辅政大臣商量，还把前朝立下的规矩来了个翻天覆地。刘贺不跟自己商量，就把昌邑国带来的两百多人任命到朝中各个部门，这简直就是瞎胡闹。据说刘贺还经常让下人们乘坐皇太后的车辇在宫中玩耍，把内宫库房的珍宝赏赐给昌邑旧部，整个就是一个纨绔子弟的做派。如果任由他如此任性胡为，汉室江山将不知道会折腾成什么样子！到那时候自己可就真的成了千古罪人哪！"

按照规制，刘贺继承的是刘彻到刘弗陵一脉相传的帝位，是以刘弗陵的继子的身份先继承了太子位，进而继承皇位的。刘贺被过继到刘弗陵名下，就应该认刘弗陵为父亲。然而刘贺当上皇帝后，却先去祭拜自己的生身父亲昌邑哀王刘髆，并且在祭文中自称"嗣子皇帝"。这种严重违背礼法的原则性错误，引起了朝中众多大臣的反感。霍光也一直在隐忍。他心中明白，若是自己不隐忍，那出丑的将不仅仅是刘贺，还有把刘贺扶上皇位的自己。

这一天，田延年又急匆匆地赶过来向霍光禀报："新帝发布了诏书，将能调动军队的符节上的黄旄改为红色了。"霍光听了，虽然表面上还是那副波澜不惊的样子，但内心早已是心潮澎湃，越来越担忧了。

新帝刘贺改变符节的旄的颜色，为何会让霍光如此担忧呢？原来这和当初"巫蛊之祸"的事情有关。当时汉武帝与太子刘据父子相残，当时的符节的旄本来是红色的，但是因为太子手中也有符节，为了防止太子调动军队，所以武帝发诏书将红旄改为了黄旄，使太子手中的符节没了效用。所以太子刘据在长安城起兵的时候，因为调动不了京师的军队，最后落得个兵败身亡。

第 伍拾伍 回

恐乱汉霍光暗起意　效伊尹延年献妙方

新帝刘贺私自改变调兵符节的旄的颜色，大将军霍光可知道，如今刘贺将黄旄重新改回了红色，是打算通过这种手段，要收回他大将军掌控的兵权。难道刘贺还想将朝廷中的权力全部收归自己手中吗？霍光不仅仅是担忧，已经是十分愤怒了。

田延年察言观色十分仔细，察觉到了霍光情绪中的不安，开口问道："大将军莫非在担心当今陛下欲掌握兵权一事？"

霍光对田延年也没有什么好隐瞒的，接过话头说道："陛下本质并非是奸恶之人，只是不懂政务，不擅长治理国家而已，加上又不能明辨是非。他身边的那些昌邑国的臣子教唆陛下，让他暗地里排挤长安的诸位大臣，好让他们上位。陛下的身边被小人环绕，我担心，陛下会酿成大错啊！"

其实，昌邑王刘贺来到长安以后，身边也有一些谨慎的大臣劝告过他，作为皇帝要注意自己的言行，为天下表率。可刘贺从小到大随性惯了，玩乐过后，他有时候也会想到自己的爷爷孝武皇帝，心中涌出一股豪情，告诉自己明日起便要勤于政务，实现治国之抱负。然而到了次日，他想的却是，还有许多日子可以勤于政务，何苦今日就要开始呢？便又忘记了昨日立下的"大志"，开始享乐了。

刘贺十分不喜欢那些一脸严肃的长安大臣，这些大臣要么古板，要么高高在上对自己，一而再，再而三地说一些劝告性的话。他当昌邑王时，身边已经有几位大臣时常扫他的兴，比如，郎中令龚遂、中尉王吉和老师王式等。没想到到了长安后，除了龚遂、王吉等人，扫兴的大臣竟又多了好几倍，这更让刘贺厌烦不已。刘贺知道，这些来劝谏自己的人大多是亲近霍光的。他也知道，在长安城中，他这个皇帝诏令的效用，其实还远远不如大司马大将军霍光的一道指令。

刘贺身边也有谋臣多次进言："陛下若是想在长安城中站稳脚跟，就必须尽早削去辅政大臣霍光的权势。否则陛下的诏令就难以走出未央宫啊！"

刘贺思考了一番，认为的确是如此。于是，依着身边的昌邑旧臣出的主意，为削弱霍光等朝中旧臣的权力、增加自身权威而连续下诏。有激进的谋臣甚至劝告刘贺，不如在霍光称病期间，发布诏令，迅速将他的权力削去。但刘贺考虑再三，没有听从。一来他于心不忍，毕竟是霍光推举自己当上皇帝的；二来自身实力也还不济，毕竟军权、宫廷禁卫这些关键的权力还都掌握在霍光的手里，自己如果剥夺太急则容易生乱，只能缓慢图之。

这一天，在霍光府中，田延年再次前来报告情况。见霍光罕见地长吁短叹，田延年说道："大将军是国家柱石，假如君主不能担当皇帝重任，就不该为君主。昌邑王已经不能够处理好朝政，又信任卑鄙小人，不肯悔改，不堪大任，大将军为何不禀告太后，另选贤明之人呢？"霍光叹息着答道："我又何尝不想如此啊，可陛下是我推举上位的，如今又要由我去将他赶下来，这种事情在外人眼中，就是不忠，就是谋逆，我定然会落下一个反复无常的悖逆骂名啊！唉，为今之计，我当如何做才好呢？"

田延年为霍光倒上酒，说道："大将军也知道从前贤相将君主罢黜的事情吧。商朝的伊尹为了国家安定，将太甲帝罢黜软禁，后人都称颂伊尹忠于国家。大将军身为孝武皇帝的托孤重臣，乃我大汉的柱石，眼见汉室江山社稷大厦将倾，必须勇敢地承担起匡扶社稷的责任。大将军要是这么去做了，定能成为大汉之伊尹！"

听了田延年的话，霍光陷入了沉思。霍光多年来养成的一个最好的习惯就是遇事喜欢思考周全，绝不冲动。其实这也是他在朝堂，长青不倒的关键秘诀。

田延年所说的伊尹乃是商朝初年著名的贤相，曾辅助商汤灭夏朝，为建商朝立下了汗马功劳。伊尹后来又辅佐商汤的嫡长孙太甲为帝，但是太甲即位后却一味享乐，沉湎于歌舞酒色，不理政事，还破坏商汤立下的法规。眼见朝堂被太甲帝搞得一塌糊涂，于是，伊尹便将太甲帝废黜，将其放逐到他父亲下葬的地方桐宫

276

去面壁思过，给父亲守陵。在太甲帝放逐期间，伊尹自己代替太甲帝执政，直到三年后太甲悔过了才还政于他，从而保全了商朝的江山社稷。这就是历史上著名的"太甲既立不明，伊尹放逐桐宫"的典故。

"既然前朝已经有先例，自己又有什么好担心的呢？与其坐以待毙，不如奋起图之！如今的局势，要是自己再不迅速做出决断，恐怕汉室江山和自己的性命都难保了。"想到这里，霍光终于下定了决心。

霍光决心下，便显出他的雷霆手段来了。他马上给田延年加官给事中，让他可以自由出入宫廷，协助自己秘密地谋划废帝事宜；又将自己人右将军张安世召来，商议如何废黜刘贺。

说起张安世来，可不一般。他字子儒，京兆杜陵（今陕西西安市）人，酷吏张汤之子，麒麟阁十一功臣之一，排列在霍光之后的第二位。此人生性谨慎，以父荫任为郎官。汉武帝时，为尚书令，迁光禄大夫。汉昭帝时，拜右将军兼光禄勋，以辅佐有功封富平侯。汉宣帝时，累官至大司马、卫将军、领尚书事，集军政大权于一身，以为官廉洁著称。张安世的一路升迁，都离不开大将军霍光的提携，因此，他也是霍光的心腹之人，执行大将军霍光的命令从来就不会打折扣。

霍光紧锣密鼓地谋划着废黜新帝。那么新帝刘贺这会儿在干什么呢？刘贺这个时候依然在我行我素，每日与自己在昌邑国时的玩友厮混在一起，享乐游玩。他对霍光的举动是一点儿也不知情。

这一天，新帝刘贺正打算和下属一起去宫外狩猎取乐。几百人的车队正欲驶出宫门，却见一位大臣跑到车队前面，跪在地上高声劝阻道："陛下今日不要出宫啊！我观天象，这天气如果久阴却不下雨，便预示着将要有人对陛下不利，陛下近期宜待在宫中，以防不测之变啊！"

还没等这位大臣的话说完，旁边的卫士已经上前欲将他拖走。可这位大臣依然挣扎不休，不肯让路。刘贺认出了阻拦车驾的大臣是夏侯胜。夏侯胜的叔叔夏侯始昌是西汉有名的经学家，曾经是刘贺的父亲刘髆的老师。刘贺虽然认出了夏侯胜，却认为他是在妖言惑众，不禁十分恼怒，顿时没了游猎的兴趣。刘贺令卫士将夏侯胜捆起来，交给官吏去治罪。

因为叔叔夏侯始昌与刘贺的父亲刘髆这一层深厚的关系，夏侯胜在刘贺车驾前跪谏，劝刘贺不要出宫，夏侯胜的举动不免让人遐想万分。负责对他治罪的官员立刻将此事密报给了霍光。霍光闻言，大惊失色，以为是废帝行动计划泄露了，便连夜审问夏侯胜。最后，夏侯胜回答说：《尚书·洪范》中说，君王要是有过失，就会招致天谴，于是使天气阴沉，此时就会有臣下谋害君主。我不敢明言，只能说'有人要对陛下不利'。"

霍光一边听着夏侯胜的这番回答，一边察言观色，知道这事情要么只是偶然，要么是夏侯胜也无意于揭发自己的计划。他又担心夏侯胜如此博学，要是站到了刘贺那边，对自己也是十分不利。霍光于是下令释放了夏侯胜，对他礼遇有加，以换取夏侯胜的信任，还别说，夏侯胜果然投入霍光的怀抱之中。

第 伍拾陆 回

申大义霍光振朝纲　屡任性刘贺终遭殃

夏侯胜力谏不成，反被刘贺投入大牢。其实刘贺身边像夏侯胜这样忠心的大臣本来也有不少，只是这些大臣在目睹了刘贺种种不听劝谏、任性妄为的举动之后，即使他们原先对霍光有所不满，如今也纷纷改变立场，要么投靠霍光，要么保持中立。渐渐地，刘贺除了那些从昌邑国带来的两百多旧臣门客以外，在朝廷中，他几乎是毫无帮手了。

夏侯胜事件发生后，霍光又找来田延年和张安世，商议对策。霍光道："夏侯胜不知是否真的知道我们计划中的事，如果已经知道的话，那么这事就不能再拖延了。拖得越久，就越容易走漏消息。正所谓夜长梦多啊！"

但是，霍光也知道："要废黜刘贺就必须有非废不可的理由。刘贺入宫之后的种种行为，虽然很多方面不合礼制，但是还没到

279

非废不可的地步。刘贺不是居丧期间天天晚上在宫中饮酒作乐欣赏乐舞吗？要不今晚就给他安排一场。至于这位新帝能不能经受住诱惑，是不是逃得过这场劫数，就看他自己的造化了。如果刘贺能够把持得住，就暂且放过他；如果他自己往火坑里跳，那就怪不得别人了。"

当天，霍光便让人召来了皇宫乐师，叮嘱如果新帝晚上要歌舞娱乐，就让那个叫蒙的宫女好好给新帝表演一番。当晚，刘贺果然再次酒兴大发。他让人悄悄出宫买来鸡鸭鱼肉，召来几个昌邑旧部，在宫中狂饮起来。酒足之后，刘贺果然又要欣赏乐舞。他不顾下人的劝阻，执意召来先帝的宫女。随着悠扬的乐声响起，先帝后官一个叫蒙的宫女惊艳登场，她那极尽婀娜的舞姿让刘贺的血液几乎都要沸腾起来了。一曲终了，刘贺把蒙拥向了寝宫，留下了一干目瞪口呆的臣下。

第二天，刘贺酒醒，惊觉身边有个绝色女子，认出正是昨晚陪着自己莺歌燕舞的蒙。刘贺意识到坏事了，没想到自己酒后一不小心竟然动了先帝的妃子，这要是传出去可是秽乱后宫的大罪。刘贺想想有点后怕，赶紧让人下令给掖庭："敢泄言者，腰斩。"刘贺这是下"封口令"了。他以为这一道命令就可以让大家都封口了，却哪里又封得住啊？不是有句话叫"防民之口甚于防川"吗？何况宫中除了刘贺的昌邑旧臣之外，其他的尽是大将军霍光的人呢！

一切都如霍光所料定的那样，新帝刘贺果然自己跳下了"火坑"。霍光马上就知道了刘贺昨晚干的荒唐事，等的就是这个时机！"哼哼，秽乱后宫，德不配位，不堪社稷重任，必须废黜！"

霍光于是令田延年去通告丞相杨敞，令杨敞和田延年两人准备好奏章，安排好人手。杨敞现在虽为丞相，但依然是那副胆小怕事的样子。当天，田延年按照霍光的吩咐来到丞相杨敞的府上。杨敞并不知道田延年来拜访的目的，听了田延年转达霍光要求自己准备好废帝诏书的话后，杨敞心慌不已，虽然时值盛夏，却让他直冒冷汗。田延年见杨敞迟迟不肯表态，于是假以天热更衣的名义，起身离开。

看到杨敞犹豫不决，杨敞的妻子急忙出来，对杨敞说："大将军让大司农来通知你，是因为他已经决定好了，你要是不答应，恐怕祸事就在眼前了！"听了妻子的话，杨敞依然迟疑不决。

此时田延年已更完衣回来，杨敞的妻子当下便代夫做主，表示愿意听从大将军的号令。在整个过程中，杨敞依然是大气不敢出，直到田延年离开返回去禀告霍光，杨敞才缓过神来。

第二天一早，趁着刘贺外出游玩不在宫中的时候，霍光将丞相、御史、将军、列侯、大夫、博士等所有朝中重要的官员召集到未央宫的大殿中，说是要商议朝务。大臣们没有被告知商议的具体事务，因此大多都不知道究竟是什么事情，大家急急忙忙地赶往未央宫，均疑惑不解。但是既然是大司马大将军的命令，谁也不敢公然违抗。

待所有人都到齐了之后，大司马大将军霍光满身官服，一脸的杀气，来到未央宫大殿。五千御林军一个个盔明甲亮，刀枪在手，"哗"的一下，把偌大的未央宫围了个风雨不透。

宫中的气氛骤然异常紧张。众人一个个面如土色，不知道大将军将要干什么。不少人在心中嘀咕，难道说大将军这是要发动政变吗？有那胆小之人已经是抖衣而战了。

　　霍光缓步走到群臣面前，不怒而威，群臣却感觉到大将军一脸的杀气。霍光的声音并不高，却有很大的威慑力量。霍光告诉群臣："各位大人，昌邑王进宫已近一个月，然而他却行事昏庸无道。再这样下去恐怕会危害社稷。新帝确实无法担当维系汉室的重任，大家看该怎么办？"

　　听了霍光的这番话，大臣们面面相觑："这刘贺已是皇帝陛下了，怎么大将军又称其为昌邑王了呢？这可是大不敬啊！当初是你大将军力排众议，将昌邑王刘贺扶上皇位的，如今却又说他昏庸无道，这到底是怎么回事呢？难道说大将军这是要反了吗？"一时间，没有人敢站出来说一句话，大殿陷入了死一般的寂静。

　　霍光早就知道群臣会有这番反应。他扫视了群臣一周，目光如炬。有些胆怯的大臣在他的注视下，根本不敢抬头。霍光眯起了眼睛，逐一从群臣脸上扫过。

　　此时，霍光想到了武帝对自己的期待，想到了自己年少时追随兄长的脚步一步一步走到现在，以至于"天下大事悉决于光"，包括皇位人选这样天大的事，也必须由自己做出决定。霍光暗想："如今，是否要废黜新帝，也全在自己的一念之间。今天自己做的究竟是对还是错呢？"霍光自己也得不出答案，只知道，如今箭在弦上不得不发，已经是无回头路可走了。

　　霍光在大殿中来来回回走了十几步，这脚步声，让那死一般的沉默渐渐变成了一种威压。霍光让这份威压在大殿中酝酿了好一会儿，好好地将气氛浸染透，随后，又扫了扫面前的群臣，最后，将目光停留到了大司农田延年的身上。

田延年知道该是自己出场的时候了。只见他站起身，走到群臣面前，手按着剑柄，大声说道："孝武皇帝把幼主托付给了大将军，这是把国家重任也交付给了大将军，因为大将军忠诚贤明，能使江山社稷安定。如今天下臣民人心不稳，动荡不安，如今朝廷因为新帝而危如累卵。况且我朝世代相传，以孝为先，就是为使天下长久安定，宗庙永世长存。但是，如今朝中有一群小人，把国家弄得乌烟瘴气，如果国家就此灭亡了，将军就算是死，九泉之下又有什么面目去见先帝呢？今天商议的事情，必须迅速决断不可迟疑。要是有人迟疑不决，我将立斩其于当场！"

田延年一番慷慨激昂的话说出来，将群臣最后的一丝犹豫击得粉碎。于是，再无人敢少许迟疑。在场的大臣大多对新帝刘贺的做派有所不满，此时又知道大司马大将军霍光已经是志在必行。如果此时有谁敢不服从，只怕即刻便有性命之忧。于是，众人皆叩首说道："宗庙社稷，天下百姓，全靠大将军。大将军的命令，我等绝对遵从，绝无二心！"

听到群臣均这样表态，霍光感到很是满意。他取出事先写好的废黜刘贺的奏章，给群臣过目。然后让丞相杨敞带头，依次署名。随后，霍光将奏章带着，同群臣一起去觐见上官太后，禀告新帝刘贺无法无天的种种劣迹，并请皇太后主持大局，宣布废黜刘贺。

第 伍拾柒 回

承明殿太后废天子　宫门前愧拜汉先皇

　　公元前74年8月的一天。这一天，正好是刘贺即位的第27天。上官皇太后来到了未央宫的承明殿，诏令刘贺觐见。刘贺知道太后驾临，虽然觉得有些突然，但还是不得不去拜见。刘贺似也感到有些不安，便带着两百余昌邑旧臣一起来到了承明殿的门口。刘贺刚进承明殿的大门，却见霍光下拜说道："皇太后有诏，只请陛下一人前去，余者不得入宫。"

　　刘贺不高兴地说道："皇太后召见我，为何朕的臣子不能进去呢？他们可都是朕的臣子啊！"然而霍光却不为所动，令门吏将殿门关上，不让跟随刘贺的人再进一步。

　　刘贺又问霍光道："太后究竟有什么事情，非要召见朕？"霍光不再回答，只是说道："请陛下速速拜见太后。"见承明殿的大门已经关上，又察觉出今日宫内气氛似乎不大对，陡然间增加了很多带刀侍卫，刘贺意识到，可能要出大事了。他心里紧张地盘算着，强作镇定，随霍光来到承明殿的大殿中。

承明殿的大殿上，上官皇太后穿着珍珠缀饰的短袄，身穿华贵的礼服端坐在武帐中。守卫在左右的数百名侍从都手持兵器，殿前武士执戟而立，一个个排列在殿阶之下守卫。众大臣按品级依次进入大殿。新帝刘贺孤零零地站着，不知所措。霍光距离他数步，站在他身侧。刘贺听到太后的近臣召自己上前，于是上前几步，跪听诏命。

就在这时候，只见右将军张安世步入殿中，向太后大声禀报："微臣率领羽林军已将昌邑国反臣两百余人全部擒获，并已送往诏狱，未走脱一人！"

刘贺一听，顿时感到天旋地转，仿佛身体已经不是自己的了。他全身发紧，微微抬起头，听到尚书令拿着奏章，大声宣读自己当上皇帝之后的种种不合朝廷礼制的行为。

当尚书令读到刘贺竟然酒后与先帝的乐女"蒙"等行淫乱之事，秽乱后宫时，上官太后突然暴怒，高声呵斥："为人臣子，怎么能如此悖乱？"

刘贺低着头，根本不敢回话。此时，他的身边已经没有了一个帮手。他只能趴伏在地上，思考着该如何应对才好。

尚书令宣读完刘贺的种种罪状，最后奏请太后废黜刘贺的帝位，并向宗庙祭告。上官皇太后当即说道："准奏。"这就等于是宣布了昌邑王刘贺的皇帝生涯就此结束。

这时，大殿内所有的人，目光都集中在了刘贺的身上。此时的刘贺已经冷静下来，不像刚进来的时候那么紧张了。可能所有事都是这么个规律，在谜底没揭开之前，心里忐忑不安，等知道结果了，反倒坦然了，

听完上官太后的诏旨之后，刘贺缓缓起身，整了整衣装，环视了周围一圈群臣。只见大臣们的脸上都带着一种复杂的神情，有的假装严肃，有的看起来很愤怒，有的则带着一丝轻蔑，还有的是一种惋惜的神情。

刘贺回过身来，又看了看霍光，发现霍光也正盯着自己，一脸的刚毅神色。

刘贺心中冷笑了几声，对着群臣大声说道："《孝经》中说，'天子身边只要有7个能直言规劝过失的大臣，就算天子再无道，也不会失去天下'。你们一个个不都自认为是忠臣吗？可你们却连这些基本的规范都不能做好，又如何算得上是忠臣呢？"

刘贺言辞凿凿的一席话，震动了众人。许多大臣不由得感觉到心中有愧，心生退缩之意。他们知道，自己虽然看似冠冕堂皇地站在这里审判刘贺，但实际上却并未做到作为臣子应该尽忠尽责做到的事情。一时间，刘贺周围的群臣中间出现了少许喧哗。

这一切，霍光是听在耳里，看在眼里，急在心头。他知道，此时自己绝不能退缩、手软，否则自己名声损失是小，这次废帝行动恐怕还会以失败而告终，那样的话，自己这个主辅将死无葬身之地。

只见霍光几步上前，抓住刘贺的手。刘贺虽然身材比霍光略高，而且更加年轻，但是在大变面前，刘贺却只觉得手脚发软。

286

刘贺虽然想反抗，但手脚却不听自己的使唤。霍光劈手一把抓住了刘贺，"唰"一下，夺下了披在刘贺身上的皇帝玺印绶带。霍光冷酷地看了看刘贺，随后双手捧着印绶，呈献给了上官皇太后。

此时的刘贺仿佛灵魂出窍，半晌无言，一句话都说不出来了。霍光将刘贺的皇帝玺绶剥夺干净后，转身扶住刘贺下殿，朝中群臣一起跟在后面相送。

霍光此时也心潮翻涌。他虽然打定主意废黜刘贺，但是废黜刘贺之后，该如何处置他？霍光一直没有拿定主意。这个时候霍光一直在想："是一劳永逸地将他除掉，还是让他返回昌邑国呢？"霍光不断地权衡着。

此时，武帝临终时要求自己照护好李夫人这一脉的嘱托，又在他的脑海中盘旋回荡。刘贺本来只是一个地方上的诸侯王，一个纨绔子弟。假如他终其一生待在昌邑国，那也能衣食无忧，而且前呼后拥。自己将他推上皇帝位，如今又将他拉了下来。刘贺的命运起伏，全在于自己的一念之中！

此时，刘贺在霍光的裹持之下两人已经走下承明殿大殿的台阶。霍光的心思仍然在不停地翻转着，还在细细地思量："假若将刘贺杀了，那世人会如何看待自己呢？"

霍光知道，自己要是真的除去了刘贺，那他谋逆的罪名就永远都洗刷不掉了。在霍光的脑海中，武帝从前的嘱咐更加清晰了："昌邑哀王刘髆有一幼子，如今方才5岁，你日后就多加照顾吧。"武帝这话在霍光耳边不断地回响，宛如警钟，让他回过神来。

霍光终于想通了："既然如此，还是放那刘贺一条生路罢了。

让他回到昌邑故地，既是遵照孝武皇帝的嘱托，自己也能落下一个好名声。而且，从商代'伊尹放逐太甲'的典故来看，当年丞相伊尹也只是放逐太甲帝而没有杀他，甚至于3年后还迎请太甲回朝继续当皇帝。从效仿历史旧案出发，不杀掉刘贺，说不定留着他将来还有用处呢。"

霍光想的可是比较远："当年太甲帝被废黜放逐后，伊尹代帝执政接受诸侯的朝拜。自己将刘贺废黜放逐回昌邑后，可不敢像伊尹那么干，因为自己的资历声和望远远达不到伊尹当年的高度。刘贺被废黜之后，现在看来还得再立个皇帝。这个新帝如果还是不听自己的话，那么将来还可以再效仿'伊尹放逐太甲'的典故，将已经改造好的刘贺再迎请回来取而代之。为今之计，看来只能这么干了。"霍光又想，"为了防备刘贺心里不服气背地里再对自己不利，还是应该废除昌邑国。"

霍光更深想一步："新帝刘贺带进京的那些出谋划策的昌邑旧臣除了劝谏过刘贺的，其余的都应以辅佐不力的罪名全部处死。考虑到刘贺将来的生计，可以封给他一些食邑，让他衣食无忧。"在最后一刻，霍光终于下定了决心，放刘贺一条生路。

就在霍光决心已定，思虑急转的时候，已经挟着刘贺来到了宫门外。宫外早已有一辆霍光安排好的马车在那里等候。霍光扶着刘贺来到马车旁，低声说了一句："大王，请登车吧。"

第 伍拾捌 回

再立帝霍光一言堂　祭宗庙新君背如芒

霍光废了刘贺，把他送到宫门外。刘贺顿了顿，好像刚回过了神。他看了一眼霍光，眼神落寞。霍光心中也是猛地一颤。刘贺推开霍光的搀扶，面朝西跪下，对着未央宫拜了又拜，随后起身喃喃说道："都怪我太无能了。皇爷爷，孙儿对不起您啊！都怪我愚昧而不明事理，不能担当汉室的重任！"说完，刘贺艰难地登上了马车。

霍光也上了马车，陪坐在一旁。他见刘贺惶惶不安的样子，心头也是感慨万千。霍光知道刘贺并非是大奸大恶之人，只是不懂政治，不会权谋，也不会笼络人心而已。他当初扶刘贺登上皇位，本来也是想好好辅助他，教他治国理政的方法。然而世事无常，刘贺和自己终究不能相容。事情到了这个地步，也本不是自己所希望的。

马车起动。霍光开口说道："大王来到长安，臣本欲按照孝武皇帝的嘱咐，保江山、安社稷、辅佐大王，可大王却不信任于我，而是偏信小人，不守孝道，以至于朝政混乱，风气败坏。大王不能承担宗庙重任，又不能任用贤臣。这样一来，大王的行为等于是自绝于上天。臣等怯懦无能，不能用死报答您！臣宁可对不起您，却也不敢对不起汉室社稷啊！"

刘贺呆呆地摇了摇头说道："大将军说得没错，我确实过失很大。只是到了此时，我也难以弥补。只希望大将军能够按照我爷爷的嘱托行事，我也能落得一份安心了。"此后，两人之间再无对话。

很快地，马车就到了长安城中的昌邑国府邸。刘贺下了车，向霍光拜辞。霍光说道："希望大王多多珍重，今后我再也不能侍奉在您左右了。"说到这里，霍光也是老泪纵横。霍光是演戏吗？还真不是，他是发自肺腑地替刘贺惋惜。但是，政治斗争就是这么残酷，你死我活。

刘贺在皇位上坐了不到1个月，就被废黜了。虽然朝中的大臣们多多少少都松了一口气，但是这一口气还没缓过来，他们就不得不面临一个老问题："朝中无主，究竟应该由谁来继续当这个皇帝？"

这时，已没人再敢推荐广陵王刘胥了。在见识了霍光的一番霹雳手段后，几乎所有的大臣都三缄其口，处在等待观望之中。

废黜刘贺后，霍光表面上坚定无比，内心却十分伤感。他伤感的不是刘贺的遭遇或是自己的名声，而是伤感如今刘氏宗室内，竟很难找出像样的皇位继承人了。

国不可一日无君。没过几天，霍光又将朝臣们召集，商讨该立谁为新君。经过刘贺立与废一事之后，霍光的威严更甚。大臣们猜不透大将军霍光到底在想什么，为了谨慎起见，大家便都不作声。连续几日的庭议，偌大的未央宫里只听到咳嗽和喝水声，却未能讨论出任何结果。而民间这时却有传言，说大将军霍光有意自立为帝。这让霍光更感压力巨大。

正在霍光心烦意乱的时候，他从前的部下给他上书推荐了一个人选。那推荐人就是曾前往昌邑国迎请刘贺入主长安继承皇位的光禄大夫邴吉。

要说邴吉这个人，可不简单。邴吉，字少卿，鲁国（今属山东）人。西汉的名臣。邴吉少时研习律令，初任鲁国狱史，累迁廷尉监。汉武帝末奉诏治巫蛊郡邸狱，力保戾太子刘据的孙子刘病已。刘病已也亏得邴吉的拼死呵护，才侥幸存活了下来。武帝驾崩后，刘病已录入了皇家宗谱。这些年中，邴吉在霍光手下当过大将军长史，因为邴吉为人正直而不失谨慎，因此霍光也很看重他，后来又将他调入朝中担任了光禄大夫、给事中，进入九卿之列。

邴吉见霍光为汉室江山社稷的接班人而烦闷，于是上书说道："将军身受托孤重任，尽心尽力辅助，盛德巍巍，天下尽知。然而昭帝早崩，故昌邑王刘贺却昏庸无道，将军以大义废除他，天下没有不心服者。如今社稷宗庙与天下百姓，都取决于将军。据我多年考察，孝武皇帝的曾孙刘病已，现居掖庭，已经18岁。

他精通经书，了解民情，吃苦耐劳，堪当大任，望将军明察。可让他入宫侍奉太后，观察一段时间，然后再作打算。"

霍光读完邴吉的奏书，又想起了当初武帝的嘱托。武帝晚年在明了太子刘据的冤屈后，曾经嘱咐将戾太子的遗脉刘病已收养在掖庭，并且将他录入了族谱，等于是恢复了刘病已的皇室身份。这些年，霍光也时不时地听到有关于刘病已的传闻，说他常常外出游历、拜师学习，虽然只是一介平民，却在民间积下了非常好的名声。

霍光突然想到："当初我怎么就没有想到这个人呢？相比于身为昌邑王的刘贺来说，刘病已说不定是更加适合的人选。刘贺当时已为昌邑王，有众多追随者；而刘病已是一介庶民，在朝中全无根基。相比刘贺，刘病已必然更加依靠自己。"

帝位继承人选的难题再次解决了，霍光非常高兴，可谓神清气爽啊！第二天，霍光即刻把群臣召集起来，开门见山，跟群臣讲："光禄大夫邴吉上书，说孝武皇帝的曾孙刘病已很有才能，贤达聪慧，堪当重任。不知诸公意下如何？"

还没等别人开口说话呢，太仆杜延年抢先说话了。作为霍光的心腹重臣，其实他也非常了解刘病已。只是从前因为刘病已是庶民，不在考虑之列，不方便推介。现在见霍光开了口，杜延年便率先站出来呼应道："我听闻那刘病已仁爱宽厚，诸多百姓都夸赞他。大将军神武英明，我认为应该考虑邴吉大人的意见。"

杜延年这一席话率先说出来之后，满朝文武也都纷纷附和。本来朝臣们就对戾太子当年因巫案而死就心怀戚戚，对戾太子唯一的遗脉刘病已很是怜悯，见霍光、邴吉和杜延年都赞成刘病已继位，便一起附和。霍光见没人反对，便下了拥立刘病已称帝的决心。其实，这些日子，霍光自己也承受了很大的压力，他也急需找到一位合适的皇位继承人，否则朝野内外，说他这个大将军想篡位的谣言就会愈演愈烈了。邴吉的这个建议，刚好合他的意。

于是，霍光又会同丞相杨敞等朝臣，上奏上官皇太后道："孝昭皇帝没有子嗣，则应该选择其他旁支中有贤德的人，作为继承人。孝武皇帝的曾孙病已，多年前按照孝武皇帝的诏令，由掖庭照管，年已十八。他从师学习《诗》《论语》《孝经》，操行节俭，慈仁爱人，可以作为孝昭皇帝的继承人，奉承祖宗的大业，统率天下万民。"

上官皇太后是霍光的外孙女，对霍光的话是言听计从。这份提议只是象征性地走了个过场，随后，霍光就派宗正刘德到刘病已所在的尚冠里住处，让刘病已沐浴更衣后，将他接到了宫中。

刘病已在未央宫朝见皇太后，被上官太后嗣为继子，先被封为阳武侯。随后，霍光等朝中大臣奉上皇帝玉玺和绶带，刘病已就此正式继皇帝位，并于继位当天就拜谒了高祖庙，向列祖列宗们报告自己已继承了汉室社稷。刘病已后来改名为刘询，后世称其为汉宣帝。

刘病已当上皇帝后，非常勤勉，也很尊重霍光，尊重到有几分惧怕的地步。刘病已在民间的时候就对霍光使用各种手段有所耳闻。刘病已知道，自己事实上也不过就是霍光选择的傀儡，要是对霍光有所不敬，怕是自己就要步入刘贺的后尘。

第 伍拾玖 回

议帝婚朝臣争进言　难决断宣帝念糟糠

　　刘病已继承了帝位，对霍光可是恭敬有加，几乎都到了惧怕的程度。据说刘病已乘坐马车去拜谒高祖庙时，霍光坐在马车的一侧陪侍，一同前往。刘病已和霍光坐在一起，见霍光虽然须发斑白，但是身板硬朗，面色冷峻，心里就紧张莫名。刘病已知道，霍光是曾爷爷武帝选定的托孤之臣。他还听说了这位大司马大将军前段日子将前皇帝刘贺扶上位没多久就废黜的事，可见他权势之大。刘病已更深知自己事实上也不过是霍光选择的傀儡，要是对霍光有所不敬，恐怕自己也要步入刘贺的后尘。想到这里，刘病已就不由自主地产生了一种深深的畏惧，就像有芒刺顶在背上那么难受，背心冷汗如泉涌。"芒刺在背"这个典故讲的就是刘病已和霍光在一起时的感受。不过，刘病已虽然才18岁，却见识广博，就算内心十分不安，表面上还是表现得十分平静。

在经过刘贺立废事件之后，霍光也变得更为慎重。当初霍光是看着昭帝刘弗陵长大的，彼此之间相互信任，培养出了比较高的默契度。而刘贺从前远在齐鲁之地当诸侯王，和霍光打的交道很少，因此彼此不够默契。刘弗陵对自己敬重有加，而刘贺则不然。

霍光心里也在琢磨，刘病已这位在民间长大的新皇帝，究竟是像刘弗陵，还是像刘贺呢？在迎请刘病已入宫拜见上官皇太后之前，霍光已经命下属在暗中访察刘病已的处事为人。下属报告说，刘病已德才兼备，为人又不太张扬，霍光终于放下心来。此次陪着新帝一起前往高祖庙祭告祖宗，霍光也是想靠自己的眼睛多多观察一下，看看这位年轻的皇帝究竟是什么样的人。

虽然一路上刘病已刻意掩饰着内心的不安。但霍光行走政坛多年，还是感觉到新帝内心的慌乱。他知道刘病已此时对自己不仅仅是恭敬，更有一种掩饰不住的畏惧在里面。霍光觉得这样比较满意——要是像从前刘贺那样，对自己毫无敬畏之心，那还如何维护自己的权威，如何让他听从自己的指点？

从高祖庙还朝之后，宣帝刘病已对霍光更加敬重，时常请教霍光从政为人的道理。霍光见刘病已如此，渐渐地对新帝放下心来。两三个月一转眼就过去了。这几个月，霍光依然忙于政务，但心情却好了不少。新登基的皇帝能够敬重自己，且遇事谦退，为人谨慎，是一个听话的好皇帝。

此时的霍光已六十多岁了。他最初一心辅佐昭帝刘弗陵，并未想太多功名利禄之事。然而在经历无数次血腥的宫廷权谋争斗后，霍光为巩固自己的地位，还是渐渐地将自己的下属与亲属安排在了朝廷的各个重要官职上。当上官桀、桑弘羊等其他当初被武帝选定的辅政大臣被霍光一个个击败时，在朝廷中，自然而然地形成了一个以霍光为中心的利益集团，许多人都甘愿为他效命。不少朝臣巴结他，以他为靠山，形成了自上而下的利益纽带。许多得罪过他的大臣皆被罢官、下狱甚至处死。而他的儿子霍禹、侄孙霍云都当上了中郎将；另外一个侄孙霍山则任奉车都尉，就像霍光当年一样，掌握着皇帝出行安全；两位女婿都当上了卫尉，掌管整个皇宫的警卫。霍光兄弟的后辈和女婿，不少都有资格参加朝会，担当诸如大夫、都尉、给事中的官职。霍氏家族在朝中连成一体，盘根错节地占据了长安的政治版图。那些从前的下属，许多也都在朝廷中当上了大官，例如，杨敞、田延年、杜延年等。此时，霍光纵然有过一丝告老还乡的念头，也不可能真的去做什么急流勇退的事情。他自己不能做，身边的亲属也不想他这么做，那些由他提拔起来的官员也不甘心他这么做。霍光多年品味着最高权力的美妙滋味就如同美酒，令他陶醉，无法自拔。这也许就是权力的魅力，任何人都不可能摆脱。

看见新帝刘病已事事都听从自己的意见，霍光在老婆霍显的催促之下，又把另一件事提上了他的日程，那就是自己女儿霍成君入宫的事。没想到，这一次一直很听话的皇帝，却有了另外的想法。

原来宣帝刘病已在即位前，已经有了一位结发妻子，名叫许平君，两人育有一子，叫作刘奭。刘病已入主未央宫后，封许平君为婕妤。过了3个月，有大臣上奏，请宣帝立后，以安天下。这提议一出来，朝中马上议论纷纷，其中就有大臣上奏，请立大将军霍光的女儿霍成君为皇后。

上次霍光拥立刘贺称帝后不久，曾经派出杜延年、田延年两位大臣，向刘贺提出请立霍成君为后的建议，被刘贺婉拒，不久之后，刘贺的帝位就被废。宣帝继位后，霍光的夫人霍显又开始打起了皇后之位的主意，想故技重演，把宝贝女儿霍成君送入宫中，立为皇后。这是她的一个心结。

这天，霍显见到丈夫霍光的心情还不错，就满脸堆笑地说道："从前故昌邑王来长安时，就曾提议将成君许给他做夫人，不知夫君还记得吗？"霍光听了后，答道："成君没有做成故昌邑王的夫人，那是她的运气啊！否则，昌邑王被废，成君今天还不知道是个什么样子呢。你还提这个干什么？"

霍显笑道："成君是有福之人。你看她出落得越发水嫩了。如今的皇帝年少贤明，将军也很是看重。如果把女儿成君许给他，将来成为皇后，我们霍家不就能永远兴盛下去了吗？"

霍光听了夫人霍显的话，心想："我那外孙女虽为皇太后，但是太没有主见，难以对陛下产生影响。假如女儿成君嫁给了宣帝，那么自己就是国丈的身份，管着皇帝也顺理成章。以后成君若是能再生下个皇子，以霍家在朝中的影响和威望，这个皇子极有可能立为太子，将来就是大汉天子。那么一来，霍氏家族就安稳了。"

想到这些，霍光点了点头，对霍显说道："你说得很有道理，但这件事你不要插手，由我来安排。"于是，霍光有意无意中就向一些大臣透露了自己的想法。

正所谓"上有所好，下必甚焉"。霍光的心思既然被朝臣知道了，便有大臣上奏宣帝，猛夸了霍女一番，规劝皇上立后以安天下。谁曾想，皇帝刘病已这一次的做法，却让朝中众位大臣是疑惑难解！

刘病已手捧着建议自己立后的奏章，沉思良久！本来作为大臣来说，不应该过多地关心后宫之事，只是所有人都知道，这些大臣的奏章代表的不仅仅是他们自己的意思，更是代表着霍光，以及霍氏家族的要求。宣帝又何尝不知呢？看着奏章，刘病已许久不敢作声，他实在是难以下定主意。

刘病已自幼生长于民间，加上爷爷刘据曾经在长安巫案中被认为是反贼，因此他在襁褓之中便也被牵连入狱，出狱后很长时间都只是一介庶民，就是小老百姓。由于朝中的种种变故，因缘际会之下，他才当上了这个万人之上的皇帝，而且他当上皇帝也并非是靠自己的才能，更多的是靠着霍光将他从诸多刘氏宗室中硬拉出来的。要是自己不听话，那个故昌邑王刘贺的昨天，就将是自己的明天。

然而，在宣帝刘病已的心中，虽然畏惧霍光、敬重霍光，但是绝不甘心永远屈从于霍光。他知道，自己最大的资本就是年轻。

霍光如今六十有余，还有几年可活？自己只需等待，时间便是自己最有力的武器。自己只要满足霍氏家族一时的要求，日后等霍光死了，我刘病已迟早会成为一代雄主。

第 陆拾 回

寻故剑帝君意他顾　封许后君臣释朝堂

汉宣帝刘病已可了不起，他知道自己必须隐忍一时，以待时机。可是现在这事怎么办？宣帝拿着朝臣奏请立霍光的女儿霍成君为皇后的奏章，手却在不停地颤抖。虽说他从小历经生死磨砺，十分聪慧，利害关系早已看得一清二楚，可是他却迟迟不能做出决定，因为许平君与他是患难之交，嫁给自己多年，不仅给自己生了个儿子，而且夫妻二人关系融洽，相敬如宾。这样的爱情、亲情怎能因为霍光欲立其女为后而一笔勾销呢？自己若是真的按照奏章所请去做，岂不是成了一个薄情寡义之人？就算自己昧着良心立了霍光的女儿为皇后，那天下的百姓又会怎么看待自己？日后自己在朝廷，还怎么树立起仁圣之主的权威？

不能啊！霍光的这个请求，自己是绝不能答应！但是，又必须避免因此而激怒霍光。刘病已此时可以说是权衡利弊，思之再三。

次日早朝，又有大臣进言道："陛下即位已经多日，陛下是天子，如同百姓之父，但天下也需要百姓之母，希望陛下尽快确定皇后人选，以安朝臣和天下百姓之心。"

宣帝没有立刻做出答复。他看了一眼霍光。霍光就伫立在一旁，目不斜视，没有任何表情，也未有任何举动。

宣帝先深吸一口气，缓缓说道："朕以前周游各地，随身常带一把佩剑，可惜这把剑无意中遗失了，不知所终。朕希望你们能为朕找到这把佩剑。"

有大臣问道："陛下这把宝剑可有什么特征吗？"宣帝说道："只是一把寻常铁剑，只是这把剑跟随朕许多年，朕实在不舍得将它舍弃。希望诸位能够实现朕的心愿，将这把剑找还给我。要是有人能找到，朕一定会重重地赏赐。"说完这席话，宣帝不露痕迹地瞄了一眼霍光。只见霍光依然没有任何表情，似是此事与他没有任何关系一般。

霍光虽然不动声色，但怎么会不明白宣帝的意思呢？宣帝分明这是在顾左右而言他啊！寻常铁剑寻常铁剑，纵然是寻常铁剑，可伴随身边多年，这位皇帝尚且想将它寻回，何况是一个人，是一个相伴多年的伴侣呢？显然，宣帝已经委婉地表明了自己的态度，那就是绝不抛弃糟糠之妻，一定要立原配许平君为皇后。

霍光面无表情地扫视着殿中的群臣。只见有的大臣迷惑不解，有的大臣若有所思，有的则是看上去已经明白了皇帝的意思。霍光此时内心也很矛盾。他对这位年轻的皇帝评价颇高，寄予厚望。这位皇帝绝非不懂察言观色之人，也绝非是野心勃勃地想挑战自己。那么他又是为何要说出这么一席话呢？

霍光转瞬间便想通了。他只是不肯抛弃糟糠之妻，甚至为此不惜站在自己的对立面上。霍光内心发出一声叹息。自己已经是六十多岁的老人了，遵从当初孝武皇帝的遗诏，当这个辅政大臣，已经有十余年了。可惜孝昭皇帝早逝，刘贺又不堪用，刘氏宗室内其他王侯皆不能托付社稷。只有这位年轻的皇帝，能让自己放心。自己只需要辅助他、教导他，以后他定然能成为贤明的君主。偌大年纪，自己还有什么功利好图的呢？只希望自己能不辜负孝武皇帝的嘱咐，不辜负自己当初为了汉室的初心。立后一事既然进展到如今这一步，卡在这里不上不下，不如干脆送个人情给这位皇帝，也希望他能信服自己，不要和自己针锋相对。

想通了这一节，霍光便出班说道："臣听说，婕妤许氏为人谦和，待人友善，陛下可考虑将她立为皇后，以励天下百姓。"

宣帝怔怔地看了霍光许久，说不出话来。他简直不敢相信这是霍光说出的话，不由得问道："大将军的意思是——"他拖着长音，不知道该如何接着往下说，只是愣愣地看着霍光。

此时，朝中大臣们也一个个迷惑不解。他们听说霍光想将女儿霍成君嫁给皇帝，可如今霍光却主动提议，立皇帝的发妻为皇后，那究竟是为何呢？

霍光为了表明自己的态度，又朗声说道："臣认为陛下原配夫人许氏，温良恭俭，堪为表率，宜立为皇后。"见霍光说得如此明白，当即便有数位大臣不及多想就随着霍光的意思进言道：

"请陛下立许婕妤为后。"唯恐没有跟上霍光的节奏。之后，又有许多大臣上奏，纷纷请立许平君为皇后。

公元前74年11月，许平君被宣帝册封为皇后。宣帝还想按照从前惯例，封皇后的父亲许广汉为侯。没想到这一次霍光却不同意，说许广汉受过宫刑，不能封侯。宣帝立即明白了霍光的意思，霍光是在借一个正当的理由敲打自己，提醒自己不可太过放肆，要懂得适可而止。虽然按照自己的希望，许平君被立为皇后，但那并非因为自己是皇帝，而是靠着霍光发话才得以实现的，要是自己以为翅膀硬了，能够不听霍光的话为所欲为，那就是自寻死路了。

宣帝自小生活在社会底层，是个明白事理知道进退的人。他见霍光表了态，也就不再坚持给岳父封侯。从此之后，宣帝更加谨慎行事，处处敬重霍光，事事听从霍光的意见。

宣帝登基的第二年，即公元前73年。新年刚过，宣帝即对帮助他当上皇帝的有功之臣厚加封赏。霍光被加封了一万七千户食邑，张安世被加封了一万户食邑，此外还有五位大臣被封侯，其他的有功之臣均被增封食邑。刘病已的这番封赏，朝堂上上下下都是皆大欢喜。

封赏完毕，大伙正高兴呢！谁也没想到，大司马大将军霍光突然上疏："老臣年迈，目不明，难以览阅奏折；耳不聪，听不清百官所奏国事，所以要请求还政于君。"

霍光这是要辞职不干了。

满朝文武都很意外，怎么好好的要辞职？大伙够疑惑的。唯独宣帝明白，霍光这是在再一次试探自己。他哪是真心要辞职啊？这只是霍光做出的一个姿态，以示自己没有野心。如果自己贸然应允霍光的提议，弄不好将无法收拾局面。宣帝于是谦让再三，仍继续委霍光以大任，并下令朝廷的任何事情都须先禀报霍光决断后，再呈报给自己。霍光见宣帝如此晓事理，便继续安心朝堂，尽首辅之责。

从此，霍光每次朝见宣帝，宣帝都对霍光更加谦恭有礼了。宣帝的这番表现，也足以说明刘病已也是个城府极深的人。

霍家增封一万七千户食邑，比他们之前的总和还多得多，按说霍家上上下下应该很高兴才是。要知道，被封为万户侯可是那个年代官员们的最高愿望了，而霍光这一下就是将近两万户，都赶上诸侯王的封地了。然而霍光的老婆霍显却一点儿也高兴不起来。当她得知许平君被立为皇后的消息时，差点就将一口鲜血喷出来了。霍显绝不甘心自己的女儿不是皇后。只是，自霍光废黜刘贺后，霍显发现他整个人变了，连自己的温存也不理不睬。一天晚上，霍显见丈夫在桌前喝茶，便假装不知情，询问起后宫之事："听说最近许婕妤立为了皇后……"

刚说到这里，霍光就知道了她的意思，便不客气地打断了霍显的话，说道："朝中事杂，妇道人家不应多插手。"霍显没言语，轻轻退下了。可这个狠毒女人，却横下一条心，不惜手段也要送女为后。

第 陆拾壹 回

谋后位霍显害国母　惊天案霍光阻君上

仙鹤头顶红，毒蝎尾上针。

二者皆不毒，最毒妇人心。

大将军霍光的夫人霍显，暗下决心，不惜使用任何手段，都要立女儿为皇后。在她看来，丈夫说话连皇帝都得听，他就是一个管着皇帝的皇帝。自己女儿如此貌美乖巧，当皇后理所当然，不想现在反倒被一个平民女子占了那高位。这点儿小事丈夫都不能摆平，真的是老了。霍显由责怪丈夫霍光转而仇恨许皇后，恨不得许皇后立即死去，好让女儿霍成君上位。霍显在这种仇与恨的纠结中，一天到晚吃不稳、睡不安。

一年后，又一个消息传到霍显的耳朵里，许皇后再次怀孕，即将分娩。这个消息让她更加焦躁不安。霍显心想："现在许平君已经育有一子，要是再生一个，那皇帝会更加宠爱她，自己女儿离皇后之位就越来越远了。"正当霍显焦虑不安觉得希望渺茫的时候，霍光的心腹门客杜子陵给霍显引荐了一位女子，此人的到来，让霍显仿佛又看到了一线曙光。

这女子叫淳于衍，是一位宫廷女医，经常给达官贵人看病，两个人一来二去处得关系极好。淳于衍因为精通医理，此次被征召入宫，侍奉即将分娩的许皇后。她的丈夫淳于赏也在宫廷中当差，负责守卫宫门。在淳于衍即将入宫的时候，淳于赏对她说道："此次你入宫前，去与霍夫人辞行，趁此机会向她请求，托她的关系，把我调到安池监的差事上。你和霍夫人交好，只要霍夫人肯在大将军面前为我说话，一定可行。"安池是山西的一个盐池，安池监就是负责这里食盐的官，显然是个肥差。

霍显听到淳于衍的请托后，心中暗喜。她亲昵地说道："你我情同姐妹，就这么个小事，怎么不早点儿告诉我呢？"说完，霍显把淳于衍请到里室，反身把门给闩上了。淳于衍一见今天霍显的神色与往日大不相同，一颗心不禁乱跳起来。只听霍显又说道："此次你进宫，确定是服侍许皇后？"淳于衍局促地回答道："是……的。"说话都有点磕巴了。霍显说："这么说来，你丈夫的事情就很好办了，只是你要帮我做一件事情。"

淳于衍很是不解，说道："夫人哪，这大汉天下哪有您做不了的事，难道夫人还有什么事需要我做的吗？"霍显摇摇头，诡异地一笑，说："好妹妹，这事只有你才能做到。"

淳于衍十分急切地想为丈夫谋官，赶紧说："夫人，我可不

306

敢跟您姐妹相称，只要夫人吩咐，我一定效命就是了。"霍显低下头，贴近淳于衍的耳朵，低声说出一件事来，吓得淳于衍险些瘫坐在地上。原来，霍显要淳于衍趁着服侍许皇后的机会，寻机毒杀许皇后，事成之后，一切都好说。

淳于衍傻愣了半天，才缓过神来，轻声说："陪侍皇后的医生不只我一位，而且给皇后服的药需要医官先尝，我无法下手啊！"淳于衍道出难处，只盼着霍显能够改变主意。

霍显见淳于衍犹豫不决，就说道："那就要看你的了。我知道你医术高明，人称女中扁鹊，这点事只要你愿意干，难不住你。你夫君能不能做安池监，就看你的了！"

淳于衍在霍显的一诱一吓之下，没了主见。她想到霍显的阴毒、霍光的权倾天下和丈夫的处境，心中盘算着："霍显将如此绝密的计划告诉给了自己，今天自己若是不答应，霍显怕是绝对不会让自己带着这个秘密离开霍府。到时，恐怕我夫妻二人性命堪忧啊！"淳于衍见没有退路了，最后只得一咬牙，狠狠地说道："我愿尽力。"

淳于衍回去之后，将附子捣碎，藏入衣袋，进宫去了。不久，许皇后临盆，生下了一个女儿，虽然她产后体虚，但姑且还算是母女平安。见此情况，御医们决定拟一个药方，给许皇后进补。淳于衍趁人不备，将附子混入药中，让许皇后服了下去。这附子是一味中药，有"回阳救逆第一品"之称，中医常用，但是却有一样，如果炮制煎法不当，或用量过大，则容易引起中毒。这产后之人，更是碰都不能碰。淳于衍精通药理，知道这附子足以致许后的命，而汤药中混入附子，就是神仙也难以觉察。

果然，许皇后吃了药后，感觉天旋地转，便说道："我怎么头晕得厉害，这是何故？莫不是汤药里面有毒不成？"听许后这么一问，淳于衍一惊，但是她立刻让自己平静下来，答道："皇后少安毋躁，你体虚，歇息一会儿就会好的。"然而，许皇后却愈加气促，话都说不出来，大喘一阵后，突然四肢僵硬。等到其他御医围上来抢救时，却已是回天乏术了。

许平君身为皇后，却为人谦逊，在大臣中也赢得了颇多好感。于是有大臣呈奏章给宣帝，说皇后突然去世，乃是众医官无能所致，应该从严惩治。宣帝本就悲痛欲绝，见到这个奏章，立刻下旨将所有涉事的御医抓了起来。

霍光回到家中，说起了宫中许皇后身亡、众医官下狱的事情。听到丈夫带来的这个消息，霍显顿时傻眼了。她没想到此事会闹出如此大的动静。霍显心想，若是淳于衍熬不过审讯而供出了自己，那自己岂不是要去给许平君陪葬？霍显惊恐不已，她思前想后，只有将这件事情和盘托出告诉丈夫。这女人十分清楚，这时候只有霍光才能救她。

霍光听了妻子霍显的话，半晌不语。仿佛晴天霹雳一般，他的脑袋里炸开了一个巨大的轰雷。他真想狠狠地给霍显一个大巴掌，可是举了半天手，却硬是没打下去。最后，只是无奈地挥挥手让霍显离开。霍显离开后，霍光独自一人踱步到院中。他不断地自问，自己几十年如一日尽心尽忠，一心只为了汉室社稷，从未出过什么大错，为何晚年却要遭如此劫数？

霍光在庭院中来来回回地踱了许久许久，本想下定决心，向宣帝揭发霍显，大义灭亲，然而在真的准备去做的时候，却又犹豫了。这是霍光人生中不多的几次犹豫。他知道，霍显做的这事要是公布于众，要完蛋的可不只是她一个人，自己以及整个霍氏家族都可能因此而倾覆。就算是宣帝看在自己辅国有功的份儿上大发慈悲，只追究霍显一人，但自己和整个家族多年积累起来的名声和威望，都将一落千丈。

霍光面对着满天星斗和皎洁的月色，权衡良久，反复地扪心自问："老天爷啊！当此危急存亡的关头，我当何去何从呢？"

可把这位大司马大将军霍光为难坏了，前思后想了半宿，最终下定了决心。为了霍家的安危，只得动用自己的权威，把此事给压下来。

霍光迅速找到了负责此案的官员，暗示要低调处理此案。这些官员都是由霍光提拔起来的，自然是心领神会。之后，霍光又觐见宣帝，说许皇后薨，是命数之注定，要是把这一众御医一起治罪，恐怕一来有失皇上的仁慈；二来许皇后为人善良，这也不是她所希望看到的。宣帝见霍光竟然为此事出面，虽然心生疑窦，却也只好强忍悲痛，下诏赦免了众御医，将许平君下葬。

许后之死的风波平息之后，霍光仿佛一夜间老了许多。霍光觉得自己的精气神在一点点地流逝，反应也渐渐变得迟缓了起来。霍光已经感觉得到，此时的自己心神疲惫，体力难支了，恐怕自己业已来日无多了。

第 陆拾贰 回

说遗愿霍光心戚戚　麒麟阁后世论短长

久经风浪的大司马大将军霍光，随着年龄的高迈，身体渐渐不支了。又经过许皇后之死事件的冲击，霍光渐渐地开始萌生退意，有意将朝政交还宣帝手中。宣帝虽然察觉到了霍光的交权举动，却依然对霍光以礼相待，没有接受霍光的交权举动。

数月后，满心想让女儿做皇后的霍显又跟霍光提议，将霍成君送入宫中。公元前70年3月，霍成君被册封为皇后。霍家借着霍成君为皇后，在朝中更加荣贵。

霍光辅政昭帝刘弗陵、废帝刘贺、宣帝刘询前后三任皇帝一共19年，这时终于病倒了。霍光清楚地知道，这一次恐怕自己是归期将至。

知道霍光患病不起，宣帝亲自来到霍光床前问候。见霍光已面容枯槁，不禁伤感万分，垂泪而泣。霍光见宣帝亲来探望，十分感动。感动之余，又趁机向宣帝交代身后之事。他缓缓地说道："陛下不要伤感，臣霍光抱憾不能再辅佐陛下了，心中十分惭愧。"宣帝叹了口气说道："大将军怎能这么说，朕还需要你辅佐呢。"

霍光看着宣帝，无奈地摇摇头："臣只愿看到汉室江山繁荣兴盛，然而臣自知已经时日无多，只是还有些心愿未了，希望陛下能够恩准。"说完，霍光眼光看着旁人。宣帝明白他的意思，挥手让其他人退下。

霍光这才说："臣的家人有些愚钝，希望陛下多加照顾，这样臣也就可以放心地去了。"宣帝含泪点头默许。

宣帝回宫后，霍光便托家人写了一份谢恩书，呈送到宫中。说愿分出食邑三千户，交给兄长霍去病的孙子，现在的奉车都尉霍山。宣帝毫不犹豫，当日便将书信交给丞相、御史大夫商议办理，并封了霍光的儿子霍禹为右将军。

公元前68年春3月，霍光去世。宣帝和上官太后亲来祭奠，以示尊崇。宣帝下诏，赐霍光金缕玉衣，以帝王礼仪，将霍光葬于皇家陵园——茂陵，赐谥号为宣成侯。墓前设园邑三百户，派兵看守陵墓。对霍氏家族尚在朝中任职的官员，宣帝也是封赏颇丰。

随着霍光的逝去，宣帝刘病已终于正式亲政，西汉从此正式进入了一个新的时代。

对于霍光的一生，史上历来褒贬不一，主要的争议集中在霍光以臣子的身份主导皇位的立与废上，诟病他翻手为云，覆手为雨，上管天子，下管群臣。

在霍光废刘贺事件上。他之所以能够废刘贺，效仿的是中国历史上商朝"伊尹放逐太甲"的典故。霍光废刘贺的做法与伊尹有些类似。他只是学到了伊尹放逐太甲的表象，并没有学到精髓，比如教育感化年轻的君王，让他成长、成熟，重新担当大任。他在立废刘贺的问题上，缺乏伊尹的政治远见，也缺少杰出政治家应有的大度和自信，纯粹是把刘贺当作他主政朝堂棋盘中的一颗棋子。对昭帝刘弗陵和宣帝刘病已，也是如此。

如果再把大汉朝开国丞相萧何与霍光来比较，那么霍光身上的局限就更明显。汉初名相萧何帮助刘邦打下大汉江山，立下了盖世功劳。刘邦论功行赏，要重赏萧何。正是人生得意之时的萧何诚惶诚恐，不仅没有接受刘邦的封赏，还把自己的家产捐作了军用。即使像萧何这样有大功于汉，处事也得如此小心收敛。

而霍光得意时是怎样的呢？他与宣帝同车，宣帝如芒刺在背。霍光不仅不惊觉，内心恐怕还有不小的得意："连皇帝对我都如此畏惧，那还有谁能撼动我呢？"却不知灭顶之灾常萌于忘形。在这个问题上霍光就没有后来的张安世处理得好，张安世怎么处理与宣帝刘询的关系呢？咱们在第三部书《布衣天子刘询》中再详细交代。

萧何和霍光两人的生平还有一个场景很是相像。萧何病重，汉惠帝亲临探视，问他百岁之后，谁能接替他。萧何说："知臣莫如主。"惠帝明白萧何的心意，就说道："曹参怎么样啊？"萧何叩头说："陛下英明，我死而无憾了！"你看，人家萧何连推荐丞相人选都是引导皇帝自己亲口说出来，从不干代帝做主的事情，后代受其荫庇，绵延不绝。

霍光病重，汉宣帝亲临探视，霍光却趁机最后一次向皇帝给霍家索要照顾。这两位汉朝泰斗级丞相的品性高下由此可见。

昭帝成年后，本来应该将朝政大权移交给这位14岁即能识破上官桀阴谋的圣明天子，但却因恋栈权位而迟迟不肯还政于帝。宣帝18岁登基后，这位在刀锋上长大的布衣天子，坚毅深沉，这时候已经非常成熟。霍光不在此时隐退，仍然沉迷于权力中，醉心于做他的隐形天子，两次退二线的机会，霍光都只是表个姿态，做戏而已。霍光始终是在权力的泥沼中执迷不悟，最终给自己的整个家族后人埋下了无尽的祸患。

客观评价霍光其人，还有一些人必须要说。那就是他续娶的如夫人霍显和以他为靠山的家族人等。

霍光对枕边人和身边人的管理是很成问题的。霍光在世的时候，便对家族人等疏于管束。当得知夫人霍显毒死宣帝的正室妻子许皇后时，霍光虑名利、徇私情竟然瞒案不报、压案不查，见宣帝下令追查会危及自己的名誉和权位，便跑去对宣帝说了一通瞎话，包庇了事。霍光死后，仗着霍成君是皇后，霍氏家族变得越来越嚣张。霍显为所欲为，不仅把霍光墓地私下里扩大了许多，与帝陵一样，还公然跟霍光的门客杜子陵姘居，成双成对地招摇在长安街头。宣帝将长子刘奭立为太子。霍显便授意身为皇后的女儿霍成君伺机毒死太子。可是太子刘奭被保护得十分周密，一直无法得手。霍家最终被族灭，也可以说是因为霍光当初娶错了这个女人——霍显。

本书作者黎隆武先生认为，霍光是一个集"忠臣、能臣、功臣、权臣"于一身的"隐形天子"。说他是忠臣，是因为霍光忠于汉武帝，他辅佐了昭帝、废帝、宣帝三任皇帝，完成了武帝托孤遗愿，始终没有取而代之，可谓是忠心耿耿；说他是能臣，是因为武帝死后，霍光以铁腕，对内平定叛乱、整理朝纲、发展经济、推动改革，对外缓和了与匈奴的关系，使得民众得以真正休养生息，数年后，便把武帝晚年穷兵黩武导致的国力衰竭的局面给扭转过来，能力实在是非同一般；说他是功臣，是因为霍光死后，宣帝将霍光放在麒麟阁十一功臣之首的位置，可见霍光对国家的贡献，汉宣帝是相当认可，霍光也可谓是功高盖世；说他是权臣，是因为霍光铁腕执政，铲除上官桀、桑弘羊等政敌，作为臣子操纵皇帝的立废，玩弄刘弗陵、刘贺、刘询前后三任皇帝于股掌之中，他不是"隐形天子"又是什么？

霍光死后，宣帝开始亲理朝政。表面上他继续封赏霍光的子孙，让其享受荣华富贵。实际上却迅速架空了霍氏集团的官员，将自己的心腹之人陆续安排到重要的位置上。通过一系列措施，霍家的实权被剥夺殆尽，宣帝则把朝政权力悉数收归己手。

面对权力的丧失，霍氏家族惶恐不安。霍光死后两年，也就是公元前66年，霍显毒杀许平君皇后案发。惶惶不可终日的霍显狗急跳墙，鼓动儿子、女婿等人造反，试图再次上演霍光废刘贺的大戏，策划废黜宣帝，让儿子霍禹称帝。早有防备的宣帝得以名正言顺地将霍氏家族剿灭。霍皇后也随后被废，自杀。长安城

314

中有数千人家被霍氏家族谋反案牵连而遭族灭。

虽然霍氏家族覆灭，但宣帝并未抹去霍光的功绩。宣帝晚年在评价辅佐汉室的有功之臣时，令人画了十一名功臣的画像于麒麟阁以示纪念和赞扬，即历史上著名的"麒麟阁十一功臣"，霍光位列第一。

一代忠臣、能臣、功臣、权臣——霍光终于退出了大汉的历史舞台，细细咀嚼这段历史和霍光其人，确实令人感慨，发人深思。

嗟乎！叹霍光：

> 少年怀大志，终生报家邦。
> 穷尽毕生智，丹心为君王。
> 雄才有大略，威震汉朝堂。
> 名冠麒麟阁，后世永传扬。